U0554229

茅盾文学奖

获奖作家短经典

*Short*
*Classic*

# 忘却的魅力

王蒙——

著

人民文学出版社

图书在版编目（CIP）数据

忘却的魅力/王蒙著. —北京：人民文学出版社，2020
（茅盾文学奖获奖作家短经典）
ISBN 978-7-02-013016-0

Ⅰ.①忘… Ⅱ.①王… Ⅲ.①中篇小说—小说集—中国—当代②短篇小说—小
说集—中国—当代③散文集—中国—当代 Ⅳ.①I217.2

中国版本图书馆CIP数据核字(2019)第132076号

选题策划　付如初
责任编辑　付如初　马林霄萝
装帧设计　刘　远
责任印制　任　祎

出版发行　人民文学出版社
社　　址　北京市朝内大街166号
邮政编码　100705
网　　址　http://www.rw-cn.com

印　　刷　三河市宏盛印务有限公司
经　　销　全国新华书店等

字　　数　210千字
开　　本　787毫米×1092毫米　1/32
印　　张　10.25　插页3
版　　次　2020年5月北京第1版
印　　次　2020年5月第1次印刷

书　　号　978-7-02-013016-0
定　　价　38.00元

如有印装质量问题，请与本社图书销售中心调换。电话：010-65233595

# 出 版 说 明

　　茅盾文学奖自1981年设立迄今，已近四十年。这一中国当代文学的最高奖项一直备受关注，获奖作品所涉作家近五十位，影响甚巨。其中获奖作品人民文学出版社所占的比例接近百分之四十，几乎所有的获奖作家都与人民文学出版社有过合作。这些作家大多在文坛耕耘多年，除了长篇小说之外，在中篇小说、短篇小说和散文等"短"体裁领域的创作也是成就斐然。

　　2013年，我们以全面反映茅盾文学奖获奖作家的综合创作实力为宗旨，以艺术的眼光，遴选部分获奖作家的中篇小说、短篇小说和散文的经典作品，编成集子，荟萃成了"茅盾文学奖获奖作家短经典"丛书，得到了专家和读者的一致好评。

　　此次再版，我们在原丛书的基础上，增添了第九届和第十届茅盾文学奖获奖作家的"短经典"，一些作家的作品篇目也有所增删，旨在不断丰富丛书内容，让读者更加全面细致地了解这些作家的创作。相信该系列图书能够与我社的

"茅盾文学奖获奖作品全集"系列一起，为您完整呈现一代又一代茅盾文学奖获奖作家的创作实绩、艺术品位和思想内涵。

人民文学出版社编辑部
2020年1月

# 目 录

001　组织部来了个年轻人

044　夜的眼

055　说客盈门

067　海的梦

081　木箱深处的紫绸花服

090　临街的窗

101　坚硬的稀粥

123　神鸟

131　杏语


141　春天的心

144　故乡行

152　清明的心弦

154　雨

158　船

163　我们明朝就要远航

171　清晨的跑

174 鳞与爪

179 忘却的魅力

182 又见伊犁

185 新疆的歌

190 我们大队的同事们

196 搬家

201 我爱喝稀粥

205 在声音的世界里

209 盛夏

212 无为

214 我的喝酒

222 猫话

226 湖

229 壮游的"阿甘"

233 行板如歌

238 冬季

247 晚钟剑桥

253 安憩的家园

260 靛蓝的耶稣

269 茶魂与茶韵


273 华老师,你在哪儿?

278 满面春风的克里木·霍加

002

281   哭老铁

286   夏衍的魅力

292   别荒煤

296   难忘冯牧

300   独一无二的韦君宜

303   想念冰心

306   忧郁的黄秋耘

311   旧事旧诗偶记

314   光年千古


318   《这边风景》获奖感言

# 组织部来了个年轻人

## 一

　　三月,天空中纷洒着的似雨似雪。三轮车在区委会门口停住,一个年轻人跳下来。车夫看了看门口挂着的大牌子,客气地对乘客说:"您到这儿来,我不收钱。"传达室的工人、复员荣军老吕微跛着脚走出,问明了那年轻人的来历后,连忙帮他搬下微湿的行李,又去把组织部的秘书赵慧文叫出来。赵慧文紧握着年轻人的两只手说:"我们等你好久了。"这个叫林震的年轻人,在小学教师支部的时候就与赵慧文认识。她的苍白而美丽的脸上,两只大眼睛闪着友善亲切的光亮,只是下眼皮上有着因疲倦而现出来的青色。她带林震到男宿舍,把行李放好、解开,把湿了的毡子晾上,再铺被褥。在她料理这些事情的时候,常常撩一撩自己的头发,正像那些能干而漂亮的女同志一样。

　　她说:"我们等了你好久。半年前就要调你来,区人民委员会文教科死也不同意,后来区委书记直接找区长要人,又和教育局人事室吵了一回,这才把你调了来。"

　　"可我前天才知道。"林震说,"听说调我到区委会,真不知怎么好。咱们区委会尽干什么呀？"

"什么都干。"

"组织部呢？"

"组织部就做组织工作。"

"工作忙不忙？"

"有时候忙，有时候不忙。"

赵慧文端详着林震的床铺，摇摇头，大姐姐似的不以为然地说："小伙子，真不讲卫生。瞧那枕头布，已经由白变黑；被头呢，吸饱了你脖子上的油；还有床单，那么多褶子，简直成了泡泡纱……"

林震觉得，他一走进区委会的门，他的新的生活刚一开始，就碰到了一个很亲切的人。

他带着一种节日的兴奋心情跑着到组织部第一副部长的办公室去报到。副部长有一个古怪的名字：刘世吾。在林震心跳着敲门的时候，他正仰着脸衔着烟考虑组织部的工作规划。他热情而得体地接待林震，让林震坐在沙发上，自己坐在办公桌边，推一推玻璃板上摞得高高的文件，从容地问：

"怎么样？"他的左眼微眯，右手弹着烟灰。

"支部书记通知我后天搬来，我在学校已经没事，今天就来了。叫我到组织部工作，我怕干不了。我是个新党员，过去当小学教师，小学教师的工作与党的组织工作有些不同……"

林震说着他早已准备好的话，说得很不自然，正像小学生第一次见老师一样。于是他感到这间屋子很热。三月中旬，冬天就要过去，屋里还生着火，玻璃上的霜花融解成一条条的污道子。他的额头沁出了汗珠，他想掏出手绢擦擦，在衣袋里摸索了半天没有找到。

刘世吾机械地点着头，看也不看地从那一大摞文件中抽出一个牛皮纸袋，打开纸袋，拿出林震的党员登记表，锐利的眼光迅速掠过，宽阔的前额下出现了密密的皱纹。他闭了一下眼，手扶着椅子背站起来，披着的棉袄从肩头滑落了。他用熟练的毫不费力的声调说：

"好，好，好极了，组织部正缺干部，你来得好。不，我们的工作并不难做，学习学习就会做的，就那么回事。而且，你原来在下边工作得……相当不错嘛，是不是不错？"

林震觉得这种称赞似乎有某种嘲笑意味，他惶恐地摇头："我工作做得并不好……"

刘世吾的不太整洁的脸上现出隐约的笑容。他的眼光聪敏地闪动着，继续说："当然也可能有困难，可能。这是个了不起的工作。中央的一位同志说过，组织工作是给党管家的，如果家管不好，党就没有力量。"然后他不等问就加以解释："管什么家呢？发展党和巩固党，壮大党的组织和增强党组织的战斗力，把党的生活建立在集体领导、批评和自我批评与密切联系群众的基础上。这些做好了，党组织就是坚强的、活泼的、有战斗力的，就足以团结和指引群众，完成和更好地完成社会主义建设与社会主义改造的各项任务……"

他每说一句话，都干咳一下，但说到那些惯用语的时候，快得像说一个字。譬如他说"把党的生活建立在……上"，听起来就像"把生活建在登登登上"，他纯熟地驾驭那些林震觉得相当深奥的概念，像拨弄算盘珠子一样灵活。林震集中最大的注意力，仍然不能把他讲的话全部把握住。

接着，刘世吾给他分配了工作。

当林震推门要走的时候，刘世吾又叫住他，用另一种全然不同的随意神情问：

"怎么样，小林，有对象了没有？"

"没……"林震的脸唰地红了。

"大小伙子还红脸？"刘世吾大笑了，"才二十二岁，不忙。"他又问，"口袋里装着什么书？"

林震拿出书，说出书名："拖拉机站站长与总农艺师。"

刘世吾拿过书去，从中间打开看了几行，问："这是他们团中央推荐给你们青年看的吧？"

林震点头。

"借我看看。"

"您还能有时间看小说吗？"林震看着副部长桌上的大摞材料，惊异了。

刘世吾用手托了托书，试了试分量，微眯着左眼说："怎么样？这么一薄本有半个夜车就开完啦。四本《静静的顿河》我只看了一个星期，就那么回事。"

当林震走向组织部大办公室的时候，天已经放晴，残留的几片云现出了亮晶晶的边缘，太阳照亮了区委会的大院子。人们都在忙碌：一个穿军服的同志夹着皮包匆匆走过，传达室的老吕提着两个大铁壶给会议室送茶水，可以听见一个女同志顽强地对着电话机子说："不行，最迟明天早上！不行……"还可以听见忽快忽慢的哐哧哐哧声——是一只生疏的手使用着打字机，"她也和我一样，是新调来的吧？"林震不知凭什么理由,猜打字员一定是个女的。他在走廊上站了一站,望着耀眼的区委会的院子,高兴自己新生活的开始。

## 二

组织部的干部算上林震一共二十四个人,其中三个人临时调到肃反办公室去了,一个人半日工作准备考大学,一个人请产假,能按时工作的只剩下十九个人。四个人做干部工作,十五个人按工厂、机关、学校分工管理建党工作。林震被分配与工厂支部联系组织发展工作。

组织部部长由区委副书记李宗秦兼任,他并不常过问组织部的事,实际工作是由第一副部长刘世吾掌握,另一个副部长负责干部工作。具体指导林震工作的是工厂建党组组长韩常新。

韩常新的风度与刘世吾迥然不同。他二十七岁,穿蓝色海军呢制服,干净得抖都抖不下土。他有高大的身材,配着英武的只因为粉刺太多而略有瑕疵的脸。他拍着林震的肩膀,用嘹亮的嗓音讲解工作,不时发出豪放的笑声,使林震想:"他比领导干部还像领导干部。"特别是第二天韩常新与一个支部的组织委员的谈话,加强了他给林震的这种印象。

"为什么你们只谈了半小时? 我在电话里告诉你,至少要用两小时讨论发展计划!"

那个组织委员说:"这个月生产任务太忙……"

韩常新打断了他的话,富有教训意味地说:"生产任务忙就不认真研究发展工作了? 这是把中心工作与经常工作对立起来,也是党不管党的一种表现……"

林震弄不明白什么叫"中心工作与经常工作对立起来"和"党不管党",他熟悉的是另外一类名词:"课堂五环节"与"直观教具"。他很钦佩韩常新的这种气魄与能力——迅速地提高到原则上分析问题和指示别人。

他转过头,看见正伏在桌上复写材料的赵慧文。她皱着眉怀疑地看一看韩常新,然后扶正头上的假琥珀发卡,用微带忧郁的目光看向窗外。

晚上,有的干部去参加基层支部的组织生活,有的休息了。赵慧文仍然赶着复写"税务分局培养、提拔干部的经验",累了一天,手腕酸疼,在写的中间不时撂下笔,摇摇手,往手上吹口气。林震自告奋勇来帮忙,她拒绝了,说:"你抄,我不放心。"于是林震帮她把抄过的美浓纸叠整齐,站在她身旁,起一点精神支援作用。她一边抄,一边时时抬头看林震。林震问:"干吗老看我?"赵慧文咬了一下复写笔,笑了笑。

## 三

林震是一九五三年秋天由师范学校毕业的,当时是候补党员,被分配到这个区的中心小学当教员。当了教师的他,仍然保持中学生的生活习惯:清晨练哑铃,夜晚记日记,每个大节日——五一、七一、十一——之前到处征求人们对他的意见。曾经有人预言,过不了三个月他就会被那些生活不规律的成年人"同化"。但不久以后,许多教师夸奖他也羡慕他了,说:"这孩子无忧无虑,无牵无挂,除了工作,就是工作……"

他也没有辜负这种羡慕,一九五四年寒假,由于教学上的成绩,他受到了教育局的奖励。

人们也许以为,这位年轻的教师就会这样平稳地、满足而快乐地度过自己的青年时代。但是不,孩子般单纯的林震,也有自己的心事。

一年以后,他经常焦灼地鞭策自己。是因为社会主义高潮的推动、全国青年社会主义积极分子会议的召开,还是因为年龄的增长?

他已经二十二岁了,记得在初中一年级时写过一篇作文,题目是《当我××岁的时候》,他写成《当我二十二岁的时候,我要……》。现在二十二岁,他的生命史上好像还是白纸,没有功勋,没有创造,没有冒险,也没有爱情——连给某个姑娘写一封信的事都没做过。他努力工作,但是他做得少、慢、差。和青年积极分子们比较,和生活的飞奔比较,难道能安慰自己吗?他订规划,学这学那,做这做那,他要一日千里!

这时,接到调动工作的通知。"当我二十二岁的时候,我成了党的工作者……"也许真正的生活在这里开始了?他抑制住对小学教育工作和孩子们的依恋,燃烧起对新的工作的渴望。支部书记和他谈话的那个晚上,他想了一夜。

就这样,林震口袋里装着《拖拉机站站长与总农艺师》,兴高采烈地登上区委会的台阶。他对党的工作者(他是根据电影里全能的党委书记的形象来猜测他们的)的生活,充满了神圣的憧憬。但是，等他接触到那些忙碌而自信的领导同志、看到来往的文件和同时举行的会议、听到那些尖锐争吵与高深的分析，他眨眨那些特别的淡褐色眼珠的眼睛，心里有点怯……

到区委会的第四天，林震去通华麻袋厂了解第一季度发展党员工作的情况。去以前，他看了有关的文件和名叫《怎样进行调查研究》的小册子，再三地请教了韩常新，他密密麻麻地写了一篇提纲，然后飞快地骑着新领到的自行车，向麻袋厂驶去。

工厂门口的警卫同志听说他是区委会的干部，没要他签名，信任地请他进去了。穿过一个大空场，走过一片放麻袋的露天货场与机器隆隆响的厂房，他心神不安地去敲厂长兼支部书记王清泉办公室的门。得到了里面"进来"的回答后，他慢慢地走进去，怕走快了显得没有经验。他看见一个阔脸、粗脖子、身材矮小的男人正与一个头发上抹了许多油的驼背的男人下棋。小个子的同志抬起头，右手玩着棋子，问清了林震找谁以后，不耐烦地挥一挥手："你去西跨院党支部办公室找魏鹤鸣，他是组织委员。"然后低下头继续下棋。

林震找着了红脸的魏鹤鸣，开始按提纲发问了："一九五六年第一季度，你们发展了几个人？"

"一个半。"魏鹤鸣粗声粗气地说。

"什么叫'半'？"

"有一个通过了，区委拖了两个多月还没有批下来。"

林震掏出笔记本记了下来。又问：

"发展工作是怎么样进行的，有什么经验？"

"进行过程和向来一样——和党章的规定一样。"

林震看了看对方，为什么他说出的话像搁了一个星期的窝窝头一样干巴？魏鹤鸣托着腮，眼睛看着别处，心里也像在想别的事。

林震又问："发展工作的成绩怎么样？"

魏鹤鸣答："刚才说过了，就是那些。"他好像应付似的希望快点谈完。

林震不知道应该再问什么了。预备了一下午的提纲，和人家只谈上五分钟就用完了，他很窘。

这时门被一只有力的手推开了，那个小个子的同志进来，匆匆忙忙地问魏鹤鸣："来信的事你知道吗？"

魏鹤鸣无精打采地点了点头。

小个子的同志来回踱着步子，然后撇开腿站在房中央："你们要想办法！质量问题去年就提出来了，为什么还等着合同单位给纺织工业部写信？在社会主义高潮当中我们的生产迟迟不能提高，这是耻辱！"

魏鹤鸣冷冷地看着小个子的脸，用颤抖的声音问："您说谁？"

"我说你们大家！"小个子手一挥，把林震也包括在里面了。

魏鹤鸣因为抑制着的愤怒的爆发而显得可怕，他的红脸更红了，他站起来问："那么您呢？您不负责任？"

"我当然负责。"小个子的同志却平静了，"对于上级，我负责，他们怎么处分我我也接受。对于我，你得负责，谁让你是生产科长呢！你得小心……"说完，他威胁地看了魏鹤鸣一眼，走了。

魏鹤鸣坐下，把棉袄的扣子全解开了，喘着气。林震问："他是谁？"魏鹤鸣讽刺地说："你不认识？他就是厂长王清泉。"

于是魏鹤鸣向林震详细地谈起了王清泉的情况。王清泉原来在中央某部工作，因为在男女关系上犯错误受了处分，一九五一年调到这个厂子当副厂长。一九五三年厂长调走，他就被提拔成厂长。他一向是吃饱了转一转，躲在办公室批批文件下下棋，然后每月在工会大会、党支部大会、团总支大会上讲话，批评工人群众竞赛没搞好，对质量不关心，有经济主义思想……魏鹤鸣没说完，王清泉又推门进来了。他看着左腕上的表，下令说："今天中午十二点十分，你通知党、团、工会和行政各科室的负责人到厂长室开会。"然后把门砰地一带，走了。

魏鹤鸣嘟哝着："你看他怎么样？"

林震说："你别光发牢骚，你批评他，也可以向上级反映。上级绝不允许有这样的厂长。"

魏鹤鸣笑了，问林震："老林同志，你是新来的吧？"

"老林"同志脸红了。

魏鹤鸣说："批评不动！他根本不参加党的会议，你上哪儿批评去？偶尔参加一次，你提意见，他说：'提意见是好的，不过应该掌握分寸，也应该看时间、场合。现在，我们不应该因为个人意见侵占党支部讨论国家任务的宝贵时间。'好，不占用宝贵时间，我找他个别提，于是我们俩吵成了现在这个样子。"

"向上级反映呢?"

"一九五四年我给纺织工业部和区委写了信,部里一位张同志与你们那儿的老韩同志下来检查了一回。检查结果是:'官僚主义较严重,但主要是作风问题。任务基本上完成了,只是完成任务的方法有缺点。'然后找王清泉'批评'了一下,又鼓励了一下我开展自下而上的批评的精神,就完事了。此后,王厂长有一个来月对工作比较认真,不久他得了肾病,病好以后他说自己是'因劳致疾',就又成了这个样子。"

"你再反映呀!"

"哼,后来与韩常新也不知说过多少次,老韩也不搭理,反倒向我进行教育说,应该尊重领导,加强团结。也许我不该这样想,但我觉得,也许要等到王厂长贪污了人民币或者强奸了妇女,上级才会重视起来!"

林震出了厂子再骑上自行车的时候,车轮旋转的速度就慢多了。他深深地把眉头皱了起来,他发现他的工作的第一步就有重重的困难,但他也受到一种刺激,甚至是激励——这正是发挥战斗精神的时候啊!他想着想着,直到因为车子溜进了急行线而受到交通民警的申斥。

四

吃完午饭,林震迫不及待地找韩常新汇报情况。韩常新有些疲倦地靠着沙发背,高大的身体显得笨重,从身上掏出火柴盒,拿起一根火柴剔牙。

林震杂乱地叙述他去麻袋厂的见闻,韩常新脚尖打着地不住地说:"是的,我知道。"然后他拍一拍林震的肩膀,愉快地说,"情况没了解上来不要紧,第一次下去嘛,下次就好了。"

林震说:"可是我了解了关于王清泉的情况。"他把笔记本打开。

韩常新把他的笔记本合上,告诉他:"对,这个情况我早知道。前年区委让我处理过这个事情,我严厉地批评过他,指出他的缺点和危险性,我们谈了至少有三四个钟头……"

"可是并没有效果呀,魏鹤鸣说他只好了一个月……"林震说。

"一个月也是效果,而且绝不止一个月。魏鹤鸣那个人思想上有问题,见人就告厂长的状……"

"他告的状是不是真的?"

"很难说不真,也很难说全真。当然这个问题是应该解决的,我和区委副书记李宗秦同志谈过。"

"副书记的意见是什么?"

"副书记同意我的意见,王清泉的问题是应该解决也是可能解决的……不过,你不要一下子就陷到这里边去。"

"我?"

"是的。你第一次去一个工厂,全面情况也不了解,你的任务又不是去解决王清泉的问题。而且,直爽地说,解决他的问题也需要更有经验的干部,何况我们并不是没有管过这件事……你要是一下子陷到这个里头,三个月也出不来,第一季度的建党总结还了解不了解? 上级正催我们交汇报呢!"

林震说不出话。

韩常新又拍拍林震的肩膀:"不要急躁嘛!咱们区三千个党员,百十个支部,你一来就什么问题都摸还行?"他打了个哈欠,有倦意的脸上的粉刺涨红了,"啊——哈,该睡午觉了。"

"那,发展工作怎么再去了解?"林震没有办法地问。

韩常新又去拍林震的肩膀,林震不由得躲开了。韩常新有把握地说:"明天咱们俩一齐去,我帮你去了解,好不好?"然后他拉着林震一同到宿舍去。

第二天,林震很有兴趣地观察韩常新如何了解情况。三年前,林震在北京师范上学的时候,出去当过见习教师,老教师在前面讲,林震和学生一起听,学了不少东西。这次,他也抱着见习的态度,打开笔记本,准备把韩常新的工作过程详细记录下来。

韩常新问魏鹤鸣:"发展了几个党员?"

"一个半。"

"不是一个半,是两个,我是检查你们的发展情况,不是检查区委批没批。"韩常新纠正他。又问:"这两个人本季度生产计划完成得怎么样?"

"很好,他们一个超额百分之七,一个超额百分之四,厂里黑板报还表扬……"

谈起生产情况,魏鹤鸣似乎起劲些,但是韩常新打断了他的话:"他们有些什么缺点?"

魏鹤鸣想了半天,空空洞洞地说了些缺点。

韩常新叫他给所举的缺点提一些例子。

提完例子,韩常新再问他党的积极分子完成本季度生产任务的情况,他特别感兴趣的是一些数字和具体事例,至于这些先进的工人克服困难、钻研创造的过程,他听都不要听。

回来以后,韩常新用流利的行书示范地写了一个"麻袋厂发展工作简况",内容是这样的:

> ……本季度(一九五六年一月至三月)麻袋厂支部基本上贯彻了积极慎重发展新党员的方针,在建党工作上取得了一定的成绩。新通过的党员朱××与范××受到了共产党员的光荣称号的鼓舞,增强了主人翁的观念,在第一季度繁重的生产任务中各超额百分之七、百分之四。广大积极分子围绕在支部周围,受到了朱××与范××模范事例的教育,并为争取入党的决心所推动,发挥了劳动的积极性与创造性,良好地完成或者超额完成了第一季度的生产任务(下面是一系列数字与具体事例)。这说明:一、建党工作不仅与生产工作不会发生矛盾,而且大大推动了生产,任何借口生产忙而忽视建党工作的做法都是错误的。二、……但同时必须指出,麻袋厂支部的建党工作,也仍然存在着一定的缺点……例如……

林震把写着"简况"的片艳纸捧在手里看了又看。有一刹那,他甚至于怀疑自己去没去过麻袋厂,怀疑自己上次与韩常新同去时睡着了,为什么许多情况他根本不记得呢?他迷惑地问韩常新：

"这，这是根据什么写的？"

"根据那天魏鹤鸣的汇报呀！"

"他们在生产上取得的成绩是、是因为建党工作么？"林震口吃起来。

韩常新抖一抖裤脚，说："当然。"

"不吧？上次魏鹤鸣并没有这样讲。他们的生产提高了，也可能是由于开展竞赛，也许由于青年团建立了监督岗，未必是建党工作的成绩……"

"当然，我不否认。各种因素是统一起来的，不能形而上学地割裂地分析这是甲项工作的成绩，那是乙项工作的成绩。"

"那，譬如我们写第一季度的捕鼠工作总结，是不是也可以用这些数字和事例呢？"

韩常新沉着地笑了，他笑林震不懂"行"，他说："那可以灵活掌握嘛……"

林震又抓住几个小问题问：

"你怎么知道他们的生产任务是繁重的呢？"

"难道现在会有一个工厂任务很清闲吗？"

林震目瞪口呆了。


五


初到区委会十天的生活，在林震头脑中积累起的印象与产生的问题，比他在小学待了两年的还多。区委会的工作是紧张而严肃的。在区委书记办公室,连日开会到深夜。从汉语拼音到预防大脑炎,从劳动保护到政治经济学讲座,无一不经过区委会的忠实的手。林震有一次去收发室取报纸,看见一份厚厚的材料,第一页上写着"区人民委员会党组关于调整公私合营工商业的分布、管理、经营方法及贯彻市委关于公私合营工商业工人工资问题的报告的请示"。他怀着敬畏的心情看着这份厚得像一本书的材料和它的长长的题目。有时,一眼望去,却又觉得区委干部们是随意而松懈的,他们在办公时间聊天,看报纸,大胆地拿林震认为最严肃的题目开玩笑,例如,青年监督岗开展工作,韩常新半嘲笑地说:"嚯,小青年们,脑门子热起来啦……"

　　林震参加的一次部务会议也很有意思,讨论市委布置的一个临时任务,大家抽着烟,说着笑话,打着岔,开了两个钟头,拖拖沓沓,没有什么结果。这时,皱着眉思索了好久的刘世吾提出了一个方案,大家马上热烈地展开了讨论,很多人发表了使林震惊佩的精彩意见。林震觉得,这最后的三十多分钟的讨论要比以前的两个钟头有效十倍。某些时候,譬如说夜里,各屋亮着灯:第一会议室,出席座谈会的胖胖的工商业者愉快地与统战部长交换意见;第二会议室,各单位的学习辅导员们为"价值"与"价格"的关系争得面红耳赤;组织部坐着等待入党谈话的激动的年轻人,而市委的某个严厉的书记出现在书记办公室,找区委正副书记汇报贯彻工资改革的情况……这时,人声嘈杂,人影交错,电话铃声断断续续,林震仿佛从中听到了本区生活的脉搏的跳动,而区委会这座不新的、平凡的院落,也变得辉煌壮观起来。

在一切印象中,最突出和新鲜的印象是关于刘世吾的:刘世吾工作极多,常常同一个时间好几个电话催他去开会,但他还是一会儿就看完了《拖拉机站站长与总农艺师》,把书转借给了韩常新。而且,他已经把前一个月公布的拼音文字草案学会了,开始在开会时用拼音文字做记录了。某些传阅文件刘世吾拿过来看看题目和结尾就签上名送走,也有的不到三千字的指示他看上一下午,密密麻麻地画上各种符号。刘世吾有时一面听韩常新汇报情况,一面漫不经心地查阅其他的材料,听着听着却突然指出:“上次你汇报的情况不是这样!”韩常新不自然地笑了。刘世吾的眼睛捉摸不定地闪着光,但他并不深入追究,仍然查他的材料,于是韩常新恢复了常态,有声有色地汇报下去。

　　赵慧文与韩常新的关系也被林震看出了一些疑窦:韩常新对一切人都是拍着肩膀,称呼着“老王”“小李”,亲热而随便。独独对赵慧文,却是一种礼貌的公事公办的态度。这样说话:“赵慧文同志,党刊第一百零四期放在哪里?”而赵慧文也用顺从包含着警戒的神情对待他。

　　四月,东风悄悄地刮起,不再被人喜爱的火炉蜷缩在阴暗的贮藏室,只有各房间熏黑了的屋顶还存留着严冬的痕迹。往年这个时候,林震就会带着活泼的孩子们去卧佛寺或者西山八大处踏青,在早开的桃李与混浊的溪水中寻找春天的消息。区委会的生活却不怎么受季节的影响,继续以那种紧张的节奏和复杂的色彩流转着。当林震从院里的垂柳上摘下一片多汁的嫩芽时,他稍微有点怅惘,因为春天来得那么快,而他,却没做出什么有意义的事情来迎接这个美妙的季节……

晚上九点钟,林震走进了刘世吾办公室的门。赵慧文正在这里,她穿着紫黑色的毛衣,脸儿在灯光下显得越发苍白。听到有人进来,她迅速地转过头来,林震仍然看见了她略略突出的颧骨上的泪迹。他回身要走,低着头吸烟的刘世吾做手势止住他:"坐在这儿吧,我们就谈完了。"

林震坐在一角,远远地隔着灯光看报,刘世吾用烟卷在空中画着圆圈,诚恳地说:

"相信我的话吧,没错。年轻人都这样,最初互相美化,慢慢发现了缺点,就觉得都很平凡。不要有不切实际的要求,没有遗弃,没有虐待,没有发现他政治上、品质上的问题,怎么能说生活不下去呢?才四年嘛。你的许多想法是从苏联电影里学来的,实际上,就那么回事……"

赵慧文没说话,她撩一撩头发,临走的时候,对林震惨然地一笑。

刘世吾走到林震旁边,问:"怎么样?"他丢下烟蒂,又掏出一支来点上火,紧接着贪婪地吸了几口,缓缓地吐着白烟,告诉林震:"赵慧文跟她爱人又闹翻了……"接着,他开开窗户,一阵风吹掉了办公桌上的几张纸,传来了前院里散会以后人们的笑声、招呼声和自行车铃响。

刘世吾把只抽了几口的烟扔出去,伸了个懒腰,扶着窗户,低声说:"真的是春天了呢!"

"我想谈谈来区委工作的情况,我有一些问题不知道怎么解决。"林震用一种坚决的神气说,同时把落在地上的纸页拾起来。

"对,很好。"刘世吾仍然靠着窗户框子。

林震从去麻袋厂说起:"……我走到厂长室,正看见王清泉同志在……"

"下棋呢还是打扑克?"刘世吾微笑着问。

"您怎么知道?"林震惊骇了。

"他老兄什么时候干什么我都算得出来。"刘世吾慢慢地说,"这个老兄棋瘾很大,有一次在咱这儿开了半截会,他出去上厕所,半天不回来,我出去一找,原来他看见老吕和区委书记的儿子下棋,就在旁边支上着儿了。"

林震把魏鹤鸣对他的控告讲了一遍。

刘世吾关上窗户,拉一把椅子坐下,用两个手扶着膝头支持着身体,轻轻地摆动着头:

"魏鹤鸣是个直性子,他一来就和王清泉吵得面红耳赤……你知道,王清泉也是个特殊人物,不太简单。抗日胜利以后,王清泉被派到国民党军队里工作,当过国民党军的副团长,是个呱呱叫的情报人员。一九四七年以后他与我们的联系中断,直到解放以后才接上线。他是去瓦解敌人的,但是他自己也染上国民党军官的一些习气,改不过来,其实是个英勇的老同志。"

"这样……"

"是啊。"刘世吾严肃地点点头,接着说,"当然,不能以这为他辩护,党是派他去战胜敌人而不是与敌人同流合污,所以他的错误是应该纠正的。"

"怎么解决呢? 魏鹤鸣说,这个问题已经拖了好久。他到处写过信……"

"是啊。"刘世吾又干咳了一会儿,做着手势说,"现在下边支部里各类问题很多,你如果一一地用手工业的方法去解决,那是事倍功半的。而且,上级布置的任务追着屁股,完成这些任务已经感到很吃力。作为领导,必须掌握一种把个别问题与一般问题结合起来,把上级分配的任务与基层存在的问题结合起来的艺术。再者,王清泉工作不努力是事实,但还没有发展到消极怠工的地步,作风有些生硬,也不是什么违法乱纪。显然,这不是组织处理问题而是经常教育的问题。从各方面看,解决这个问题的时机目前还不成熟。"

林震沉默着,他判断不清究竟怎样对。是娜斯嘉的"对坏事绝不容忍"对呢,还是刘世吾的"条件成熟论"对。他一想起王清泉那样的厂长就觉得难受,但是,他驳不倒刘世吾的"领导艺术"。刘世吾又告诉他:"其实,有类似毛病的干部也不止一个……"这更加使得林震睁大了眼睛,觉得这跟他在小学时所听的党课的内容不是一个味儿。

后来,林震又把看到的韩常新如何了解情况与写简报的事说了说,他说,他觉得这样整理简报不太真实。

刘世吾大笑起来,说:"老韩……这家伙……真高明……"笑完了,又长出一口气,告诉林震,"对,我把你的意见告诉他。"

林震犹豫着。刘世吾问:"还有别的意见么?"

于是林震勇敢地提出:"我不知道为什么,来了区委会以后发现了许多许多缺点,过去我想象的党的领导机关不是这样……"

刘世吾把茶杯一放:"当然,想象总是好的,实际呢,就那么回事。问题不在于有没有缺点,而在于什么是主导的。我们区委的工作,包括组织部的工作,成绩是基本的呢,还是缺点是基本的?显然成绩是基本的,缺点是前进中的缺点。我们伟大的事业,正是由这些有缺点的组织和党员完成着的。"

走出办公室以后,林震有一种奇怪的感觉:和刘世吾谈话似乎可以消食化气,而他自己的那些肯定的判断,明确的意见,却变得模糊不清了。他更加惶惑了。

## 六

不久,在党小组会上,林震受到了一次严厉的批评。

事情是这样:有一次,林震去麻袋厂,魏鹤鸣说,由于季度生产质量指标没有达到,王厂长狠狠地训了一回工人,工人意见很大,魏鹤鸣打算找些人开个座谈会,搜集意见,准备向上反映。林震很同意这种做法,以为这样也许能促进"条件的成熟"。过了三天,王清泉气急败坏地到区委会找副书记李宗秦,说魏鹤鸣在林震支持下搞小集团进行反领导的活动,还说参加魏鹤鸣主持的座谈会的工人都有历史问题,最后说自己请求辞职。李宗秦批评了他的一些缺点,同意制止魏鹤鸣再开座谈会,"至于林震,"他对王清泉说,"我们会给予应有的教育的。"

批评会上,韩常新分析道:"林震同志没有和领导上商量,擅自同意魏鹤鸣召集座谈会,这首先是一种无组织无纪律的行为……"

林震不服气,他说:"没有请示领导,是我的错。但是我不明白为什么我们不但不去主动了解群众的意见，反而制止基层这样做。"

"谁说我们不了解？"韩常新跷起一只腿，"我们对麻袋厂的情况统统掌握……"

"掌握了而不去解决，这正是最痛心的！党章上规定着，我们党员应该向一切违反党的利益的现象做斗争……"林震的脸变青了。

富有经验的刘世吾开始发言了，他向来就专门能在一定的关头起扭转局面的作用。

"林震同志的工作热情不错，但是他刚来一个月就给组织部的干部讲党章，未免仓促了些。林震以为自己是支持自下而上的批评，是做一件漂亮事，他的动机当然是好的。不过，自下而上的批评必须有领导地去开展，譬如这回事，请林震同志想一想：第一，魏鹤鸣是不是对王清泉有个人成见呢？很难说没有。那么魏鹤鸣那样积极地去召集座谈会，可不可能有什么个人目的呢？我看不一定完全不可能。第二，参加会的人是不是有一些历史复杂别有用心的分子呢？这也应该考虑到。第三，开这样一个会，会不会在群众里造成一种王清泉快要挨整了的印象因而天下大乱了呢？等等。至于林震同志的思想情况，我愿意直爽地提出一个推测：年轻人容易把生活理想化，他以为生活应该怎样，便要求生活怎样。作为一个党的工作者，要多考虑的却是客观现实，是生活可能怎样。年轻人也容易过高估计自己，抱负甚多，一到新的工作岗位就想对缺点斗争一番，充当个娜斯嘉式的英雄。这是一种可贵的、可爱的想法，也是一种虚妄……"

林震像被打中了似的颤了一下，紧咬住了下嘴唇。

他鼓起勇气再问："那么王清泉……"刘世吾把头一仰："我明天找他谈话，有原则性的并不仅是你一个人。"

## 七

星期六晚上，韩常新举行婚礼。林震走进礼堂，他不喜欢那弥漫的呛人的烟气和地上杂乱的糖果皮与空中杂乱的哄笑，没等婚礼开始他就退了出来。

组织部的办公室黑着，他拉开灯，看见自己桌上的信，是小学的同事们写来，其中还夹着孩子们用小手签了名的信：

林老师：您身体好吗？我们特别特别想您，女同学都哭了，后来就不哭了，后来我们做算术，题目特别特别难，我们费了半天劲，中于算出来了……

看着信，林震不禁独自笑起来了，他拿起笔把"中于"改成"终于"，准备在回信时告诉他们下次要避免别字。他仿佛看见了系蝴蝶结的李琳琳、爱画水彩画的刘小毛和常常爱把铅笔头含在嘴里的孟飞……他猛地把头从信纸上抬起来，看见的却是电话、吸墨纸和玻璃板。他所熟悉的孩子的世界和他的单纯的工作已经离他而去了，新的工作要复杂得多……他想起前天党小组会上人们对他的批评。难道自己真的错了？真的是莽撞和幼稚，再加几分年轻人的廉价的勇气？也许真的应该切实估量一下自己，把分内的事做好，过两年，等到自己"成熟"了以后再干预一切？

礼堂里传来爆发的掌声和笑声。

一只手落在肩上，他吃惊地回过头来。灯光显得刺眼，赵慧文没有声响地站在他的身边，女同志走路都有这种不声不响的本事。

赵慧文问："怎么不去玩？"

"我懒得去。你呢？"

"我该回家了。"赵慧文说，"到我家坐坐好吗？省得一个人在这儿想心事。"

"我没有心事。"林震分辩着，但他接受了赵慧文的好意。

赵慧文住在离区委会不远的一个小院落里。

孩子睡在浅蓝色的小床里，幸福地含着指头。赵慧文吻了儿子，拉林震到自己房间里来。

"他父亲不回来吗？"林震问。

赵慧文摇摇头。

这间卧室好像是布置得很仓促，墙壁因为空无一物而显得过分洁白，盆架孤单地缩在一角，窗台上的花瓶傻气地张着口。只有床头小桌上的收音机，好像还能扰乱这卧室的安静。

林震坐在藤椅上，赵慧文靠墙站着。林震指着花瓶说："应该插枝花。"又指着墙壁说，"为什么不买几张画挂上？"

赵慧文说："经常也不在，就没有管它。"然后她指着收音机问，"听不听？星期六晚上，总有好的音乐。"

收音机响了，一种梦幻般的柔美的旋律从远处飘来，慢慢变得热情激荡。提琴奏出的诗一样的主题，立即揪住了林震的心。他托着腮，屏住了气。他的青春，他的追求，他的碰壁，似乎都能与这乐曲相通。

赵慧文背着手靠在墙上，不顾衣服蹭上了石灰粉，等这段乐曲过去，她用和音乐一样的声音说："这是柴可夫斯基的《意大利随想曲》，让人想到南国，想到海……我在文工团的时候常听它，慢慢觉得，这调子不是别人演奏出的，而是从我心里钻出来的……"

"在文工团？"

"参加军事干部学校以后被分配去的，在朝鲜，我用我的蹩脚的嗓子给战士唱过歌，我是个哑嗓子的歌手。"

林震像第一次见面似的又重新打量赵慧文。

"怎么？不像了吧？"这时电台改放"剧场实况"了，赵慧文把收音机关了。

"你是文工团的，为什么很少唱歌？"林震问。

她不回答，走到床边，坐下。她说："我们谈谈吧，小林，告诉我，你对咱们区委的印象怎么样？"

"不知道，我是说，还不明确。"

"你对韩常新和刘世吾有点意见吧，是不？"

"也许。"

"当初我也这样，从部队转业到这里，和部队的严格准确比较，许多东西我看不惯。我给他们提了好多意见，和韩常新激动地吵过一回，但是他们笑我幼稚，笑我工作没做好意见倒一大堆，慢慢地我发现，和区委的这些缺点做斗争是我力不胜任的……"

"为什么力不胜任？"林震像刺痛了似的跳起来，他的眉毛拧在一起了。

"这是我的错。"赵慧文抓起一个枕头，放在腿上，"那时我觉得自己水平太低，自己也很不完美，却想纠正那些水平比自己高得多的同志，实在自不量力。而且，刘世吾、韩常新还有别人，他们确实把有些工作做得很好。他们的缺点散布在咱们工作的成绩里边，就像灰尘散布在美好的空气中，你嗅得出来，但抓不住，这正是难办的地方。"

"对!"林震把右拳头打在左手掌上。

赵慧文也有些激动了，她把枕头抛开，话说得更慢，她说:"我做的是事务工作，领导同志也不大过问，加上个人生活上的许多牵扯，我沉默了。于是，上班抄抄写写，下班给孩子洗尿布、买奶粉。我觉得我老得很快，参加军干校时候那种热情和幻想，不知道哪里去了。"她沉默着，一个一个地捏着自己的手指，接着说，"两个月以前，北京市进入社会主义高潮，工人、店员还有资本家，放着鞭炮，打着锣鼓到区委会报喜。工人、店员把入党申请书直接送到组织部，大街上一天一变，整个区委会彻夜通明，吃饭的时候，宣传部、财经部的同志滔滔不绝地讲着社会主义高潮中的各种气象。可我们组织部呢? 工作改进很少! 打电话催催发展数字，按前年的格式添几条新例子写写总结……最近，大家检查保守思想，组织部也检查，拖拖沓沓开了三次会，然后写个材料完事……哎，我说乱了，社会主义高潮中，每一声鞭炮都刺着我，当我复写批准新党员通知的时候，我的手激动得发抖，可是我们的工作就这样依然故我地下去吗?"她喘了一口气，来回踱着，然后接着说，"我在党小组会上谈自己的想法，韩常新满足地问:'难道我们发展数字的完成比例不是各区最高的? 难道市委组织部没要我们写过经验?'然后他进行分析,说我情绪不够乐观,是因为不安心事务工作……"

"开始的时候,韩常新给人一个了不起的印象,但是,实际一接触……"林震又说起那次写汇报的事。

赵慧文同意地点头:"这一两年,虽然我没提什么意见,但我无时无刻不在观察。生活里的一切,有表面也有内容,做到金玉其外,并不是难事。譬如韩常新,充领导他会拉长了声音训人,写汇报他会强拉硬扯生动的例子,分析问题他会用几个无所不包的概念,于是,俨然成了个少壮有为的干部,他漂浮在生活上边,悠然得意。"

"那么刘世吾呢?"林震问,"他绝不像韩常新那样浅薄,但是他的那些独到的见解,精辟的分析,好像包含着一种可怕的冷漠。看到他容忍王清泉这样的厂长,我无法理解,而当我想向他表示什么意见的时候,他的议论却使人越绕越糊涂,可除了跟着他走,似乎没有别的路……"

"刘世吾有一句口头语:就那么回事。他看透了一切,以为一切就那么回事。按他自己的说法,他知道什么是'是',什么是'非',还知道'是'一定战胜'非',又知道'是'不能一下子战胜'非'。他什么都知道,什么都见过——党的工作给人的经验本来很多。于是他不再操心,不再爱也不再恨。他取笑缺陷,仅仅是取笑;欣赏成绩,仅仅是欣赏。他满有把握地应付一切,再也不需要虔诚地学习什么,除了拼音文字之类的具体知识。一旦他认为条件成熟需要干一气,他就一把把事情抓在手里,教育这个,处理那个,俨然是一切人的上司。凭他的经验和智慧，他当然可以做好一些事，于是他更加自信。"赵慧文毫不容情地说道。这些话曾经在多少个不眠的夜晚萦绕在她的心头。

"我们的区委副书记兼部长呢？他不管么？"

赵慧文更加兴奋了，她说："李宗秦身体不好，他想去做理论研究工作，嫌区委的工作过于具体。他当组织部长只是挂名，把一切事情推给刘世吾。这也是一种相当普遍的不正常的现象，有一批老党员，因为病，因为文化水平低，或者因为是首长爱人，他们挂着厂长、校长和书记的名，却由副厂长、教导主任、秘书或者某个干事做实际工作。"

"我们的正书记——周润祥同志呢？"

"周润祥是一个非常令人尊敬的领导同志，但是他工作太多，忙着肃反、私营企业的改造……各种带有突击性的任务。我们组织部的工作呢，一般说永远成不了带突击性的中心任务，所以他管得也不多。"

"那……怎么办呢？"林震直到现在，才开始明白了事情的复杂性，一个缺点，仿佛粘在从上到下的一系列的缘故上。

"是啊。"赵慧文沉思地用手指弹着自己的腿，好像在弹一架钢琴，然后她向着远处笑了，她说，"谢谢你……"

"谢我？"林震以为自己听错了。

"是的，见到你，我好像又年轻了。你天不怕地不怕，敢于和一切坏现象做斗争，于是我有一种婆婆妈妈的预感：你……一场风波要起来了。"

林震脸红了。他根本没想到这些，他正为自己的无能而十分羞耻。他嘟哝着说："但愿是真正的风波而不是瞎胡闹。"然后他问,"你想了这么多,分析得这么清楚,为什么只是憋在心里呢?"

"我老觉得没有把握。"赵慧文把手放在自己的胸前,"我看了想,想了又看,我有时候想得一夜都睡不好,我问自己:'你的工作是事务性的,你能理解这些吗?'"

"你怎么会这样想?我觉得你刚才说得对极了!你应该把你刚才说的对区委书记谈,或者写成材料给《人民日报》……"

"瞧,你又来了。"赵慧文露出润湿的牙齿笑了。

"怎么叫又来了?"林震不高兴地站起来,使劲搔着头皮,"我也想过多少次,我觉得,人要在斗争中使自己变正确,而不能等到正确了才去做斗争!"

赵慧文突然推门出去了,把林震一个人留在这空旷的屋子里,他嗅见了肥皂的香气。马上,赵慧文回来了,端着一个长柄的小锅,她跳着进来,像一个梳着三只辫子的小姑娘。她打开锅盖,戏剧性地向林震说:

"来,我们吃荸荠,煮熟了的荸荠!我没有找到别的好吃的。"

"我从小就喜欢吃熟荸荠。"林震愉快地把锅接过来。他挑了一个大的没剥皮就咬了一口,然后皱着眉吐了出来,"这是个坏的,又酸又臭。"赵慧文大笑了。林震气愤地把捏烂了的酸荸荠扔到地上。

临走的时候,夜已经深了,纯净的天空上布满了畏怯的小星星。有一个老头儿吆喝着"炸丸子开锅!"推车走过。林震站在门外,赵慧文站在门里,她的眼睛在黑暗中闪光。她说:"下次来的时候,墙上就有画了。"

林震会心地笑着:"而且希望你把丢下的歌儿唱起来!"他摇了一下她的手。

林震用力地呼吸着春夜的清香之气,一股温暖的泉水从心头涌了上来。

# 八

韩常新最近被任命为组织部副部长。新婚和被提拔,使他愈益精神焕发和朝气勃勃。他每天刮一次脸,在参观了服装展览会以后又做了一套凡尔丁料子的衣服。不过,最近他亲自出马下去检查工作少了,主要是在办公室听汇报、改文件和找人谈话。刘世吾仍然那么忙。

一天,晚饭以后,韩常新把《拖拉机站站长与总农艺师》还给林震,他用手弹一弹那本书,点点头说:"很有意思,也很荒唐。当个作家倒不坏,编得天花乱坠。赶明儿我得了风湿性关节炎或者犯错误受了处分,就也写小说去。"

林震接过书,赶快拉开抽屉,把它压在最底下。

刘世吾坐在另一边的沙发上正出神地研究一盘象棋残局,听了韩常新的话,刻薄地说:"老韩将来得关节炎或者受处分倒不见得不可能。至于小说,我们可以放心,至少在这个行星上不会看到您的大作。"他说的时候一点不像开玩笑,以致韩常新尴尬地转过头,装没听见。

这时刘世吾又把林震叫过去,坐在他旁边,问:"最近看什么书了? 有没有好的借我看看?"

林震说没有。

刘世吾挪动着身体，斜躺在沙发上，两手托在脑后，半闭着眼，缓慢地说："最近在《译文》上看了《被开垦的处女地》第二部的片段，人家写得真好，活得很……"

"您常看小说？"林震真不大相信。

"我愿意荣幸地表示，我和你一样爱读书：小说、诗歌，包括童话。解放以前，我最喜欢屠格涅夫。小学五年级，我已经读《贵族之家》，我为伦蒙那个德国老头儿流泪，我也喜欢叶琳娜，英沙罗夫写得却并不好……可他的书有一种清新的、委婉多情的调子。"他忽地站起来，走近林震，扶着沙发背，弯着腰继续说，"现在也爱看，看的时候很入迷，看完了又觉得没什么。你知道，"他紧挨林震坐下，又半闭起眼睛，"当我读一本好小说的时候，我梦想一种单纯的、美妙的、透明的生活。我想去当水手，或者穿上白衣服研究红血球，或者当一个花匠，专门培植十样锦……"他笑了，他从来没这样笑过，不是用机智，而是用心。"可还是得当什么组织部长。"他摊开了手。

"为什么您把现在的工作看得和小说那么不一样呢？党的工作不单纯，不美妙，也不透明么？"林震友好而关切地问。

刘世吾接连摇头，咳嗽了一会儿又站起来。靠到远一点的地方，嘲笑地说："党的工作者不适合看小说……譬如，"他用手在空中一划，"拿发展党员来说，小说可以写：'在壮丽的事业里，多少名新战士参加了无产阶级的先锋行列，万岁！'而我们呢，组织部呢，却正在发愁：第一，某支部组织委员工作马大哈，谈不清新党员的历史情况。第二，组织部压了百十个等着批准的新党员,没时间审查。第三,新党员须经常委会批准,而常委委员一听开会批准党员就请假。第四,公安局长参加常委会批准党员的时候老是打瞌睡……"

"您不对!"林震大声说,他像本人受了侮辱一样难以忍耐,"您看不见壮丽的事业,只看见某某在打瞌睡……难道您也打瞌睡了?"

刘世吾笑了笑,叫韩常新:"来,看看报上登的这个象棋残局,该先挪车呢还是先跳马?"

## 九

魏鹤鸣告诉林震,他要求回到车间当工人,他说:"这个支部委员和生产科长我干不了。"林震费尽唇舌,劝他把那次座谈会搜集的意见写给党报,并且质问他:"你退缩了,你不信任党和国家了,是吗?"后来魏鹤鸣和几个意见较多的工人写了一封长信,偷偷地寄给报纸,连魏鹤鸣本人都对自己有些怀疑:"也许这又是'小集团活动'?那就处罚我吧!"他是带着有罪的心情把大信封扔进邮箱的。

五月中旬,《北京日报》以显明的标题登出揭发王清泉官僚主义作风的群众来信。署名"麻袋厂一群工人"的信,愤怒地要求领导上处理这一问题。《北京日报》编者也在按语中指出:"……有关领导部门应迅速做认真的检查……"

赵慧文首先发现了,她叫林震来看。林震兴奋得手发抖,看了半天连不成句子,他想:"好!终于揭出来了!还是党报有力量!"

他把报纸拿给刘世吾看,刘世吾仔细地看了几遍,然后抖一抖报纸,客观地说:"好,开刀了!"

这时,区委书记周润祥走进来,他问:"王清泉的情况你们了解不?"

刘世吾不慌不忙地说:"麻袋厂支部的一些不健康的情况那是确实存在的。过去,我们就了解过,最近我亲自找王清泉谈过话,同时小林同志也去了解过。"他转身向林震,"小林,你谈谈王清泉的情况吧。"

有人敲门,魏鹤鸣紧张地撞进来,他的脸由红色变成了青色,他说,王厂长在看到《北京日报》以后非常生气,现在正追查写信的人。

经过党报的揭发与区委书记的过问,刘世吾以出乎林震意料之外的雷厉风行的精神处理了麻袋厂的问题。刘世吾一下决心,就可以把工作做得很出色。他把其他工作交代给别人,连日与林震一起下到麻袋厂去。他深入车间,详细调查了王清泉工作的一切情况,征询工人群众的一切意见。然后,与各有关部门进行了联系,只用了一个多星期的时间,就对王清泉做了处理——党内和行政都予以撤职处分。

处理王清泉的大会一直开到深夜。开完会,外面下起雨,雨忽大忽小,久久地不停息,风吹到人脸上有些凉。刘世吾与林震到附近的一个小铺子去吃馄饨。

这是新近公私合营的小铺子,整理得干净而且舒适。由于下雨,顾客不多。他们避开热气腾腾的馄饨锅,在墙角的小桌旁坐下来。

他们要了馄饨,刘世吾还要了白酒,他呷了一口酒,掐着手指,有些感触地说:"我这是第六次参加处理犯错误的负责干部的问题了,头几次,我的心很沉重。"由于在大会上激昂地讲过话,他的嗓音有些嘶哑,"党的工作者是医生,他要给人治病,他自己却是并不轻松的。"他用无名指轻轻敲着桌子。

林震同意地点头。

刘世吾忽然问:"今天是几号?"

"五月二十。"林震告诉他。

"五月二十,对了。九年前的今天,'青年军'二〇八师打坏了我的腿。"

"打坏了腿?"林震对刘世吾的过去历史还不了解。

刘世吾不说话。雨一阵大起来,他听着那哗啦哗啦的单调的响声,嗅着潮湿的土气。一个被雨淋透的小孩子跑进来避雨,小孩的头发在往下滴水。

刘世吾招呼店员:"切一盘肘子。"然后告诉林震,"一九四七年,我在北大当自治会主席。参加'五二〇'游行的时候,二〇八师的流氓打坏了我的腿。"他挽起裤子,可以看到一道弧形的疤痕,然后他站起来,"看,我的左腿是不是比右腿短一点?"

林震第一次以深深的尊敬和爱戴的眼光看着他。

喝了几口酒,刘世吾的脸微微发红,他坐下,把肉片夹给林震,然后歪着头说:"那个时候……我是多么热情,多么年轻啊!我真恨不得……"

"现在就不年轻,不热情了么?"林震用期待的眼光看着。

"当然不。"刘世吾玩着空酒杯,"可是我真忙啊!忙得什么都习惯了,疲倦了。解放以来从来没睡够过八小时觉,我处理这个人和那个人,却没有时间处理处理自己。"他托起腮,用最质朴的人对人的态度看着林震,"是啊,一个布尔什维克,经验要丰富,但是心还要单纯……再来一两!"刘世吾举起酒杯,向店员招手。

这时林震已经开始被他深刻和真诚的抒发所感动了。刘世吾接着闷闷地说:"据说,炊事员的职业病是缺少良好的食欲,饭菜是他们做的,他们整天和饭菜打交道。我们,党的工作者,我们创造了新生活,结果,生活反倒不能激动我们……"

林震的嘴动了动,刘世吾摆摆手,表示希望不要现在就和他辩论。他不说话,独自托着腮发愣。

"雨小多了,这场雨对麦子不错。"过了半天,刘世吾叹了口气,忽然又说,"你这个干部好,比韩常新强。"

林震在慌乱中赶紧喝汤。

刘世吾盯着他,亲切地笑着,问他:"赵慧文最近怎么样?"

"她情绪挺好。"林震随口说。他拿起筷子去夹熟肉,看见了他熟悉的刘世吾的闪烁的目光。

刘世吾把椅子拉近他,缓缓地说:"原谅我的直爽,但是我有责任告诉你……"

"什么?"林震停止了夹肉。

"据我看,赵慧文对你的感情有些不……"

林震颤抖着手放下了筷子。

离开馄饨铺,雨已经停了,星光从黑云下面迅速地露出来，风更凉了，积水潺潺地从马路两边的泄水池流下去。林震迷惘地跑回宿舍，好像喝了酒的不是刘世吾，倒是他。同宿舍的同志都睡得很甜，粗短的和细长的鼾声此起彼伏。林震坐在床上，摸着湿了的裤脚，眼前浮现了赵慧文的苍白而美丽的脸……他还是个毛头小伙子，他什么也没经历过，什么都不懂。他走近窗子，把脸紧贴在外面沾满了水珠的冰冷的玻璃上。

十

区委常委开会讨论麻袋厂的问题。

林震列席参加。他坐在一角，心跳、紧张，手心里出了汗。他的衣袋里装着好几千字的发言提纲，准备在常委会上从麻袋厂事件扯出组织部工作中的问题。他觉得麻袋厂问题的揭发和解决，造成了最好的机会，可以促请领导从根本上考虑一下组织部的工作。时候到了！

刘世吾正在条理分明地汇报情况。书记周润祥显出沉思的神色，用左拳托着士兵式的粗壮而宽大的脸，右腕子压着一张纸，时而在上面写几个字。李宗秦用食指在空中写划着。韩常新也参加了会，他专心地把自己的鞋带解开又系上。

林震几次想说话，但是心跳得使他喘不上气。第一次参加常委会，就做这种大胆的发言，未免过于莽撞吧？不怕，不怕！他鼓励自己。他想起八岁那年在青岛学跳水，他也一边听着心跳，一边生气地对自己说："不怕，不怕！"

区委常委批准了刘世吾对于麻袋厂问题提出的处理意见,马上就要进行下面一项议程了,林震霍地举起了手。

"有意见吗?不举手就可以发言的。"周书记笑着说。

林震站起来,碰响了椅子,掏出笔记本看着提纲,他不敢看大家。

他说:"王清泉个人是作了处理了,但是如何保证不再有第二、第三个王清泉出现呢?我们应该检查一下区委组织工作中的缺点:第一,我们只抓了建党,对于巩固党没给予应有的注意,使基层的党内斗争处于自流状态。第二,我们明知有问题却拖延着不去解决,王清泉来厂子整整五年,问题一直存在而且愈发展愈严重。……具体地说,我认为韩常新同志与刘世吾同志有责任……"

会场起了轻微的骚动,有人咳嗽,有人放下了烟卷,有人打开笔记本,有人挪了一下椅子。

韩常新耸了一下肩,用舌头舔了一下扭动着的牙床,讽刺地说:"往往听到一种事后诸葛亮的意见:'为什么不早一点处理呢?'当然是愈早愈好啰!高、饶事件发生了,有人问为什么不早一点,贝利亚,也有人问为什么不早一点。再者,组织部并不能保证第二、第三个王清泉不会出现,林震同志也未尝能保证这一点。……"

林震抬起头,用激怒的目光看着韩常新。韩常新却只是冷冷地笑。林震压抑着自己说:"老韩同志知道缺点的存在是规律,但他不知道克服缺点前进更是规律。老韩同志和刘部长,就是抱住了头一个规律,因而对各种严重的缺点采取了容忍乃至于麻木的态度!"说完,他用手抹了抹头上的汗,他也不知道自己怎么敢说得这样尖锐，但是终究说出来了，他有一种如释重负的感觉。

李宗秦在空中划着的食指停住了。周润祥转头看看林震又看看大家，他的沉重的身躯使木椅发出了吱吱声。他向刘世吾示意："你的意见？"

刘世吾点点头："小林同志的意见是对的，他的精神也给了我一些启发……"然后他悠闲地溜到桌子边去倒茶水，用手抚摸着茶碗沉思地说，"不过具体到麻袋厂事件，倒难说了。组织部门巩固党的工作抓得不够，是的，我们干部太少，建党还抓不过来。麻袋厂王清泉的处理，应该说还是及时而有效的。在宣布处理的工人大会上，工人的情绪空前高涨，有些落后的工人也表示更认识到了党的大公无私，有一个老工人在台上一边讲话一边落泪，他们口口声声说着感谢党，感谢区委……"

林震小声说："是的，正因为这样，我才觉得我们工作中的麻木、拖延、不负责任，是对群众犯罪。"他提高了声音，"党是人民的、阶级的心脏，我们不能容忍心脏上有灰尘，就不能容忍党的机关的缺点！"

李宗秦把两手交叉起来放在膝头，他缓缓地说，像是一边说一边思索着如何造句："我认为林震、韩常新、刘世吾同志的主要争论有两个症结，一个是规律性与能动性的问题……一个是……"

林震以不知从哪儿来的勇气对李宗秦说："我希望不要只作冷静而全面的分析……"他没有说下去，他怕自己掉下眼泪来。

周润祥看一看林震,又看一看李宗秦,皱起了眉头,沉默了一会儿,迅速地写了几个字,然后对大家说:"讨论下一项议程吧。"

散会后,林震气恼得没有吃下饭,区委书记的态度他没想到。他不满甚至有点失望。韩常新与刘世吾找他一起出去散步,就像根本没理会他对他们的不满意,这使林震更意识到自己和他们力量的悬殊。他苦笑着想:"你还以为常委会上发一席言就可以起好大的作用呢!"他打开抽屉,拿起那本被韩常新嘲笑过的苏联小说,翻开第一页,上面写着:"按娜斯嘉的方式生活!"他自言自语:"真难啊!"

他缺少了什么呢?

# 十一

第二天下班以后,赵慧文告诉林震:"到我家吃饭去吧,我自己包饺子。"他想推辞,赵慧文已经走了。

林震犹豫了好久,终于在食堂吃了饭再到赵慧文家去。赵慧文的饺子刚刚煮熟。她穿着暗红色的旗袍,系着围裙,手上沾满面粉,像一个殷勤的主妇似的对林震说:"新下来的豆角做的馅子……"

林震嗫嚅地说:"我吃过了。"

赵慧文不信,跑出去给他拿来了筷子,林震再三表示确实吃过,赵慧文不满意地一个人吃起来。林震不安地坐在一旁,一会儿看看这,一会儿看看那,一会儿搓搓手,一会儿晃一晃身体。

"小林,有什么事么?"赵慧文停止了吃饺子。

"没……有。"

"告诉我吧。"赵慧文目不转睛地看着他。

"昨天在常委会上我把意见都提了,区委书记睬都不睬……"

赵慧文咬着筷子头想了想,她坚决地说:"不会的,周润祥同志只是不轻易发表意见……"

"也许。"林震半信半疑地说。他低下头,不敢正面接触赵慧文关切的目光。

赵慧文吃了几个饺子,又问:"还有呢?"

林震的心跳起来了。他抬起头,看见了赵慧文的好意的眼睛,他轻轻地叫:"赵慧文同志……"

赵慧文放下筷子,靠在椅子背上,有些吃惊了。

"我很想知道,你是否幸福。"林震用一种粗重的,完全像大人一样的声音说,"我看见过你的眼泪,在刘世吾的办公室,那时候春天刚来……后来忘记了。我自己马马虎虎地过日子,也不会关心人。你幸福吗?"

赵慧文略略疑惑地看着他,摇头:"有时候我也忘记……"然后点头,"会的,会幸福的。你为什么问它呢?"她安详地笑着。

林震把刘世吾对他讲的告诉了她:"……请原谅我,把刘世吾同志随便讲的一些话告诉了你,那完全是瞎说……我很愿意和你一起说话或者听交响乐,你好极了,那是自然而然的……也许这里边有什么不好的,不合适的东西,马马虎虎的我忽然多虑了,我恐怕我扰乱谁。"林震抱歉地结束了。

赵慧文安详地笑着,接着皱起了眉尖儿,又抬起了细瘦的胳臂,用力擦了一下前额,然后她甩了一下头,好像甩掉什么不愉快的心事似的转过身去了。

她慢慢地走到墙壁上新挂的油画前边,默默地看画。那幅画的题目是《春》:莫斯科,太阳在春天初次出现,母亲和孩子一起到街头去……

一会儿,她又转过身来,迅速地坐在床上,一只手扶着床栏杆,异常平静地说:"你说了些什么呀?真的!我不会做那些不经过考虑的事。我有丈夫,有孩子,我还没和你谈过我的丈夫。"她不用常说的"爱人",而强调地说着"丈夫"。"我们在一九五二年结的婚,我才十九,真不该结婚那么早。他从部队里转业,在中央一个部里当科长,他慢慢地染上了一种油条劲儿,争地位、争待遇,和别人不团结。我们之间呢,好像也只剩下了星期六晚上回来和星期一走。我的看法是:或者是崇高的爱情,或者什么都没有。我们争吵了……但是我仍然等待着……他最近出差去上海,等回来,我要和他好好谈一谈。可你说了些什么呢?"她又一次问,"小林,你是我所尊敬的顶好的朋友,但你还是个孩子——这个称呼也许不对,对不起。我们都希望过一种真正的生活,我们希望组织部成为真正的党的工作机构,我觉着你像是我的弟弟,你盼望我振作起来,是吧?生活是应该有互相支援和友谊的温暖,我从来就害怕冷淡。就是这些了,还有什么呢?还能有什么呢?"

林震惶恐地说:"我不该受刘世吾话的影响……"

"不。"赵慧文摇头,"刘世吾同志是聪明人,他的警告也许并不是完全没有必要，然后……"她深深地吐一口气，"那就好了。"

她收拾起碗筷，出去了。

林震茫然地站起，来回踱着步子，他想着、想着，好像有许多话要说，慢慢地，又没有了。他要说什么呢？本来什么都没有发生。生活有时候带来某种情绪的波流，使人激动也使人困扰，然后波流流过去，没有一点痕迹……真的没有痕迹吗？它留下对于相逢者的纯洁和美好的记忆，虽然淡淡，却难忘……

赵慧文又进来了，领着两岁的儿子，还提着一个书包。小孩已经与林震见过几次面，亲热地叫林震"夫夫"——他说不清楚"叔叔"。

林震用强健的手臂把他举了起来。空旷的屋子里顿时充满了孩子的笑闹声。

赵慧文打开书包，拿出一叠纸，翻着，说："今天晚上，我要让你看几样东西。我已经把三年来看到的组织部工作中的一些问题和自己的意见写了一个草稿。这个……"她不好意思地摸了一下一张橡皮纸，"大概这是可笑的，我给自己规定了一个竞赛的办法，让今天的自己和昨天的自己竞赛。我画了表，如果我的工作有了失误——写入党批准通知的时候抄错了名字或者统计错了新党员人数，我就在表上画一个黑叉子，如果一天没有错，就画一个小红旗。连续一个月都是红旗，我就买一条漂亮的头巾或者别的什么奖励自己……也许，这像幼儿园的做法吧？你觉得好笑吗？"

林震入神地听着，他严肃地说："不。我尊敬你对自己的……"

临走的时候,夜已经深了。林震站在门外,赵慧文站在门里,她的眼睛在黑暗中闪着光,她说:"今天的夜色非常好,你同意吗?你闻见槐花的香气了没有?平凡的小白花,它比牡丹清雅,比桃李浓馥。你闻不见?真是!再见,明天一早就见面了,我们各自投身在伟大而麻烦的工作里边。然后晚上来找我吧,我们听美丽的《意大利随想曲》。听完歌,我给你煮荸荠,然后我们把荸荠皮扔得满地都是……"

林震靠着组织部门前的大柱子好久好久地呆立着,望着夜的天空。初夏的南风吹拂着他——他来时是残冬,现在已经是初夏了。他在区委会度过了第一个春天。

他做好的事情简直很少,简直就是没有,但他学了很多,多懂了不少事。他懂了生活的真正的美好和真正的分量,他懂了斗争的困难和斗争的价值。他渐渐明白,在这平凡而又伟大的、包罗万象的、担负着无数艰巨任务的区委会,单凭个人的勇气是做不成任何事情的……从明天……

办公室的小刘走过,叫他:"林震,你上哪儿去了?快去找周润祥同志,他刚才找了你三次。"

区委书记找林震了吗?那么不是从明天,而是从现在,他要尽一切力量去争取领导的指引,这正是目前最重要的……

隔着窗子,他看见绿色的台灯和夜间办公的区委书记的高大侧影,他坚决地、迫不及待地敲响了领导同志办公室的门。

1956年5月—7月

# 夜 的 眼

路灯当然是一下子就全亮了的。但是陈杲总觉得是从他的头顶抛出去两道光流。街道两端,光河看不到头,槐树留下了朴质而又丰满的影子。等候公共汽车的人们也在人行道上放下了自己的浓的和淡的各人不止一个的影子。

大汽车和小汽车。无轨电车和自行车。鸣笛声和说笑声。大城市的夜晚才最有大城市的活力和特点。开始有了稀稀落落的、然而是引人注目的霓虹灯和理发馆门前的旋转花浪。有烫了的头发和留了的长发,高跟鞋和半高跟鞋,无袖套头的裙衫,花露水和雪花膏的气味。城市和女人刚刚开始略略打扮一下自己,已经有人坐不住了。这很有趣。陈杲已经有二十多年不到这个大城市来了。二十多年,他待在一个边远的省份的一个边远的小镇,那里的路灯有三分之一是不亮的,灯泡健全的那三分之二又有三分之一的夜晚得不到供电,不知是由于遗忘还是由于燃料调配失调。但问题不大,因为那里的人大致上也是按照农村的日出而作、日入而息的古制生活的,下午六点一过,所有的机关、工厂、商店、食堂就都下了班了。人们晚上都待在自己的家里抱孩子,抽烟,洗衣服,说一些说了就忘的话。

汽车来了,蓝色的,车身是那种挂连式的,很长。售票员向着扩音器说话。人们挤挤搡搡地下了车。陈杲和另一些人挤挤搡搡地上了车。很挤,没有座位,但是令人愉快。售票员是个脸儿红扑扑的、口齿伶俐而且嗓音响亮的小姑娘。在陈杲的边远小镇,这样的姑娘不被选到文工团去报幕才怪。她熟练地一揿电钮,遮着罩子的供看票用的小灯亮了,撕掉几张票以后,叭,又灭了。许多的街灯、树影、建筑物和行人掠过去了,又要到站了,清脆的嗓子报着站名。叭,罩灯又亮了,人们又在挤挤搡搡。

上来两个工人装束的青年,两个人情绪激动地在谈论着:"……关键在于民主,民主,民主……"来大城市一周,陈杲到处听到人们在谈论民主,在大城市谈论民主就和在那个边远的小镇谈论羊腿把子一样普遍。这大概是因为大城市的肉食供应比较充足吧,人们不必为羊腿操心,这真让人羡慕。陈杲微笑了。

但是民主与羊腿是不矛盾的。没有民主,到了嘴边的羊腿也会被人夺走,而不能帮助边远的小镇的人们得到更多、更肥美的羊腿的民主则只是奢侈的空谈。陈杲到这个城市来是参加座谈会的,座谈会的题目被规定为短篇小说和戏剧的创作。粉碎"四人帮"后,陈杲接连发表了五六篇小说,有些人夸他写得更成熟了,路子更宽了,更多的人说他还没有恢复到二十余年前的水平。过分注意羊腿的人小说技巧就会退化的,但是懂得了羊腿的重要性和迫切性却是一大进步和一大收获。这次应邀来开会,火车在一个小站上停留了一小时零十二分钟，因为那里有一个没有户口而有羊腿而且卖高价的人被轧死了。那人为了早一点把羊腿卖出去，竟然不顾死活地在停下来的列车下面钻行，结果，制动闸失灵，列车滑动了那么一点点，可怜人就完了。这一直使陈杲觉得沉重。

正像从前在这样的座谈会上他总是年龄最小的一个一样，现在这一类会上他却是比较年长的了，而且显得土气，皮肤黑、粗糙。比他年轻、肩膀宽、个子高、眼睛大的同志在发言中表达了许多新鲜、大胆、尖锐、活泼的思想，令人顿开茅塞、令人心旷神怡、令人猛醒、令人激奋，结果文艺问题倒是讨论不起来。尽管主持会议的人拼命想引导大家围绕会议的中心谈，大家谈得最多的还是关于"四人帮"赖于立足的土壤，关于反封建，关于民主与法制、道德与风气，关于公园里有愈来愈多的青年人聚众跳交谊舞、用电子吉他伴奏，以及公园管理人员如何千方百计地与这种灾祸做斗争——从每隔三分钟放送一次禁止跳这种舞的通告、罚款办法到提前两个小时静园。陈杲也在会上发了言，比起其他人，他的发言是低调门的，"要一点一滴，从我们脚下做起，从我们自己做起。"他说。这个会上的发言如果能有一半，不，五分之一，不，十分之一变为现实，那就简直是不得了！这一点使陈杲兴奋，却又惶惑。

车到了终点站，但乘客仍然满满的。大家都很轻松自如，对售票员的收票验票的呼吁满不在意，售票员的声音里带有点怒气了。像一切外地人一样，陈杲早早就高举起手中的全程车票，但售票员却连看他都不看一眼，他规规矩矩地主动把票子送到售票员手里，售票员连接都没接。

他掏出"通信录"小本本，打开蓝灰色的塑料皮，查出地址，开始打问。他向一个人问却有好几个人给他指点，只有在这一点上他觉得这个大城市的人还保留着"好礼"的传统。他道了谢，离开了灯光耀眼的公共汽车终点站，三拐两弯，走进一片迷宫似的新住宅区。

说是迷宫不是因为它复杂，而是因为它简单，六层高的居民楼，每一幢和每一幢都没有区别。密密麻麻的堆满了乱七八糟的东西的阳台，密密麻麻的闪耀着日光灯的青辉和普通灯泡的黄光的窗子。连每一幢楼的窗口里传出来的声音也是差不多的。电视正在播送国际足球比赛，中国队踢进去一个球，球场上的观众和电视荧光屏前面的观众欢呼在一起，人们狂热地喊叫着，掌声和欢呼声像涨起来的海潮。人们熟悉的老体育广播员张之也在拼命喊叫，其实，这个时候的解说是多余的。另外，有的窗口里传出锤子敲打门板的声音，剁菜的声音和孩子之间吵闹和大人的威胁的声音。

这么多声音，灯光，杂物都堆积在像一个一个的火柴匣一样呆立着的楼房里。对于这种密集的生活，陈果觉得有点陌生、不大习惯，甚至有点可笑。和楼房一样高的一棵棵的树影又给这种生活罩上薄薄的一层神秘。在边远的小镇，晚间听到的最多的是狗叫，他熟悉这些狗叫熟悉到这种程度：在一片汪汪声中他能分辨哪个声音是出自哪种毛色的哪一只狗和它的主人是谁。再有就是载重卡车夜间行车的声音，车灯刺激着人的眼睛，车一过，什么都看不见了，临街的房屋都随着汽车的颠簸而震颤。

行走在这迷宫一样的居民楼里,陈杲似乎有一点后悔。真不应该离开那一条明亮的大街,不应该离开那个拥拥搡搡的热闹而愉快的公共汽车。大家一起在大路上前进,这是多么好啊,然而现在呢,他一个人来到这里。要不就待在招待所,根本不要出来,那就更好,他可以和那些比他年龄小的朋友整整晚晚地争辩,每个人都争着发表自己的医治林彪和"四人帮"留下的后遗症的处方,他们谈论贝尔格莱德、东京、中国香港和新加坡。晚饭以后他们还可以买一盘炸虾片和一盘煮花生米,叫上一升啤酒,既消暑又助谈兴。然而现在呢,他莫名其妙地坐了好长时间的车,要按一个莫名其妙的地址去找一个莫名其妙的人办一件莫名其妙的事。其实事一点也不莫名其妙,很正常,很应该,只是他办起来不合适罢了,让他办这件事还不如让他上台跳芭蕾舞,饰演《天鹅湖》中的王子。他走起路来有一点跛,当然不注意倒也看不出来,这是"横扫一切"留下的小小的纪念。

这种倒胃口的感觉使他想起二十多年前离开这个大城市的时候。那也是一种离了群的悲哀。因为他发表了几篇当时认为太过分而现在又认为太不够的小说,这使他长期在百分之九十五和百分之五之间荡秋千,这真是一个危险的游戏。

按照人们所说的,对面不太远的那一幢楼就是了,偏偏赶上这儿在施工,好像要安装什么管道,不,不只是管道,还有砖瓦木石呢,可能还要盖两间平房,可能是食堂,当然也可能是公共厕所。总之,一道很宽的沟,他大概跳不过去——被横扫以前应该是可以跳过去的——所以他必须架一个桥梁,找一块木板。于是他顺着沟走来走去,焦躁起来,竟没有找到什么木板,白白多走了冤枉路。绕还是跳?不,还不能服老,于是他后退了几步,一、二、三!不好,一只腿好像陷在沙子里,但已经跳了起来,不是腾空而起,而是落到沟里。幸好,沟底还没有什么硬的或者尖利的东西。但他也过了将近十分钟才从疼痛和恐惧中清醒过来,他笑了,拍打了一下身上的土,一跛一拐地爬了出来,谁知道刚爬出来又一脚踩到一个水洼里。他慌忙从水洼里抽出了脚,鞋和袜子已经都湿了,脚感到很牙碜和吃了带土的米饭时嘴的感觉一样。他一抬头,看到楼边的一根歪歪斜斜的杆子上的一个孤零零的、光色显得橙红的小小的电灯泡。这个电灯泡存在在这里,就像在一面大黑板上画了一个小小的问号,或者说是惊叹号也行。

他走近了问号或惊叹号,楼窗里又传出来欢呼混合着打口哨的声音,大概是外国队又踢进了一个球。他凑近楼口,仔细察看了一下楼口上面的字迹,断定这就是他要找的那个地方。但他不放心,站在楼口等候一个过往的人,好再打听一下,同时觉得怪不好意思的。

他临来以前,那个边远的地方的一位他很熟悉也很尊重的领导同志找了他去,交给他一封信,让他到大城市去找一个什么公司的领导人去。"我们是老战友,"当地的陈杲所熟悉的领导同志说,"我信上已经写了,咱们机关的唯一的一辆上海牌小卧车坏了,管理人员和驾驶员已经跑了好几个地方,看来本省是修不好的了,缺几个关键性的部件。我这个老战友是主管汽车修配行业的,早就向我打过包票,说是'修车的事包在我身上'，你去找找他，联系好了拍一个电报来……"

就是这么一件普普通通的事。找一个私人，一个老友，一个有职有权的领导，为另一个有职有权、在当地可以称得上是德高望重的领导所属单位修理一辆属于国家所有的小汽车。没有理由拒绝这位老同志的委托，而懂得羊腿的重要性的陈杲也就不对带信找人的必要性发生怀疑。顺便为当地办点事当然是他应尽的义务，但是，接受这个任务以后总觉得好像是穿上了一双不合脚的鞋，或是穿上一条裤子结果发现两条裤腿的颜色不一样。

边远的小镇的同志似乎"洞察"了他的心理，所以他刚到大城市不久就接连收到了来自小镇的电报，催他快点去讨个结果。反正我也不是为了个人，反正我从来也没坐过那辆上海牌，今后也不会坐。他鼓励着自己，经过了街灯如川的大路，离开了明亮如舞台的终点站和热情的乘客，绕来绕去，掉到沟里又爬出来，一身土，一脚泥，来到了这里。

终于从两个孩子嘴里证明了楼号和门号的无误，然后他快步上到了四楼，找对了门。先平静了一下，调匀呼吸，然后尽可能轻柔地、文明地然而又是足够响亮地敲响了门。

没有动静，然而门内似乎有点声音传出来。他把耳朵贴在门板上，好像有音乐，于是他摒弃了方才刹那间"哟，没在家"的既丧气而又庆幸的侥幸心理，坚决地再把门敲了一次。

三次敲门之后，咚咚咚传来了脚步声。吱扭，旋转暗锁，咣当，门打开了，是一个头发蓬乱的小伙子，上身光光的，大腿光光的，浑身上下只有一条白布裤衩和一双海绵拖鞋，他的肌肉和皮肤闪着光。"找谁？"他问，口气里有一些不耐烦。

"我找×××同志。"陈呆按照信封上的名字说道。

"他不在。"小伙子转身就要关门。陈呆向前迈了一步，用这个大城市的最标准的口语发音和最礼貌的词句作了自我介绍，然后问道："您是不是×××同志家里的人（估计是×××的儿子，其实对这样一个晚辈完全不必用'您'）？您能不能听我说一说我的事情并转达给×××同志？"

黑暗里看不到小伙子的表情，但凭直觉可以感到他皱了一下眉，迟疑了一下，"来吧。"他转身就走，并不招呼客人，那样子好像通知病人去拔牙的口腔医院的护士。

陈呆跟着他走过去。小伙子的脚步声——咚、咚、咚。陈呆脚步声——嚓、嚓、嚓。黑咕隆咚的过道，左一个门，右一个门，过了好几个门，一个门里原来还有那么多门。有一个门被拉开了，柔和的光线，柔媚的歌声，柔热的酒气传了出来。

钢丝床、杏黄色的绸面被子，没有叠起来，堆在那里，好像倒置的一个大烧麦。落地式台灯，金属支柱发出拒人于千里之外的亮光。床头柜的柜门半开，露出了门边上的弹珠。边远的小镇有好多好友托付陈呆给他们代买弹珠，但是没有买着。那里，做大立柜的高潮方兴未艾。再移动一下眼光，藤椅和躺椅，圆桌，桌布和样板戏《红灯记》第四场鸠山的客厅里铺的那张一样。四个喇叭的袖珍录音机，进口货。香港歌星的歌声，声音软，吐字硬，舌头大，嗓子细，听起来总叫人禁不住一笑。如果把这盒录音带拿到边远的小镇放一放，也许比入侵一个骑兵团还要怕人。只有床头柜上的一个装着半杯水的玻璃杯使陈呆觉得熟悉，亲切，看到这个玻璃杯，就像在异乡的陌生人中发现了老相识,即使是相交不深或者曾有芥蒂的人,在那种场合都会变成好朋友。

陈杲发现门前的一个破方凳,便搬过来,自己坐下了。他身上脏。他开始叙述自己的来意,说两句又等一等,希望小伙子把录音机的声音关小一些,等了几次发现没有关小的意思,便径自说下去。奇怪,一向不算不善于谈话的陈杲好像被人偷去了嘴巴,他说得结结巴巴,前言不搭后语,有些用词不伦不类,比如本来是要说"想请×××同志帮助给联系一下",竟说成了"请您多照顾",好像是他来向这个小伙子申请补助费。本来是要说"我先来联系一下",竟说成了"我来联络联络"。而且连说话的声音也变了,好像不是他自己的声音,而是一把钝锯在锯榆木。

说完,他把信掏了出来,小伙子斜仰着坐在躺椅上一动也不动,年龄大概有小伙子的两倍的陈杲只好走过去把边远地区领导同志的亲笔信送了过去。顺便,他看清了小伙子那张充满了厌倦和愚蠢的自负的脸,一脸的粉刺和青春疙瘩。

小伙子打开信,略略一看,非常轻蔑地笑了一下,左脚却随着软硬软硬的歌声打起拍子来。录音机和香港歌星的歌声,对于陈杲来说也还是新事物,他并不讨厌或者反对这种唱法,但他也不认为这种唱法有多大意思。他的脸上出现了一个轻蔑的笑容,不自觉的。

"这个×××(说的是边远地区的那位领导),是我爸爸的战友吗(按,到现在为止他没有作自我介绍,从理论上还无法证明他的爸爸是谁)?我怎么没听我爸爸说过?"

这句话给了陈杲一种受辱的感觉。"你年轻嘛,你爸爸可能没对你说过……"陈杲也不再客气了，回敬了一句。

"我爸爸倒是说过，一找他修车，就都成了他的战友了!"

陈杲的脸发烧，心突突地跳起来，额头上沁出了汗珠，"难道你爸爸不认识×××(边远地区的首长)吗? 他是一九三六年就到延安去的，去年在《红旗》上还发表过一篇文章……他的哥哥是×××军区的司令啊!"

陈杲急急忙忙地竟然说起了这样一些报字号的话，特别是当他提到那位知名的大人物、××军区的司令时，唰的一下子，他两眼一阵晕眩而且汗流浃背了。

小伙子的反应是一个二十倍于方才的轻蔑的笑容，而且笑出了声。

陈杲无地自容，他低下了头。

"我跟您这么说吧，"小伙子站了起来，一副作总结的架势，"现在办什么事，主要靠两条，一条你得有东西，你们能拿点什么东西来呢?"

"我们，我们有什么呢?"陈杲问着自己，"我们有……羊腿……"他自言自语地说。

"羊腿不行。"小伙子又笑了，由于轻蔑过度，变成了怜悯了，"再一条，干脆说实话，就靠招摇撞骗……何必非找我爸爸呢，如果你们有东西，又有会办事的人，该用谁的名义就去用好了。"然后，他又补了一句，"我爸爸到北戴河出差去了……"他没有说"疗养"。

陈杲昏昏然，临走到门口的时候他忽然停下了脚，不由得侧起了耳朵，录音机里放送的是真正的音乐，匈牙利作曲家哈韦尔的《舞会圆舞曲》。一片树叶在旋转，飞旋在三面是雪山的一个高山湖泊的碧蓝碧蓝的水面上，他们的那个边远的小镇，就在高山湖泊的那边。一只野天鹅，栖息在湖面上了。

黑洞洞的楼道。陈杲像喝醉了一样连跑带跳地冲了下来。咚咚咚咚，不知道是他的脚步声还是他的心声更像一面鼓。一出楼门，抬头，天啊，那个小小的问号或者惊叹号一样的暗淡的灯泡忽然变红了，好像是魔鬼的眼睛。

多么可怕的眼睛，它能使鸟变成鼠，马变成虫。陈杲连跑带蹿，毫不费力地从土沟前一跃而过。球赛结束了，电视广播员用温柔而亲切的声音预报明天的天气。他飞快地来到了公共汽车的终点——起点站，等车的人仍然是那么多。有一群青年女工是去工厂上夜班的，她们正在七嘴八舌地议论车间的评奖。有一对青年男女，甚至在等车的时候也互相拉着手，扳着腰肢，今日的四铭先生看了准保又要休克了。陈杲上了车，站在门边。这个售票员已经不年轻了，她的身体是那样单薄，隔着衬衫好像可以看到她的突出的、硬硬的肩胛骨。二十年的坎坷，二十年的改造，陈杲学会了许多宝贵的东西，也丢失了一点本来绝对不应该丢失的东西。然而他仍然爱灯光，爱上夜班的工人，爱民主、评奖、羊腿……铃声响了，"哧"的一声又一声，三个门分别关上了，树影和灯影开始后退了，"有没有票的没有？"售票员问了一句。不等陈杲掏出零钱，"叭"的一声把票灯关了，她以为乘车的都是有月票的夜班工人呢。

1979 年

# 说 客 盈 门

## 一 他是谁

他崇尚俭朴,连姓名也简单到了姥姥家。一九四六年他到达解放区以后,更名为丁一。他起这个名字的时候,还没有时兴按姓氏笔画为序排列主席团名单。再说,除了在"史无前例"的那些年表演那种时髦的腰背屈俯柔软操以外,他也没上过主席台。

他的身材、相貌、嗓音是那样平常,又总是数十年如一日地穿着那身国家标准的6-乙号蓝华达呢干部服,以致多感的人犯愁:假如他进城去百货大楼,汇合在熙熙攘攘的人流中,会不会搞得即便他老婆亲临也难以把他辨认出来呢?

幸好他还有两个细微的特点——看来完全消除一个人的特点也实在不易。一是后脑勺大一些,一是常皱着眉头。"上纲家"曾经分析:那后脑勺是魏延遗传下米的反骨,而眉之皱,乃是阴暗心理的外露。

他心眼儿死。农村工作,有个不成文的规矩:年初一本账——计划、指标、保证、豪言壮语;年终一本账——产量、入库量、缴售量、产值,这两本账是不兴放在一块儿比较、查对的。可是丁一不，他偏要比、偏要对、偏要查、偏要刨根问底。如果他仅仅去责问社队干部事情还好办，他竟然带着各种账本去追究县委和地委。这事发生在一九五九年。于是全县和全专区的阶级斗争形势一下子就紧张起来，到处抓激烈、复杂、尖锐的阶级斗争动向。他挨批、被打上"右"字黑印不说，连各村的戴帽地富及其子子孙孙，连省直机关下放到这里劳动改造的右派分子们也都逐一表态、检查、交代，被帮助、被训诫，被灵灵地一抓再抓。于是，不仅左派们对他义愤填膺——一个女同志批判他的时候结合忆苦思甜，当场晕了过去。就连那些急于摘帽的划错了的和没有划错的"右派"们也发自肺腑地对他恨之入骨，认为没有他的话形势就会缓和，他们就会更快地回到人民队伍。就连当时是永无摘帽希望的地富分子，也觉得他实在是背兴，既非委任也非荐任，谁让他代理我们的？光代理地富不算，他还要代理反坏右和帝修反呢！你那个德行，代得过来吗？

从此，丁一每况愈下，因而每下愈况，于是乎愈下而愈况，愈况而愈下，不知伊于胡底了。

总算，万事都有了了，有个收。一九七九年一月，丁一落实到政策上去了。六月，参加革命三十余年、年逾五十的丁一，恢复了党籍，被任命为县属玫瑰香牌糨糊厂的厂长。

许多人向他道贺，他皱着眉说："贺什么？"更多的人为他不平，认为给他安排的官儿小了。他不等人家说完就转过了脸，只给人家一个后脑勺。有人说他"又翘尾巴了"，也有人说他的尾巴就像孙悟空的那根旗杆一样，压根儿没有夹起来过。

他白天黑夜地在那个小小的糨糊厂里转,常常是满身的糨糊嘎巴,发出一种颇不类于玫瑰香的气味。老伴骂他贱骨头,他倒笑了。

所以他家一向客人不多。

## 二 被他摸了屁股的并不是老虎

他上任之后就发现了两大问题。这里用"发现"一词不当,因为这两个问题是秃子脑袋上的虱子——明摆着的,不如说是两个问题天天戳碰着他的眉心和后脑勺。一、做糨糊的副产品——面筋管理不善,明拿暗揣,私分私卖,拉关系,搞交换,瘴气乌烟。二、劳动纪律十分松弛,有人上班时间睡大觉,绊倒了没睡觉的检验工。于是,他与各方反复研究,做出有关规定和奖惩细则,公布施行。其实,也无非是一些人所共知的老话儿。

一个月过去了,五月份,该厂的一个合同工,叫作龚鼎的,被他抓了典型。因为这龚鼎,一、连续四个月不请假不上班。二、大模大样地到工厂要面筋,不给就大吵大闹,打管理员。三、拒不到厂,拒不接受教育。于是,丁一要求党支部、团支部、领导小组、核心小组、工会、劳动组、政宣组、人保组、物资组、警卫组……讨论龚鼎的问题。虽然他一日三催,还是用了四十多天的时间。各种机构都同意了他的关于执行纪律的建议,六月二十一日厂里贴出布告:按照有关规定和细则,解除合同,将该龚除名。

有几个人知道龚鼎是县委第一把手的表侄,觉得这样处理不妥,但又不好张口。但毕竟只是表侄,所以终于公布了决定。

## 三　一场自发的心理战

上述布告公布三个小时以后,开始有人来找丁一。先是县委办公室的老刘。老刘五十七岁,一脸的和善之气,自称"广结善缘""到处烧香",善搞"微笑外交"。他笑容可掬地一只手搭在丁一的肩头,"老丁,你听我说,你抓厂子抓得不错呀! 可这个龚鼎……"他放低了声音,说明了龚某人与县委书记的关系,然后说,"当然啰,这与我们如何处理他是毫不相干的,你的处理是对头的啰。李书记如果知道,他也会感谢你的啰。我只是为你想,还是不要除名吧! 除了名还不是在中国,在咱们县? 我们还不是要管他,他还不是要去找李书记? 算了算了,改成个警告吧……"诸如此类,诚恳耐心,说得丁一心眼儿真有点活动了。这时,县工业局周局长来了电话,声大气粗的周局长单刀直入:

"你怎么搞的? 你搞的是什么名堂? 找谁开刀不行,专找县委领导的亲戚,这是什么意思? 叫别人怎么想? 怎么说? 快改变决定!"

"不能改!"丁一大声说,挂上了电话。他板起脸,向老刘说:"岂有此理!"

于是,说客陆续来访。傍晚,县革委会主任老赵来了。老赵是从打土改时就在本县工作的,在县里是一个最有根基也最有影响的人物。他矜持地、无力地和丁一握了一下手,然后踱着步子，并不正眼看丁——下，开始做指示。他指示说：

"要慎重，不要简单化。现在人们都很敏感，对龚鼎的处理，将会引起各方面的注意。鉴于这一切，还是不除名比较有利。"

他没有再多说一个字。他认为这种书面批语式的指示已经够丁一用一个相当长的历史时期了。他悠悠地踱着步子，嗑着牙花子，慢吞吞地吐着每一个字。好像是在掂每一个字的分量，又像是在咂每一个字的滋味。是的，他的话语就像五香牛肉干，浓缩、醇厚。

天黑了，回到家，老婆也干预起"朝政"来了，当然，是带着打是疼、骂是爱的温情：

"你这个死老汉！现在的事情你难道还看不清楚吗？莫非说整天和糨糊打交道，你自己也变成了一摊糊涂糨子？你坚持原则？怎么没见选你当政治局委员？一九六六年你挨了打，屎都拉到裤子里，这就是你的原则？你的原则就是你找倒霉不说，还让我们娘儿几个跟上受罪……"

老婆的话酸甜苦辣俱全。老婆还掉了泪，更是闪光的语言。丁　叹了口气，刚想解劝解劝，又来了新的说客。来客小萧，是被"踏上一只脚"时期的老丁的知己。小萧本是北大哲学系学生，上学期间就入了右册，不知怎的混到本县交电公司，最近"改正"以后高升为采购员。他小矮个儿，大鼻子，奇丑。历次运动，越整越喜兴，越整越机灵，越整越可爱。他声称他的人生哲学是人家打你的左脸你便伸过去右脸，右脸不挨打就决不还手。他还有个数字，说是用伸脸法处世，成功率高达百分之七十七。

小萧一进门就带来了笑声、快乐。他先把丁一老两口因为心绪不佳而未能消受的饺子全部歼灭,然后周到地问候了丁一全家所有的有关成员,赞道:"亲戚多,也是有福气啊!"然后,他宣称,不久就可把他们盼望已久的物美价廉的九英寸电视机买好送来。接着,他讲起了县内外、省内外、国内外的各种趣事,逗得老丁一家老小笑得前仰后合。"喂,你怎么不去说相声?"丁一问。"我得照顾侯宝林啊!谁让侯宝林是我表大爷呢!"一句话又是哄堂大笑。于是小萧抓住有利的战机,展开了冲锋。他说:

"你瞧你瞧,有一件小事差点让我给忘了。就是姓龚的那个小子,真他妈的不是玩意儿!哪天见着,我非赏他两耳茄子!可是老丁,你也别太激进了啊!咱们在县里工作,一无地位,二无后台,三无物资,全靠的是关系。大人物靠权,小人物靠关系。大人物有了权就有了一切,小人物有了关系也能什么都有点。你再别那么死心眼儿了吧,几十年的教育,别的没学会,还没学会转弯子吗?……对,对,你甭解释了。通过了呀,公布了呀,可以改哟!宪法也可以改,毛主席写了文章也可以改,你丁厂长就比毛主席还厉害?就比宪法还厉害?去,去!把龚小子给我收回来。我说明白,这可不是他表大爷让我来的,是我自己要来的。我首先是为了你,其次,才是受龚小子之托。我说没问题,包在我身上,这点面子他老丁还能不给吗?哈哈哈……"

如此这般,天上地下,冠冕堂皇外加庸俗低级,真真假假,拉拉打打,笑笑骂骂……

丁一事先并不知道龚鼎的表大爷是县委领导,对龚鼎的处理也不能说就毫无讨论的余地。但是接二连三的说客使他警觉起来:如果不是县委书记的表侄,能有这么多人劝他"慎重""不要简单化""考虑后果"吗?这个问题出现在他那个魏延式的脑骨之间,变成了大脑皮层上的兴奋灶,其他的讨论反而被抑制住了。

他来了气,把小萧轰走了。

又过了两天。六月二十三日,是夏至刚过的一个炎热、夜短、多蚊、睡眠不足、食欲不振的星期天。头一个客人清晨四时半就搭便车来了,这个人是丁一的大舅子,高个儿、戴眼镜、秃顶,五十年代曾在高级党校——那时叫马列学院——学习,现在是专区党校的理论教员,是全专区最有水平、最有威望的理论工作者。听他讲辅导课,基层干部都变成了啄米的鸡,不住地点头。连同前两天累计,这是第十七位客人了,一进门,他就从理论的高度谈起:

"社会主义是一个过渡时期,这个社会的身上,还存在着资本主义的,乃至是前资本主义的瘢痕。这是不可避免的、不以人们的意志为转移的。它是最为优越的,却又是还不那么成熟,不那么完善的。它是一个过程……"经过这么一番严密而又抽象的推演以后,他说:

"所以说,领导人的权力、好恶、印象,是至关重要的,是不能漫不经心的,是可能起决定作用的。我们是现实主义者,我们不是欧文、傅立叶式的空想社会主义者,(丁一想:我是空想社会主义吗?这个帽子倒还轻松、舒适、戴上怪飘的)我们不是小孩子,我们不是迂夫子。我们的社会主义是建立在我们脚下的这块虽然美好、却还相当贫穷落后、不发展的地面上的,(丁一想:我什么时候想上天了呢)所以我们做事情的时候要考虑各种因素,用代数式来说,就是N种因素,而不是一种因素。世界愈复杂,N的数值愈大……所以,兄弟,你对于龚鼎的处理是太冒失了,你的脑子里少了几根弦。(丁一想:你脑子里弦多,嘴巴上词更多)千万不要铸成大错,要有政治家的风度,要收回成命,把龚鼎请回厂里来……"

说到这里,丁一的老伴连忙搭腔:"是啊,是啊!"并且喜形于色。丁一明白了,这位理论家,是他老伴搬来的救兵,为了说服他的。

听啊,听啊,丁一胸口像被塞了一团猪毛,而脸上的表情呢,好像正在吞咽一条蚯蚓。他洗耳恭听了整整一节课——四十五分钟,最后,他只问了一句:

"你刚才讲的这些个理论,在党校课堂上讲过吗?"

还好,猪毛仍然堵着,蚯蚓却回敬给大舅子了。

从此位理论家开始,到深夜一点四十九分,整整二十一个小时多,来的人就没断过。有的口若悬河,转动着起死回生之巧舌。有的正言厉色,流露着吞天吐地之威势。有的点头哈腰,春风杨柳,妩媚多姿。有的胸有成竹,慢条斯理,一分钟挤出一两个字来,但神态上透露着一种不达目的决不罢休,不达目的宁可抱着丁一去跳山崖也决不允许丁一一家踏踏实实活下去的顽强劲儿。有的带着礼物:从盆花到臭豆腐。有的带着许诺:从三间北房到一辆凤凰-18锰钢自行车。有的带着威胁——从说丁一自我孤立到说丁一绝无好下场。有的从维护党的威信——第一把手的面子出发,有的从忧虑丁一的安全、前途和家属的命运出发,有的从促进全县全区全省全国的安定团结出发,有的从保障工人的人权、民主、自由出发。有老同事,有老同学,有老上级,有老部下,有战友、病友、难友、酒肉朋友,还有已故老友的家属后人。有年高德劭的,有年轻有为的。本厂有些在处理龚鼎的问题上投过赞成票的人们也纷纷前来,表示自己经过慎重考虑,改变了主意。所有这些人动机不同,调子不同,用词不同,但都有一个共同的观点:不能把龚鼎除名。

丁一简直想不到自己竟认识这么多人,或者竟有这么多人认识自己。丁一想不通,他们都这么关心龚鼎是因为吃了什么药。丁一无法相信一个合同工、一个小二流子、一个七拐八弯的表侄的处理竟然引起了六级地震,他简直快成社会公敌了。他无法吃饭,无法休息,无法搞家务,无法度星期天。他想喊叫,他想打人,他想摔东西,他甚至想抄起一把菜刀。但他咬紧牙关,不动声色地听着,听着,告诫着自己:"不发神经,就是胜利!"

来客中有丁一儿时最崇拜的一颗明星。这是一位女客,四十年前,她是这个省的最红的戏曲演员。在丁一十六七岁的时候,有那么几天他为这位比自己大十三岁的女演员神魂颠倒,浮想联翩。当然,他们连姓名都不曾通过。丁一也从未对任何人讲过他少年时期的罗曼蒂克的奇想。感谢史无前例的横扫,丁一才有幸在牛棚中与这位早已退休、现下体重超过八十公斤的老太太相识。出于一种东方式的古道热肠,丁一始终对这位老太太抱有一种特殊的、不为人知的亲切爱慕之情。谁想到,就在六月二十三日这一天,这位昔日的皇后也搭着毛驴车来了。她斜靠在丁一家的床上，哼哼唧唧，用缺牙透风的嘴磨叨道：

"我早该来看看小丁了。看看我，老得快成了妖怪了吧？我不明白，怎么一下子我就老成了这个样子了呢？万事还没开头，怎么就要结束了呢？好像唱戏，装还没上好，怎么散场的唢呐就吹起呜哇来了呢？唉！唉！"

她的这一番哀人生之须臾的永恒的叹息使丁一的眼圈湿润了。他相信，这一天，只有这一位客人才是出于一种人类的纯洁无瑕的情感，出于一种优美的、难免或显软弱的友谊来看望他的。但她后来的几句话使丁一嘀咕了起来。她说：

"听说你这位厂长还挺厉害呢。别那么厉害！厉害不得人心！还不就是那么回事？与人方便，自己方便。半生的跌滚爬蹭，半生的酸甜苦辣，还不高抬贵手？!"

无论如何，丁一还是感谢她——呵，少年！呵，梦！她是这一天的客人中唯一没有提到玫瑰香糨糊厂，没有提到龚鼎和他的表大爷的人。

## 四　统计数字

请读者原谅我跟小说做法开个小小的玩笑，在这里公布一批千真万确而又令人难以置信的数字。

在六月二十一日至七月二日这十二天中，为龚鼎的事找丁一说情的：一百九十九点五人次（前女演员没有点名，但有此意，以点五计算之）。来电话说项人次：三十三。来信说项人次:二十七。确实是爱护丁一、怕他捅娄子而来的:五十三,占百分之二十七。受龚鼎委托而来的:二十,占百分之十。直接受李书记委托而来的:一,占百分之零点五。受李书记委托的人的委托而来或间接受委托而来的:六十三,占百分之三十二。受丁一的老婆委托来劝"死老汉"的:八,占百分之四。未受任何人的委托,也与丁一素无来往甚至不大相识,但听说了此事,自动为李书记效劳而来的:四十六,占百分之二十三。其他百分之四属于情况不明者。

丁一拒绝了所有这些说项,这种态度激怒了来客的百分之八十五,他们纷纷向周围的人们进行宣传。说丁一愚蠢,说丁一当了弼马温就忘乎所以,说丁一不近人情、一意孤行、脱离了群众,说丁一沽名钓誉、别有用心、以此来发泄他对县委没给他更大的官做的不满。还有的说丁一有神经病、一贯反动,还有的说起用丁一这样的人是右了。按每人向十个人进行宣传的最低数额计算,共有一千七百人听到了这种议论。难怪一阵子舆论如此之大,颇有点皆曰可杀的意思。丁一的老伴犯了病,几经抢救才转危为安。管氧气瓶的那位护士,也趁机为龚鼎向丁一进言。

这一类的事起来得快,散得也快。就好像早点铺里的长队,炸糕、面茶一来,长队立刻形成,浩浩荡荡。等到早点卖完,队伍立即散光,不论没吃到炸糕的人有多么恼火。此事到了八月份就不再有人提,九月份已经烟消云散。同时,糨糊厂的生产愈搞愈好。十月份,糨糊厂大治。人们闲谈中渐渐竖起了大拇哥:"丁一这个老小子还真有两下子!"

十二月,糨糊厂名声果真如玫瑰之芬芳了。它成了全省地(方)、小(型)、群(众)企业的标兵。玫瑰香糯糊被轻工业局命名为"信得过"产品。丁一到省城开会,人们让他介绍经验。他上了台,憋红了脸,说了一句:

"共产党员是钢,不是糯子……"

台下哄堂大笑。丁一又说:

"不来真格的,会亡国!"

丁一哽咽住了,而且掉下大颗的眼泪。

全场愕然、肃然,静默了一分钟。

掌声如雷。

1980年

# 海 的 梦

下车的时候赶上了雷阵雨的尾巴。车厢里热烘烘、乱糟糟、迷腾腾的。一到站台,只觉得又凉爽、又安静、又空荡。潮润的空气里充满了深绿色的针叶树的芳香。闻到这种芳香的人,觉得自己也变得洁净和高雅了。从软席卧铺车厢下来了几个外国人,他们叽叽喳喳地说笑着,噢,噢地拉长着声音。"哈啰!"他们向缪可言挥了挥手,缪可言也向他们点头致意。有一个外国女人笑得非常温和,她长得并不好看,但是有很好的身材,走起路来也很见精神。此外没有什么人上车和下车。但是站台非常之大,一尘不染,清洁得令人吃惊。一幢幢方方正正的小房子,好像在《格林童话集》的插图里见到过似的,红色的瓦顶子亮晶晶地闪光。这个著名的海滨疗养胜地的车站,有自己的特别高贵的风貌。

说来惭愧。作为一个翻译家,作为一个搞了多半辈子外国文学的研究与介绍的专门家,五十二岁的缪可言却从来没有到过外国,甚至没有见过海。他向往海。年轻的时候他爱唱一首歌:

从前在我少年时……
朝思暮想去航海，
但海风使我忧，
波浪使我愁……

这是奥地利的歌儿吗？还有一首，是苏联的：

我的歌声飞过海洋……
不怕狂风，不怕巨浪，
因为我们船上有着
年轻勇敢的船长……

这两首歌便构成了他的青春，他的充满了甜蜜与苦恼的初恋。爱情，海洋，飞翔，召唤着他的焦渴的灵魂。A、B、C、D，事业就从这里开始，又从这里被打成"特嫌"。巨浪一个接着一个。五十二岁了，他没有得到爱情，他没有见过海洋，更谈不上飞翔……然而他却几乎被风浪所吞噬。你在哪里呢？年轻勇敢的船长？

汽车在雨后的柏油路面上行驶。两旁的高大茂密的槐树。这里的槐树，有一种贵族的傲劲儿。乌云正在头顶上散开。"马上就可以看见海了。"休养所的汽车驾驶员完全了解每一个初到这里的客人的心理，他介绍说。

海，海！是高尔基的暴风雨前的海吗？是安徒生的绚烂多姿、光怪陆离的海吗？还是他亲自呕心沥血地翻译过的杰克·伦敦或者海明威所描绘的海呢？也许，那是李姆斯基·柯萨柯夫的《谢赫拉萨达组曲》里的古老的、阿拉伯人的海吧？

不，它什么都不是。它出现了，平稳，安谧，叫人觉得懒洋洋的。那是一匹与灰蒙蒙的天空浑成一体，然而比天的灰更深、更亮也更纯的灰色的绸缎，是高高地悬在地平线上的一层乳胶。隐隐约约，开始看到了绸缎的摆拂与乳胶的颤抖，看到了在笔直的水平线上下时隐时现、时聚时分的曲线，看到了昙花一现地生生灭灭的雪白的浪花。这是什么声音？是真的吗？在发动机的嗡嗡与车轮的沙沙声中，他若有若无地开始听到了浪花飞溅的溅溅声响。阴云被高速行驶的汽车越来越抛在后面了。下午的阳光耀眼，一朵一朵的云彩正在由灰变白。天啊，海也变了，蓝色的玉，黄金的浪和黑色的云影。海鸥贴着海面飞翔，可以看见海鸥的白肚皮。天水相接的地方出现了一个小黑点，一个白点，一挂船上的白帆和一条挂着白帆的船。"大海，我终于见到了你！我终于来到了你的身边，经过了半个世纪的思恋，经过了许多磨难，你我都白了头发——浪花！"

晚了，晚了。生命的最好的时光已经过去了。当他因为"特嫌"和"恶攻"而被投放到号子里的时候，当铁门哐的一声关死，当只有在六天一次的倒马桶的轮值时他才能见到蓝天、见到阳光、得到冷得刺骨的或者热得烫脸的风的吹拂的时候，还谈得上什么对于海的爱恋和想念呢？而现在，当他在温暖的海水里仰泳的时候，当他仰面朝天，眯起眼睛，任凭光滑如缎的海浪把自己漂浮摇动的时候，他感到幸福，他感到舒张，他感到一种身心交瘁后的休息，他感到一种漠然的满足。也许，他愿意这样永远地、日久天长地仰卧在大海的碧波之上。然而，激情在哪里？青春在哪里？跃跃欲试的劲头在哪里？欢乐和悲痛的眼泪的热度在哪里？

他愧对组织上和同志们、老友们对他的关怀。平反——总有一天，中国人会到古汉语辞典里去查这些难解的词的吧？还有什么"特嫌""恶攻""反标"，这些古老的汉语的生硬的缩写，出现了崭新的不通的词汇。但他感谢这种离奇的缩写，它给那些荒唐的颠倒涂上了一层灰雾——以后领导上和同事们最关心他的是两件事，一个是好好疗养一下，将息一下身体，恢复一下健康。一个是刻不容缓地建立一个家庭。

对于前一点，缪可言终于接受了安排。对于后一点，他茫然，木然，黯然。"年轻的时候你想得太玄，后来又是由于政治运动的原因，现在呢，你总该安定团结地过过日子了吧？"同事们说。

然而，桃花、枣花，各有各的开花时刻。萝卜、白菜，各有各的播种节令。误了时间，事情就会走向自己的反面。《一千零一夜》里的装在瓶子里的魔鬼，最初许多年曾经准备给释放他的人以全世界的财富的报酬，但是，在绝望地等待以后，他却决心吃掉他的迟来的解放者。当然，他这样做的结果是无可逃避地被重新装进了瓶子。

当热心的同事一个又一个地给他"介绍对象"的时候，他不知为什么想起了这个故事。自然，他没有想吃人，没有准备以仇报德。他只是联想到自己误了点，过了站，无法重做少年。他联想到不论什么样的好酒，如果发酵过度也会变成酸醋。俱往矣，青春，爱情，和海的梦！

所以，他一听到"对象"二字便逃之夭夭，并为自己的逃之夭夭而讨厌自己。他想起了安徒生的童话《老单身汉的睡帽》。他想起了王尔德的童话《自私的巨人》，没有孩子的花园不会得到春天的光顾。是的，他的心里还堆积着冬日的冰雪。

然而大海没有厌弃他。大海也像与他神交已久，终得见面的旧友——新朋。她没有变心，她从没有疲劳，她从没有告退。她永远在迎接他，拥抱他，吻他，抚摸他，敲击他，冲撞他，梳洗他，压他。时而是蓝色的，时而是黄绿色的，时而是银灰色的。而当狂风怒卷的时候，海浪变成了红褐色，像是用滚烫的水刚刚冲起的高浓度的麦乳精，稠糊糊的，泛着黏黏的泡沫，一座浪就像一座山，轰然而下，飘然而散，杳无痕迹，刚中有柔，道是无情却有情。

大浪激起了他的精神，他很快地适应了。当大浪袭来，他把头钻到水里呼气，在水里睁开双眼，眼看着浪潮从头顶涌过，耳听着大浪前进的轰轰的雷鸣般的声音。然后，他伸出头，吸气，划动双臂，面对着威严地向着他扑来的又一个浪头，又一次把头低下，冲了过去。海浪奈何不了他，更增添了游海的情趣。他在大风浪里一下子就游出去一千多米，早就越出了防鲨网。"我这么瘦，只能算是三级肉，鲨鱼不会吃我的。"他曾这样说。但是，就在他兴高采烈地几乎自诩为大海的征服者、乘风破浪的弄潮儿的时候，他的左小腿肚子抽了筋。他想起"恶攻"罪的"审讯"中左腿小腿肚子所挨的一脚来了，那是为了让他跪下。他看看四周，只有山一样的大浪，连海岸都看不见了。"难道到了地方了？"他一阵痉挛，咽了一口又苦又咸的海水。他愤怒了，他不情愿，他觉得冤屈。于是,他奋力挣扎。他年轻的时候毕竟是游泳的好手,虽然是在小小的游泳池里学的艺,却可以用在无边无涯的惊涛骇浪中。他扳动自己的脚掌,又踹了两踹,最后,他总算刚刚着回到了岸上。没有被江青吃掉的缪可言,也没有被海妖吞噬。

"然而,我是老了,不服也不行。"这一次,缪可言深深地感到了这一点。什么老当益壮、重新焕发了青春啦,什么越活越年轻、五十二岁当作二十五岁过啦,所有这些可爱的豪言壮语都影响不了物质的铁一样的规律。细胞的老化,石灰质的增多,肌肉弹性的减退,心脏的劳损,牙齿的龋坏,皱纹的增多,记忆力的衰退……

而且他发现疗养地的人们大多是和他年龄相仿的人,如果不是更大的话。年近半百须发花白的,弯腰驼背老态龙钟的,还有扶着拐杖的,戴着助听器的,随身携带抢救心肌梗死症的硝酸甘油片的,或者走到哪里都跟着医生、睡到哪里都先问有没有输氧设备的。这里的女同志不多,年龄也都不小了,绝大部分都腆着肚子。就连百货商场和食品店,西餐馆和中餐馆的服务员,也大多是四十来岁的人。他们业务熟练,对顾客态度好,沉稳耐心,招待首长和外宾都万无一失。

这样,他找不到一个游泳的伴侣。风一大,天一阴,人们干脆就不到海边去了。即使在风平浪静,蓝天白云的上好天气,即使在海水清得可以看见每一条游鱼和每一团海藻的时候,即使海浪的拍拂轻柔得像母亲向摔疼了的孩子吹的气,大部分人也只是在离岸二十米以内,在海水刚没过脚脖子,最多刚没过膝盖的地方嬉戏。倒是清晨和傍晚的散步,涨潮和落潮时的捡拾贝壳,似乎还能多吸引一些人,人们悠悠地迈动步子,他们的庄严而又缓慢的移动,就像天上的云霞一样不慌不忙。

没有同伴是再不敢游那么远了。缪可言把自己的活动限制到防鲨网以内了。每次下水半个小时,最多四十分钟,然后他上岸躺在细沙上晒太阳。他闭上眼睛,眼睛里有许多暗红色的东西在飞舞,在变化和组合,好像是电子计算机上显示的符号。他觉得自己对不起这个海。海是这样大,这样袒露着胸怀,这样忠实而又热烈地迎接着他。来——吧,来——吧,每一排浪都这样叫着涌上沙滩,要——吧,要——吧,又这样叫着退了下去。

海——呀——我——爱——你!缪可言有时候也想向带着咸味、腥味、广阔而自由的海风这样喊上一嗓子。但是他没有喊。周围都是些从容有礼,德高望重的人。他这种"小资产阶级"的狂喊,只能被视为精神病发作的征兆。

更多的时候,他只能沿着滨海的游览公路走来走去。从西山到东山(这是两个小小的半岛,小小的海湾),慢步要走一个半小时。岸边的被常年的海风吹得一面倒的红柳使他十分动情,这些经常出现在大西北的戈壁荒滩上的灌木却原来也常常长在海边。生活,地域,总是既区别又相通的。海岸像山坡一样伸展上去,高处建造着一幢又一幢的小楼。站在小楼上看海,大概是很惬意的吧。而现在,站在岸边,视线却似乎达不到多远,他所期待的辽阔无垠的海景,还是没有看见。

一条水平线(同样也应该叫作地平线吧?)限制了他的视野,真像是"框框"的一个边。原来,海水也是围在框框里的。当然，这里有眼睛的错觉。当他不是面向着海照直望去，而是按照海岸线的方向向东面或者西面延伸、扩展，望向远方的时候，他觉得自己是看到了很远很远的地方。正面看海的时候，地平线和海岸线横在眼前，而且远近都是一色的波浪，无从比较，无从判断。而侧面看过去呢，两条线是纵向的，岸上的景物又给人以距离的实感，于是，你的"观"感就大不相同了。虽然你一再提醒自己，由于地球是圆形的，那么你的视线在不受任何遮拦的情况下，也只能达到八公里处。正面看不会更少，侧面看也不会更多。然而这种科学的提醒，改变不了不科学的眼睛的真实的感觉。

真正辽阔的不是海而是天空，到海边去看看天空吧，他多么想凌空展翅！坐在飞机上，哪怕上升到一万米，两万米，大概也体会不到一只燕子的欢乐。燕子是靠自己的双翅，自己的身体，自己的羽毛和自己的膂力。燕子和天空是不可分割的一体，而波音707，却要把机舱密闭。只有站在地面上的人，才觉得坐着飞机的人升得很高很高。

就站在海边，向往这铺天接海的云霞吧。大面积的，扇面形的云霞，从白棉花球的堆积，变成了金色的菠萝。然后出现了一抹玫瑰红，一抹暗紫，像是远方的花圃，雪青色、灰黑色、褐色和淡黄色时隐时现，掺和在一起。整个的天空和海洋也随着这云霞的色彩而渐渐暗下来了，又陡地一亮，落日终于从云霞的怀抱里落到了海上。好像吐出了一个大鸭蛋黄，由橙黄橙红变得鲜红，由大圆变成了扁圆，最后被汹涌的海潮吞没了。

缪可言常常仰视天空。海边的天空是不刺目的，就像海边的太阳不会灼伤人的皮肤。浓雾一样的水汽吸收了多余的热和光。看着这天空,他感到一种轻微的、莫名的惆怅。巨大的,永恒的天空和渺小的,有限的生命。又一天过去了,过去了就永不再来。

一到这时,他就有一种强烈的冲动:脱下衣服,游过去,不管风浪,不管水温,不管鲨鱼或是海蜇,不管天正在逐渐地黑下来。黄昏后面无疑是好多个小时的黑夜,就向着天与海连接的地方,就向着已经由扇面形变成了圆锥形的云霞的尖部所指示的地方游去吧,真正的海,真正的天,真正的无垠就在那里呢。到了那里,你才能看到你少年时候梦寐以求的海洋,得到你至今两手空空的大半生的关于海的梦。星星,太阳,彩云,自由的风,龙王,美人鱼,白鲸,碧波仙子,全在那里呢,全在那里呢!

"呵,我的充满了焦渴的心灵,激荡的热情,离奇的幻想和童稚的思恋的梦中的海啊,你在哪里?"

然而,他游不过去了,那该死的左腿的小腿肚子!那无法变成二十五的五十二个逝去了的年头!

也许,不游过去更好一些?北欧一个作家描写过这样一个神奇的小岛,它有着无与伦比的美丽,它吸引着几个少年人的心。最后,当这几个少年人等到天寒地冻时,费尽千辛万苦,用整整 天的时间滑雪前去造访了这个小岛之后,他们才发现,小岛上除了干枯暗淡的石头以外,什么都没有。小说极为精彩地刻画了这种因为找到了梦所以失去了梦的痛苦。何况,缪可言已经过了做梦的年纪!

所以,他想离去。梦想了五十年,只待了五天。虽然这里就像天堂。不仅和阴潮的、恶臭的、绝望的监牢比是天堂，而且和他的忙碌、简朴、困窘的日常生活相比也是天堂。到处都有整齐如带的一排又一排的树，哪一排是法国梧桐，哪一排是中国梧桐，都不会错的。连交通民警的白色制服也特别耀眼，连大风也不会扬起哪怕一点点尘土，因为这里没有尘土。这里的土质是一种褐红色的细沙，是一种好像在医院里用生理食盐水反复冲洗过的细沙。它毫不粘连，毫无污染。而且街道上每天都要一遍又一遍地洒水和清扫。在这里换上新衬衫，一连过去几天，领子和袖口也不会脏。

他住的疗养所栽着许多花。低头可以赏花，抬头可以望海。可以站在前廊上数过往的帆船的数目。夜间，大家都入睡了以后，他可以清晰地听到大海的潮声，像儿时听到了睡眠着的母亲的呼吸。大海有多悠久，这海的呼吸就有多悠久。大海有多沉着，这海潮的起伏就有多沉着。而当海风骤紧了的时候，他听得到海的咆哮、海的呐喊、海的欢呼，好像是千军万马的厮杀。

而且这里有很好的伙食。人的一生中不是总能够吃到好东西的。在"号子"里的时候，寂寞压迫得人们要发狂。这时不知道谁搞到了一本残缺的成语词典。于是"犯人"们玩起算命来，不看书，自己报一个页码和第几个条目，然后翻开查看，撞上什么成语，就说明自己的命运是什么。当然，如果翻开一看是"罪该万死""遗臭万年"或者"杀一儆百"，那就不免要垂头丧气一番。如果是"前程似锦""苦尽甘来"或者"山重水复疑无路，柳暗花明又一村"，就会引起一阵欢笑。缪可言唯一一次找出的成语竟是"山珍海味"，这四个字带来了多少希望和快乐呀！美美的一顿精神会餐！（大家各自绘形绘色地描述自己吃过的美味）现在呢，山珍虽然无有，海味却是管饱。鱼、螃蟹、虾、海蜇、海带直到海白菜……食油按每人每月一公斤供应，四倍于城市居民。而且缪可言每天伙食费只交六毛，却按一块八的标准吃。休养所的彩色电视机是二十英寸的。休养所有乒乓球、扑克、康乐球、围棋和象棋，邻近的休养所还经常放映外国新片。

那么，他究竟缺少了什么呢？这里究竟缺少什么呢？那些非正常死亡的战友的亡灵永远召唤不回来了，自己的一番雄心壮志也永远召唤不回来了。他说要走，惹得休养所所长十分不安。我们的工作有什么差池么？服务员的态度不好么？伙食不合口味么？蚊帐挡不住蚊虫和小咬么？和其他的休养员有什么"关系"问题么？所长热烈地挽留他。他的介绍信上本来开的是疗养一个月。

但他若有所失。天太大。海太阔。人太老。游泳的姿势和动作太单一。胆子和力气太小。舌苔太厚。词汇太贫乏。胆固醇太多。梦太长。床太软。空气太潮湿。牢骚太盛。书太厚。

所以他坚持要走。确定了要走，情绪好了一些，晚上多喝了一碗大米绿豆稀饭。多夹了两筷子香油拌的酱苤蓝丝。饭后，照例和休养员伙伴沿着海岸散步，照例看天、云、海、浪花、渔船。再见吧，原谅我！他对海说。他好像一个长大了，不愿意守着母亲生活的孩子，在向母亲请求宽恕。我走了，他说。

快要入睡的时候，他走到果园里方便了一下。他走回前廊,伸长脖子,看了一下海,只见一片素雅的银光,这是他从来没看到过的,哦,今夜有怎样团圞的明月! 海上生明月,天涯共此时。在满月下面,海是什么样子的呢? 不肖的儿子再向母亲告一次别吧,于是,他披上一件衣服,换上布鞋,一个人悄悄走出去了。

他感到震惊。夜和月原来有这么大的法力! 她们包容着一切,改变着一切,重新涂抹和塑造着一切。一切都与白天根本不同了。红柳、松柏、梧桐、洋槐、阁楼、平房,更衣室和淋浴池、海岸、沙滩、巉岩,曲曲弯弯的海滨游览公路以及海和天和码头,都模糊了,都温柔了,都接近了,都和解了,都依依地连接在一起。所有的差别——例如高楼和平地、陆上和海上——都在消失,所有的距离都在缩短,所有的纷争都在止歇,所有的激动都在平静下来,连潮水涌到沙岸上也是轻轻地、试探地、文明地,生怕打搅谁或者触犯谁。

而超过这一切,主宰这一切,统治着这一切的是一片浑然的银光。亮得耀眼、活泼跳跃却又朦胧悠远的海波支持着布满青辉的天空,高举着一轮小小的、乳白色的月亮。在银波两边,月光连接不到的地方,则是玫瑰色的、一眼望不到头的黑暗,随着缪可言的漫步,"银光区"也在向前移动。这天海相连、缓缓前移的银光区是这样地撩人心绪,缪可言快要流出泪来了。这一切都是安排好了的,海在他即将离去的前一个夜晚,装扮好了自己,向他温存,向他流盼,向他微笑,向他喁喁地私语。

海——呀——我——爱——你! 他终于喊出了声,声音并不大,他已经没有了当年的好嗓子。然而他惊起了一对青年男女。他完全没有注意到,就在他脚下的岩石上,有一对情侣正依偎在一起。他完全没有思想准备,完全想不到他会打扰年轻人。因为这里和城市的公园或者游泳池不同,这里简直就没有什么年轻人。但是,他确实已经打扰了人家,女青年已经从岩石上站了起来,离开了男青年的怀抱。他恍惚看到了女青年的淡色的发结。他怀着一种深深的歉疚,三步并两步地离开了这个地方。他非常懊悔,却又觉得很高兴,很满意。年轻人在月夜海滨,依偎着坐在一起,这很好。海和月需要青春,青春也需要海和月。但他们是谁呢?休养员里没有这样年轻的,服务人员里也没有这样年轻的。事后他才依稀感到了在自己的耳膜上残留着轻微的本地口音。那么说是农民!一定是农民!是社员?是回乡知识青年?是公社干部?还只是最一般的农民?反正是青年。反正农民也爱海,爱月,爱这"银光区"。那就更好。这天和地,海和人,都显得甜甜的了。

这是什么声音?哗——哗,不是浪,不是潮,这只能是人的手臂划动海水的声音。他顺着这声音找去,他看到了在他刚离去的岩石下面,似乎有两个人在游泳。难道是那两个青年下去游水了么?他们不觉得凉么?他们不怕黑么?他们把衣服放到了哪里?喔哟,看,那两个人已经游了那么远,他们在向着他向往过许多次、却从来没有敢于问津的水天相接的亮晶晶的地方游去了呢。

缪可言觉得有点眼花,这流动的、摇摆的、破碎的和粘连的银光真叫人眼花缭乱。是不是他看错了呢?那里两个人吗?人有这样的游泳速度吗?难道是鱼?人鱼?美人鱼?

不,那不会错,那就是人,就是刚刚被惊动了的那两位热恋中的青年人。缪可言又有什么怀疑的呢? 如果是他自己,如果倒退三十年,如果他和他的心爱的姑娘在一起,他难道会怕黑吗? 会嫌冷吗? 会躲避这泛着银光的波浪吗? 不,他和她会一口气游出去八千米。就是八公里,就是那个极目所至的地方。爱情、青春、自由的波涛,一代又一代地流动着、翻腾着,永远不会老,永远不会淡漠,更永远不会中断。它们永远和海,和月,和风,和天空在一起。

他唱起了一支歌。他怀着隐秘的激情回到了休养所。入睡之前,他一下子想起了好几首诗,普希金的,莱蒙托夫的,拜伦的,雪莱的,惠特曼的,还有他自己的。他睡了,嘴角上带着微笑。

"怎么样? 这海边也没有太大的意思吧?"送他走的汽车驾驶员说。这位驾驶员是一个善解人意的心理学家,而且他已经得悉缪可言是个古板的老单身汉。然而这回他错了,缪可言回答道:

"不,这个地方好极了,实在是好极了。"

1980年

# 木箱深处的紫绸花服

这是一件旧而弥新的细绸女罩服。说旧,因为它不但式样陈旧,而且已经在它的主人的箱子底压了二十六年,而二十六岁,对于它的女主人来说固然是永不复返的辉煌的青春,对于一件衣服,却未免老耄。说新,因为它还没有被当真穿过,没有为它的主人承担过日光风尘,也没有为它的主人增添过容光色彩。总之,作为一件漂亮的女装,它应该得到的、应该出的风头和应该付出的、应该效的劳还都没有得到,没有出过,没有付出,也没有效。而它,已经二十六岁了。

可喜的是它仍然保持着新鲜和姣好的姿容,和二十六年前刚刚出厂,来到人间、来到女主人的身边的时候一样。

"氧化",它听它的主人说过这个词。它不懂,因为它被穿了一次便永远地压进了樟木箱底,它没有机会与主人一起进化学课堂。虽然,它知道,它的主人是化学教师。

"老不穿,它自己也就慢慢氧化了!"有一次,女主人自言自语。她说话的声音非常之轻,如果这件衣服的质料不是细腻的软绸而是粗硬的亚麻,那它肯定什么也听不到的。

"氧化"是一个很讨厌的词儿,从女主人的声调里它听出来了。

但它至今还没有感觉到氧化的危险。它至今仍然是紫色的,既柔和,又耀目,既富丽大方,又平易可亲。它的表面,是凤凰与竹叶的提花图案,和它纤瘦的腰身一样清雅。它的质料确实是奇特的,你把它卷起来,差不多可以握在女主人小小的手掌里。你把它穿上,却能显示出一种类似绒布的厚度和分量。就连它的对襟上的中式大纽襻,也是精美绝伦的。那上面,凝聚着一个美丽的苏州姑娘的手指的辛劳。

丽珊购买这件衣服是在一九五七年。新婚前夕,她和鲁明一起去服装商店,鲁明一眼就看到了这件衣服,要给她买下来。她却看花了眼,挑挑拣拣,转转看看,走出了这个商店。走进了别的商店,走出了别的商店,又走进了这个商店。从商店的这一端走到那一端,从那一端又走到了这一端,用了一个半小时,最后还是买下了这件一起初就被鲁明看中了的衣服。当然,鲁明并没有埋怨她,那是多么甜蜜的一个半小时啊!人的一生中,又能有几次这样的一个半小时呢?

新婚那天晚上,她穿了这件衣服,第二天天气就大热了,那是一个真正炎热的夏天。它便被脱了下来,小心翼翼地折叠好,放到妈妈给她这个独生女的唯一的嫁妆——一个旧樟木箱子的尽底下了。

后来鲁明走了,一走就是好多年。

在这个夏天以后,在鲁明走了以后,在世界发生了一些它所不知道的变化以后,它便只有静静地躺在箱底的份儿了。

终于，丽珊成功了，她可以去边远的一个农村，去到鲁明的身边。走以前，她把原来珍贵地放在她的樟木箱子里的许多衣服都丢掉了，像那件米黄色的连衣裙，像鲁明的一身瓦灰色西服，像一件洁白的桃花衬裙……它们都是紫绸花罩服的好同伴。与它们分手是一件令人神伤的事情，紫绸花罩服觉得寂寞和孤单。而那些出现在箱子里的新伙伴使它觉得陌生、粗鲁，比如那件羊皮背心，就带着一股子又膻又傲的怪味儿，还有那件防水帆布做的大裤脚裤子，竟那样无礼地直挺挺地进入了箱子，连向它屈屈身都不曾。

但是丽珊带着它，不论走到什么地方。虽然从那个时候起它已经永远与丽珊无缘了。不说那些无法被一件女上装理解的原因了，起码，那时已经是六十年代了，丽珊已经有了一个满地跑的儿子，她已经再也穿不下这件腰身纤瘦的衣服了。

幸亏还有一条咖啡色的领带，也是在他们结婚前不久进入这个箱子的。它甚至连一次也还没有上过鲁明的脖子，新婚那一天鲁明结的是另一条玫瑰红色的有斜条纹的领带。这样一条领带竟然和这个箱子、和羊皮背心、和帆布裤子、和连指手套与厚棉帽子，当然也和紫上衣一起去到了边远的农村，给纤瘦的紫衣以些许微末的安慰，显然，这是由于丽珊的疏忽。这条领带自然是属于应淘汰之列的。

一九六六年的夏天，一个更加炎热的夏天，鲁明和丽珊在夜深人静之后打开了樟木箱子。翻腾了一阵以后，首先发现了领带。鲁明惊呼了一声："怎么还带来了这玩意儿？"倒好像那不是一条领带，而是一条赤练蛇。"好了好了。"丽珊说，但是她的声音不像丽珊，而像另一个人，"我来处理它……正巧，我的腰带坏了。"说着，她拿起了领带，往裤腰上系。紫衣服看到了领带的颤抖，不知道是由于快乐还是痛苦。

鲁明接着指着紫衣服说："那么它呢？它怎么办？它也是'四旧'啊！"

"我并不旧啊！我只被穿过一次！我被保管得好好的！樟木箱子不会生蛀虫。我一点也不旧，更不是'四旧'啊！"

紫衣服想说，却发不出声音。精灵一样的苏州姑娘的手指啊，给了它美丽的形体和敏锐的神经，却没有赋予它声音，它甚至于连叹息一声的本事都不具有。

"这个，我要留着它。"丽珊的声音非常坚决，但是比拿领带做腰带用时更像丽珊的声音一些，"我要把它藏起来，不让任何人把它夺去。"

"你恐怕已经穿不得了……"鲁明说。他变得安详了，一只手搭在丽珊的肩上。

"……我要留着它。也许……"

什么是"也许"呢？紫衣服体会到，它未来的命运和这个"也许"有关系，但是它完全不懂得什么叫作"也许"。对于一件二两重的衣服，"也许"太朦胧也太沉重。

"老不穿，它自己也就慢慢氧化了。"这次是丽珊自语，连鲁明也没有听到。

不要氧化，而要"也许"！紫衣服无声地祝愿着。

终于，许多的日子过去了，鲁明和丽珊快快活活地开始了他们的二度青春，他们重新发奋在各自原来的岗位上。许多好衣服也见了天日，同时，许多新质料、新式样、新花色的好衣服迅速地出现了。鲁明常常出差，还出过一次国。他从上海、从广州、从青岛、从巴黎和香港，给丽珊带来了合身的衣服。

换季的时候，这些衣服进入了樟木箱子，它们有一种兴高采烈、从来不知忧患为何物的喜庆劲儿。

新衣服进了箱子，见到紫衣服，不由怔住了。"您贵姓？"它们无声地问。

"我姓紫。"它无声地答。

"府上是？"

"苏州。"

"您的年纪？"

"二十六。"

"老奶奶，您真长寿！"上海衬衫、广州裙子、青岛外套、巴黎马甲与香港丝袜七嘴八舌地惊叹着。

它们没有再无声地说下去。因为它们看出来了，紫衣服的神情里流露着忧伤。

丽珊好像懂得了它的心情，在把新衣服放好，关上箱子盖以后，又打开了箱子，把紫衣服翻了出来，托在掌上，看了又看。紫衣服听到了丽珊的心声：

"不论有什么样的新衣服，好衣服，我最珍爱的，仍然只是这一件。"

"以后……"她说出了声。

对于紫衣服,"以后"比"也许"的含义要更浅显些,它听到了"以后",它理解了"以后",它充满了期待和热望,它得到了安慰。它在箱底,舒舒服服、温情脉脉地等待着。它信任它的主人,它知道丽珊的"以后"里包容着许多的应许。它不再嗟叹自己的命运,也丝毫不嫉妒新来的带着丽珊的体温和气味的伙伴。就拿那一双香港出产的长筒无跟丝袜来说吧,只被主人穿了一次,便破了一个洞。紫绸服的口角上出现了一丝冷笑,不用人指点,紫绸服已经懂得了在香港时鲜货面前保持矜持。

丽珊所说的"以后"是指她的孩子。他们没有女儿,只有那个儿子,他们的生活虽然坎坷,儿子却大致没有受过什么委屈。从小,儿子的生活里有足够的蛋白质、足够的爱、足够的玩具和课本。儿子早就发现了妈妈的这件压箱底的衣服,他第一次提出下列问题的时候还不满八岁。

"妈妈,多好看的衣服呀,你怎么不穿呀?"

丽珊没有说什么,她只是静静地一笑,她绝不让孩子过早地接触那咬啮大人的愁苦。

"等你长大了,我把这件衣服送给你。"妈妈有时说。

"我……可这是女的穿的衣服呀!"儿子说话时的口气,好像为自己不是能穿这样衣服的女孩子而遗憾似的。

妈妈笑了,笑得有那么一点狡狯。

后来儿子有了自己的事,有了自己的书包,自己的朋友和自己的衣服。他不再提这件衣服的事,他把这件压箱底的衣服全然忘了。

以后儿子长大了。以后儿子念完大学，工作了。以后儿子有了女朋友。以后儿子要结婚了。

这就是丽珊所说的"以后"的部分含义。在儿子预定的婚期的前几天，樟木箱子被打开了，压在箱底的紫绸衣服被小心翼翼地拿了出来。

"你看这件衣服好看吗?"丽珊问儿子。

"哪儿来的这么件怪衣服!"这是儿子心里的话，但他没有说出来。人们心里想的、没有说出的话是不能被他人听到的，只能被质料柔软的衣服听到。

儿子看出了妈妈的心意，所以他连忙笑着说:"挺好。"

"送给你的未婚妻吧!"丽珊说，"我年轻的时候只穿过它一次。"同时，丽珊在心里说:"那是我新婚的纪念，也是我少女时期的纪念，虽然它在我的身上只被穿了三个小时，然而它跟着我已经度过了二十六年。"

紫绸衣听懂了丽珊说出的和没有说出的话，它快活得晕眩。任何一件衣服能有这样的幸运吗? 它将成为两代人的生活、青春、爱情的纪念。

儿子接过了紫衣，拿给了未婚妻。未婚妻提起衣服领子在自己身上比了比，正合适，用不着找裁缝改。未婚妻的身量比妈妈略高一点，但按现在的时尚，衣服宁瘦勿肥，宁短勿长，这件衣服简直天生是为儿子的未婚妻预备的。

紫衣服想欢呼:"我的真正的主人原来是你! 我的真正的青春，原来是在八十年代!"它想起香港的破了洞的丝袜子称它为"老奶奶"，笑得不禁抖了起来。

"不，我不要，新衣服还穿不完呢，谁穿这个老掉牙的?"

未婚妻讲得很干脆,也很合逻辑。"当然,我谢谢妈妈的这番心意。"过了一会儿,她补充说。

透不过气来的紫衣服偷偷瞅了一眼,未婚妻的上衣和裤子上有令人眼花缭乱的无数个小拉链,服装的款式、气派和质料都是它从来没见过、也从来没想到过的,它目瞪口呆。

最后,紫衣服回到了丽珊手里,鲁明身边。儿子的解释是委婉的:"这是你们的纪念,它应该跟着你们。"

"这样好,这样好。"鲁明爽朗地大笑着说,"你给出去,我还舍不得呢。"他对丽珊说。

同时,儿子和他的未婚妻十分感激地收下了二老双亲给他们的其他更贵重得多的礼物,其中包括一台电视机。未婚妻给妈妈打了一件毛线衣。八十年代的毛线衣,有朴素而美丽的凹凸条纹,不仅可以穿在罩服里面,而且是可以当作春秋两用衣穿在外面的。

紫绸衣在这一晚上搭在了丽珊和鲁明的双人床栏上。它听到了他们的心声,惊异地知道了自己原来包容着他们的那么多温馨的、艰难的和执着的回忆。那是什么?当丽珊伏在床栏上与鲁明说话的时候,它感觉到一点潮湿、一点咸、一点苦与很多的温热。它明白了,这是一滴泪啊,一滴丽珊的眼泪。眼泪润泽了并且融化了紫绸衣的永久期待的灵魂。它充满了悔恨,它竟然一度想投身到一个年轻无知的女子——儿子的未婚妻的怀抱,与那些拉链众多的时装为伍。它再也不会犯这样的错误了,它再也不离开丽珊和鲁明了。这已经是足够的报偿了,它已经得到了任何衣服都不可能得到的东西。为什么这样热、这样热啊？眼泪正在加速氧化的过程，它恍然悟到，氧化并不全是可诅咒的事情。燃烧，不正是氧化现象吗？它懂得了它的主人这一代人，他们的心里充满了燃烧的光明和温热。从它来到他们的家里以前就是这样，现在仍然是这样。

衣服是为了叫人穿的，得不到穿的衣服是不幸的。然而，最最珍贵的衣服又往往是压在箱子的深处的。平庸如香港的丝袜，也完全理解这一点。然而，如今的丽珊、鲁明与我们的这一件紫绸花服，却都有了新的意会。

所以，在这个故事里，丽珊、鲁明和紫绸花服，都不必有什么怨嗟，有什么遗憾，更用不着羡慕别样的命运。他们已经通过了岁月的试炼，他们尽了自己的心力，他们怀着最纯洁的心愿期待着。如今，他们期待的已经实现，落在紫绸花服上的唯一的一滴眼泪已经蒸发四散，他们已经得到了平静、喜悦、真正的和解和愈来愈好的未来。他们有他们的温热和骄傲和幸福。紫绸花服的价值已经超过了一般。而当这一些写下来以后，木箱深处的紫绸花服还会慢慢地氧化在心的深处。

那就让它氧化和消散吧。

1983年

# 临 街 的 窗

一

在我幼小的时候就注意到胡同东口那一家的临街的窗子了。高大的合欢树，永远紧闭的暗红色的门，剥落的油漆，稀稀落落的、步伐沉重的行人，推车卖货的小贩，吵吵闹闹的上学和下学的孩子，秋天的落叶和冬天的雪。就在这单调的与乱哄哄的诸种景色之中，有一扇小小的高高的窗。是一扇永远打不开的窗。是一块安装上了的玻璃。是一个透光的方孔。尽可能安置得高，这样，在采进光照的同时却不会暴露室内的秘密。

我们的城市是不作兴把窗子开在临街一面的。人们都是把窗开在院子里，叫作四合院也可以，虽然未必四面都有房子。所以，当晚间走过这个胡同，那多半是看完了白云或者陈云裳主演的完全不适合我这个年龄的孩子看的乏味的电影之后。黝黑的胡同和更加黝黑的树影里，只有一扇窗口透露出橙黄色的灯光，只有这一家人没有用绝对的砖墙把自己与胡同、与街、与城市、与不相干的路人隔阻开来。这使我觉得温暖。我推测，那里面大概住着一个好心的母亲和她的女儿,母亲正催促女儿在昏黄的灯光下做功课。也可能是一个会写童话的孤独的老头儿,他看一眼自己的住室的高高的临街的窗口,就会想出一个逗人的故事。或者就是一个准备远行的青年吧?第二天天不亮就会有人在窗下轻声叫他,他们就一起出发,到很远很远的地方,到不那么残暴也不那么穷困的地方去了。

后来我长大了,我没有固定的职业。有的医生说我的肺部有某种感染,有的说没有什么。这样,我常常有时候徘徊在离那窗口很近的合欢树下。每年学生考试、放暑假、升学并因而焦头烂额的时刻,合欢的金红花盛开。合欢花就像我的青春一样虚无缥缈,然而灿烂。在合欢树下,我听到了——隐约地听到了窗里传来的说话声和音乐声。

我说不清那是一种什么音乐,是西乐还是国乐,是什么乐器在响,是什么旋律和节奏。我好像没有抓住它的声音,甚至也没有感染到它的情绪。但是我已经共鸣了,我已经震颤了,一种温柔的暖流已经流遍我的全身,我傻笑了,我觉得我已经不完全是我自己,世界也不完全是这个破烂的、摇摇欲坠的世界了。也就是在这个时候,我听到了她的说话声:

你好,我的朋友!

这是在对我说么?她是谁?再也听不见什么了,但还是有喃喃的低语,有一种诱导和抚摸,有一种语气,有一种呼吸,有一种人的温热。人生并不总是那么孤独。

记得当时年纪小,
我爱谈天你爱笑……

这是我悄声唱起的歌。也许,她能听见?

后来我参加了革命。后来我离开了家,离开了那条胡同,忘记了那扇窗。我很忙。我唱完全不同的歌:

> 我们是投弹组,
> 战斗里头逞英豪,
> 杀呀!

几十年后我们那么快地老了,离职休养回到家,回到我们的城市仅存的几条面貌依然的小胡同来了。

我找到那间具有临街的窗的房子了。窗已经堵死了,只有像我这样的老居民,才能依稀分辨出窗的遗迹及它与后砌的砖的接茬,尽管这茬口已经掩盖在白灰、青灰与麻刀的灰皮之下。合欢树已经没有了,代替合欢的是年轻的杨。行人稠密,儿童欢笑,还常常有汽车经过这里。汽车的牌子有上海、雪铁龙、奔驰和桑塔纳。暗红色的门的油漆剥落得更多,但门是经常打开的,有许多人从这门里进进出出。有出来打太极拳的,早上。也有挽着手出来去跳舞的,礼拜六晚上。

我看着已经堵上的临街的窗,祝福它过去的和现在的主人。想象着一幢一幢的新楼、一排又一排的大玻璃窗灯火通明,传出了让·米席尔·雅尔的电子合成音乐《朔望》和芭尔芭拉唱的"我没有带给你一束花……"窗帘也愈来愈讲究了。它们将唤起新的、密集得多也奇妙得多的幻想,给新的徘徊者以安慰。我想建议有关部门努力减少街道上的噪音,使窗里的人生活得更安逸、美好。

## 二

这间房子老显得黑洞洞。向阳的一面窗子开得很小。南院墙离得近了,常常把阳光挡住。窗下堆着一大堆煤块,是四轮车从皮里青矿拉来的,当然,漆黑。我们又是冬天搬进去的,冬天日头矮。

不过门前有一株苹果树,每年长出七八片叶子,过晚地发芽,过早地枯黄,无人过问,却还活着。但总要死的。

冬季取暖用的火墙连同给墙提供火的砖砌的灶把房间一分为二。屋内的墙潮乎乎,不白。房子刚修好,还没有干。住人生火以后,满屋的湿霉麦秸味儿,每天早晨水汽把窗玻璃涂上厚厚一层雾障。

几天以后,墙上的原先没有溶透的石灰开始爆炸,绽开了百花。又过几天,奇迹出现了。和泥用的麦秸里不乏没有扬净的麦粒,这说明了生产队劳动责任心的缺乏。在适宜的温度与湿度的作用下,麦粒苏醒了,萌动了,欣欣然发出了碧绿的芽。我的四面墙壁生机盎然。

"这是我的试验田。"我告诉来访的新结识的维吾尔农民朋友。他们笑个不停。他们忠告我说,这样潮的房子,又是冬天,是不能住的。勉强住进去,会得关节炎。

死都不怕,还怕困难么?同样的逻辑,那么多倒霉的事都碰到了,还怕关节炎么?所以也就心安理得地住下来了。

火墙的一分为二是把少半部分分在向阳面,背阴面倒是正房。正房有两扇对开的较大一些的窗户,临街。

这是一九六五年我先到伊犁、妻后来也到了伊犁以后住的第二"所"房子。九月份妻到了,分到伊宁市的一所中学,先临时住在共青团总支部的一间废弃了的办公室。十一月天寒地冻以后才搬进这所刚修好的极端简易的土房子。

但我们充满了生活的新鲜感,对来到伊犁、对在伊犁的重新团聚、对分到新房子、对临街的窗。从前(注意,是从前,就像老祖母给孙儿讲故事似的)我们在北京的时候,还没住过有着临街的窗的房子。

窗外的街巷是一条宽广的土路。两面各有一道小渠,并不经常有水。渠边是两排杨树,树干挺拔有力。土路上来来往往的主要是步行的与骑自行车的人。有时候有两三个骑马的人走过。有时候一匹马夫妻两个人骑。妻子在丈夫的前边,在丈夫的怀里,让人觉得很有爱情,即使别的什么都还没有。伊犁人骑马的习惯与南疆喀什噶尔人不同。喀什噶尔的一对夫妻骑马与美国西部片上的一对情人骑马奔逃的形象是一样的,男在前,女在后,双手攀着男子的肩。伊犁之所以相反,据说是因为伊犁人的妻子是抢来的。清代为了屯垦荒凉的伊犁地区,鼓励喀什噶尔人到伊犁安家落户,并且规定凡去伊犁种麦子的,有"权"抢一个媳妇。抢来的媳妇,更加宝贵,当然要搂在怀里,不可须臾离之了。

每天拂晓以前,可以听到车轮轧轧声与马脖子上的铜铃的叮咚响,那是去煤矿拉煤的车。冬季,他们到了煤矿,要排很长时间的队,这样,便竞相早起,越起越早,五更不到就冒着夜气严寒起床备车备马了。伊犁谚语:车夫就是苦夫,真的。而到了下午三点左右，煤黑子车夫疲惫不堪地赶着装满煤的车子回城上来了。这也是从窗向外看到的秋冬一景。

深夜，常常有喝醉了的男人高声唱着歌从窗下走过。他们的歌声压抑而又舒缓，像一个波浪又一个波浪一样涌起又落下，包含着深重永久的希望、焦渴、失却、离弃而又总不能甘心永远地沉默垂头下去的顽强与痛苦。他们的嘶哑的、呼喊似的歌声，常常使我落泪，还有比落泪更沉重的战栗。

后来就是春天了。杨树先长出了不美丽的却也是蓬勃的穗。鸟儿在树上飞来飞去，吱吱喳喳。在富饶的伊犁河谷，在人们不认真地把粮食从田地里收净的那些年，鸟儿大概比人吃得足实一些，发育得饱满。春风吹了一阵，放风筝的各族儿童在土路上跑来跑去了一阵。化雪翻浆、轧成一道沟一道沟的土路终于干燥、硬结。虽说还没见到万紫千红的似锦繁花，却首先看到了穿着色彩缤纷的衣裙的各族女孩子们。伊犁的女孩子最喜欢成伙成对地走路了，勾肩搭背，又说又笑又唱，总是那么亲热又那么活泼。她们用维语唱着：

达格达姆约力芒艾米孜（我们走在大路上……）

感谢这面临街的窗。它使身处逆境，独在异乡的我们迅速克服了陌生感，使我们觉得伊犁河谷是真切而美丽的，伊宁市的土路是真切而美丽的，伊犁人的生活是真切而美丽的。

但这扇窗也出了难题。当我去公社"劳动锻炼"的时候，夜间剩下妻一个人，这扇窗便成了她的心病。整夜，她听着清晰的脚步声、说话声、车轮声、马蹄声、歌声、笑声，觉得缺乏安全感。窗子低低的，一层薄薄的玻璃，几根歪斜的木条，只要轻轻一敲一捅，玻璃就会稀里哗啦，任何想跳进室内的人都可以不费吹灰之力地跳进来，不需要事先练习跳跃或者武功。这使她夜夜难以成眠。

为此我们多次向校方要求安装保护性的木窗扇。在伊犁，多数家庭的窗都临街，人们把临窗赏街景视为生活的一大乐趣。但临街的窗必有木窗扇，木窗扇上多有浮雕花纹，夜间入睡以前把木窗扇关起，用一根铁棍两只穿钉把窗扇固定起来，自然万无一失。木窗扇不仅有利于安全，冬季也有助于保护室内的温暖。但这一排新落成的简易房子，却没有这美好的设施。大家都要求装木窗扇，学校无力解决。

"文化大革命"开始以后，窗外的升平景象减少了，增加了戴柳条帽的武斗"野战军"队员、游斗的牛鬼蛇神，还有各种狂热的敲锣打鼓欢呼"特大喜讯"的队伍。但是妻反而放心了一些，"阶级斗争"的弦绷紧到了空前紧张的程度，人们无心去防小偷了。

一天，一个歪戴着肮脏的硬顶帽的顽童，突然从地上抄起一块石头，向我们的这窗抛来。砰的一响，窗玻璃裂了几条大缝，把我们吓了一跳。我恰在室内目睹顽童的恶行，气急败坏地夺路出门去追，顽童已不见踪影。但街上的其他小朋友主动热心地前来向我提供线索，告诉我顽童的姓名、住址，并都愿充当向导领我去找那个顽童算账。不知道这是由于他们富有同情心与正义感，或是由于他们与那顽童有隙，还是仅仅由于他们烦闷无聊喜欢看人与人发生冲突。我在热心人的带领之下，迅即找到顽童家里，先看到了一个青年小伙子，估计是顽童的哥哥。我向他说明了情况，他便从里屋把那个顽童揪着耳朵揪出来了。我确认就是他以后，青年人照着顽童就是一拳，使我反而起身劝解。这时从里屋出来一位老人，银须长袍，道貌岸然，彬彬有礼地接待了我。对我的街窗被砸深表同情和遗憾，并讲述了他的关于人人应是兄弟、各族应是一家的崇高信念。我怒火全消，也不好意思再提出赔偿损失之类的要求，只好自认倒霉，回到窗已被砸的小屋里去。

这样，临街的窗就变得更加不安全了，妻要求我回来得勤一点。

自从"文化大革命"开始我就充满了不祥的预感，我每天都等待着灾难的降临，诸如收到某个"革命组织"的勒令，被揪回乌鲁木齐、被关入"群众专政队"之类。但截至窗玻璃被砸的那一天，并没有发生什么特殊的、专门针对我的事。我只是在一种"雷霆万钧"的威慑下，"只准规规矩矩，不准乱说乱动"罢了，而且这种"规规矩矩"是完全自觉的。我小心翼翼地思量了一下，认定多回几趟家，照看孤身处于玻璃被砸的临街的房室的妻子，也许尚不能算是对抗"文化革命"的大罪，便自动增加了每周回家的次数。

当然，回家不能影响劳动，只有劳动才能得到改造和新生。我是在每天下田耕作之后，洗一把脸，再骑上我的杂牌破自行车，一小时之后才回到伊宁市、回到家来的。夏季农田里干活时间长，九点才下班，到家就十点多了，有时候还更晚。夜深人静之时，骑自行车离开村镇，走上公路，穿过碱滩,穿过坟茔,穿过臭味扑鼻的沼地,经过一个又一个黝黑的大果园,经过星光和伸手不辨五指的黑暗——全仗着路熟。在下地劳动十小时之后,在骑车一小时之后,终于依稀看到伊宁市的萧疏的灯火了,终于自行车拐弯、拐进我家所在的胡同了,终于进家见到从愁容满面转变为喜形于色的妻了……这也是那个年月的一种快乐,虽然难免被批评者讥之为"卑微"。第二天天不亮我便又走了。

但心里还是有点鬼,不愿意让人看到自己的夜归早遁。随着社会形势的日趋紧张,这所家属院每晚十点便从里面扣上了门。于是我与妻约定,遇到我十点以后抵家,先按一定的节奏轻敲临街的破窗,然后妻给我小心翼翼地开启大门。

紧张的夏收开始了,我本来已经与妻说定,这一星期不回家了的。三天以后却又不放心起来,我想象着不远万里从北京随我来到新疆来到伊犁的妻惊恐地注视着已被砸烂的窗,不得入梦、辗转反侧的情景,一种说不清的柔情和歉疚感使我觉得哀痛。即使有被枪决之虞,在枪决之前,我还是要多回去几次陪伴她,我含泪下了决心。于是,这一天,在劳动完了,吃罢晚饭,夜十一点半了,房东大娘已经为我准备了床铺之后,我突然说,我要回城里的家看看。

公路上已经没有一人一车,这使我反而感到自由,感到自己的强壮和"伟大",我很满意于自己的决断力与想象力,还有勇气。生活锻炼了我,我虽写过几篇小说之类什么的,但我毕竟不是梦游式的或清谈式的文人。我一定会想方设法活下去,想方设法活得自由而且快乐。差不多夜里一点了,我回到了家。我的独有的敲窗曲——小夜曲(?)立刻得到了惊喜的妻的回应。

但是大门已经锁上了，而钥匙并不在这个院子里。这样的深夜去找钥匙开大门，"政治上"与技术上几乎都是不能允许的。

事情有点麻烦。隔着大门，听完妻子的述说，我觉出她已快哭出来了。

我分析情况，当机立断。大门下面，有一道缝，消瘦的我完全有可能爬进去，虽然不雅。自行车就没有办法了，只好锁起放在巷里，我们的窗下。

妻子对我的方案还在怀疑，我已开始了行动。一分钟后，浑身是土的笑嘻嘻的我已站在妻面前。我的表情甚至是得意扬扬的。

这也是胜利。我们都快活。

一小时后，我们刚刚睡下，窗下传来了人声。原来是几个汉、维同胞研究这辆破车。他们分析说，这辆车可能是小偷偷了，用完，甩在这里的。

我连忙在窗内应声，说这是我的车。

"为什么扔在巷子里？"质问开始了。

我只好据实招来。

窗外安静了一会儿，他们改用维语小声计议，他们没想到我这个操着关内口音的汉人也懂维语。我听出他们是离我们这里不远的州法院的巡夜的。他们认为我的自行车摆在那里实在不成体统，孕育着危险（什么危险？我不明白。我那辆破车白给也不会有人要的）。但他们并没有顺藤摸瓜，借自行车的古怪对我进行进一步审查。谢谢了，性本善的人们。

于是他们用汉语对我说，车这样放着不好，他们要把它搬到法院院里去，明天早晨，我可以去法院取。

我表示完全同意。就这样。然后人车平安，皆大欢喜。

从此，这扇窗似乎变得更亲切了，还有点——妙不可言。后来玻璃终于换了好的。后来我们在窗上挂了洁白的窗帘。窗帘是一个维吾尔女工帮助做的，她用精致的挑花技术，使两片普通的白布幻化出迷人的花与月的图案。当然，这图案花是地地道道的维吾尔式的。

从此，不知就里的从巷子里路经我们的窗子的人认定这里住着维吾尔人。常常有寻找自己的亲友乃至来乞讨的维吾尔人来敲我们的门——穆斯林对于乞讨者都是慷慨施舍的，据说"伊斯兰"一词便是"义务"的意思，而施舍与朝觐、封斋、祷告、牺牲一道，是伊斯兰教徒的必尽义务。当他们敲门之后，看到开门的人并不是维吾尔人，他们脸上常常显出迷惑不解的神气。

但我终于没有使他们完全失望。我尽量像一个土著维吾尔人一样地尽义务和说话。如果说我至今没有忘记维吾尔语，至少有一部分是这窗、这窗帘的"认同"作用的功劳。

# 坚硬的稀粥

我们家的正式成员包括爷爷、奶奶、父亲、母亲、叔叔、婶婶、我、妻子、堂妹、妹夫，和我那个最可爱的瘦高挑儿子。他们的年龄分别是八十八岁、八十四岁、六十三岁、六十四岁、六十一岁、五十七岁、四十岁、四十岁……十六岁，梯形结构合乎理想。另外，我们有一位比正式成员还要正式的不可须臾离之的非正式成员——徐姐。她今年五十九岁，在我们家操持家务已经四十年，她离不开我们，我们离不开她。而且，她是我们大家的"姐"，从爷爷到我儿子，在徐姐面前天赋人权，自然平等，一律称她为"姐"。

我们一直生活得很平稳，很团结。包括是否认为今夏天气过热，喝茶是喝八块钱一两的龙井还是四毛钱一两的青茶，用香皂是用白兰还是紫罗兰还是金盾，大家一律听爷爷的。从来没有过意见分歧，没有过论证争鸣相持不下，没有过纵横捭阖、明争暗斗。连头发我们也是留的一个式样，当然各分男女。

几十年来，我们每天早晨六点十分起床，六点三十五分，徐姐给我们准备好了早餐：烤馒头片、大米稀饭、腌大头菜。

七点十分，各自出发上班上学。爷爷退休以后，也要在这个时间出去到街道委员会值勤。中午十二点，回来，吃徐姐准备好的炸酱面，小憩一会儿，中午一点三十分，再次各自出发上班上学。爷爷则午睡至三点半，起来再次洗脸漱口，坐在躺椅上喝茶读报。到五点左右，爷爷奶奶与徐姐研究当晚的饭。研究是每天都要研究的，而且不论爷爷、奶奶还是徐姐，对这一课题都兴致勃勃；但得出的结论大致不差：今晚上么，就吃米饭吧。菜吗，一荤、一半荤半素、两素吧。汤呢，就不做了吧。就做一回吧。研究完了，徐姐进厨房，噼里啪啦响上三十分钟以后，总要再走出来，再问爷爷奶奶："瞧我糊涂的，我忘了问您老二位了，咱们那个半荤半素的菜，是切肉片还是肉丝呢？"这个这个，这确实是一个重大的问题。爷爷和奶奶互瞟了一眼，做了个眼色，然后说："就吃肉片吧。"或者说："就吃肉丝吧。"然后，意图得到了完满的贯彻。

大家满意。首先是爷爷满意。爷爷年轻时候受过许多苦。他常常说："顿顿吃饱饭，穿囫囵衣裳，家里有一切该有的东西，而又子孙团聚，身体健康，这是过去财主东家也不敢想的日子。你们哪，可别太狂妄了啊，你们哪里知道挨饿是啥滋味？"然后爸爸妈妈叔叔婶婶都声明说，他们没忘记挨饿的滋味。饿起来腹腔胸腔一抽一抽的，脑袋一坠一坠的，腿肚子一沉一沉的。据他们说饿极了正像吃得过多了一样，哇哇地想呕吐。我们全家，以爷爷奶奶为首，都是知足常乐哲学的身体力行者与现今体制的忠实支持者。

这几年情况突然发生了变化。新风新潮不断涌来，短短几年，家里突然有了彩电、冰箱、洗衣机。而且儿子说话里常常出现英文词儿,爷爷很开明开放,每天下午午睡后从报纸上、晚饭后从广播和电视里吸收新名词新观念。他常征询大家的意见:"看咱们家的生活有什么需要改革改善的没有?"

大家都说没有,徐姐更是说,但愿这样的日子一代一代传下去,天天如此,年年如此,世世代代,永远如此。我儿子于是提了一个建议,提议以前挤了半天眼睛,好像眼睛里爬进了毛毛虫。他建议,买个收录机。爷爷从善如流,批准了。家里又增添了红灯牌立体声收录机。刚买时大家很高兴,你讲一段话,他唱一段戏,你学个猫叫,她念一段报纸,录下来然后放出音来,一家人共同欣赏欢呼鼓掌,认为收录机真是个好东西,认为爷爷的父辈祖辈不知收录机为何物,实在令人叹息。两天以后就降了温。买几个"盒儿带"来,唱的还不如收音机电视机里放送的好。于是,收录机放在一边接土蒙尘。大家便认识到,新技术新器物毕竟作用极为局限,远远不如家庭的和谐与秩序更重要。不如老传统更耐用——还是"话匣子"好哇!

那一年决定取消午睡,中午只休息四十分钟到一小时,很使全家骚动了一阵子。先说是各单位免费供应午餐,令我们既喜且忧,喜的是白吃饭,忧的是不习惯。果然,吃了两天就纷纷反映上火,拉不出屎来。没有几天,宣布免费供应的午餐取消,叫人迷惑。这可怎么办呢?爷爷教育我们处处要带头按政府指的道儿走,于是又买饭盒又带饭,闹腾了一阵子。徐姐也害得失眠、牙疼、长针眼、心律不齐。不久,各机关自动把午休时间延长了。有的虽不明令延长却也自动推后了下午上班时间,但没有推后下班时间。我们家又恢复了中午的炸酱面。徐姐的眼睛不再起包儿，牙齿不再上火，睡觉按时始终，心脏每分钟七十到八十次有规律地跳。

新风日劲、新潮日猛，万物动观皆自得，人间正道是沧桑。在兹四面反思含悲厌旧，八方涌起怀梦维新之际，连过去把我们树成标兵模范样板的亲朋好友也启发我们要变动变动，似乎是在广州要不干脆是在香港乃至美国出现了新的样板。于是爷爷首先提出，由元首制改行内阁制度，由他提名，家庭全体会议（包括徐姐，也是有发言权的列席代表）通过，由正式成员们轮流执政。除徐姐外都赞成，于是首先委托爸爸主持家政，并议决由他来进行膳食维新。

爸爸一辈子在家内是吃现成饭、做现成活（即分派给他的活）。这回由他负责主持做饭大业，他很不好意思也很为难。遇到买什么样的茶叶做不做汤吃肉片还是肉丝这样的大事，一概去问爷爷。他不论说什么话做什么事，都习惯于打出爷爷的旗号。"老爷子说了，蚊香要买防虫菊牌的。""老爷子说了，洗碗不要用洗涤剂了，那化学的玩意儿兴许有毒。还是温水加碱面，又节省，又干净。"

这样一来就增加了麻烦。徐姐遇事问爸爸，爸爸不做主，再去问爷爷，问完爷爷再一口一个老爷子说地向徐姐传话，还不如直接去问爷爷便当。直接去问爷爷吧，又怕爸爸挑眼而爷爷嫌烦，爷爷嫌烦也是真的，几次对爸爸说："这些事你做主嘛，不要再来问我了。"于是爸爸告诉徐姐："老爷子说了，让我做主，老爷子说了，不让我再问他。"

叔叔和姊姊有些窃窃私语。说了些什么，不知道。但很可能是既不满于爸爸的无能，又怀疑爸爸是不是拉大旗、假传圣旨,也不满于爷爷的不放手,同样不满于徐姐的啰唆,乃至不满于大家为何同意了实行内阁制与通过了爸爸这样的内阁人选。

爷爷有所觉察,好好地开导了一次爸爸,说明下放权力是大趋势。爸爸无奈,答应不再动辄以爷爷的名义行事。爸爸也来了一个下放权力,明确做不做汤与肉片肉丝之间的选择权全由徐姐决定。

徐姐不答应。我怎么做得了主啊,她垂泪垂涕辞谢,惶恐得少吃了一顿饭。但大家都鼓励她:"你在我们家做了这么多年了,你应该有职有权嘛!你管起来吧,我们支持你!你想买什么就买什么,你想做什么就做什么,你给什么我们就吃什么,我们信任你!"

徐姐终于破涕为笑,感谢家人对她的抬举。一切照旧,但人们实际上都渐渐挑剔起来。都知道这饭是徐姐一手操办的,没有尚方宝剑为来历为依据,从下意识的不敬开始演变出上意识的不满意。首先是我的儿子,接着是堂妹堂妹夫,然后是我妻子和我,开始散播一些讽刺话。"我们的饭是四十年一贯制,快成了文物啦!""因循守旧、墨守成规、凝固僵化,不思进取!""我们家的生活是落后于时代的典型!""徐姐的局限性太大嘛,文化素质太低嘛!人倒是好,就是水平太低!想不到我们家八十年代过着徐姐水平的生活!"

徐姐浑然不觉,反倒露出了些踌躇意满的苗头。她开始按照她的意思进行某些变革了。首先把早饭里的两碟腌大头菜改为一碟分两碟装,把卤菜上点香油变成无油,把中午的炸酱由小碗肉丁干炸改为水炸,把平均两天喝一次汤改为七天才喝一次汤,把蛋花汤改为酱油葱花做的最简陋的"高汤"。她省下了伙食钱,买了些人参蜂王精送到爷爷屋里,勒我们的裤带向爷爷效忠,令我们敢怒而不敢言。尤其可恶的是,儿子汇报说,做完高汤,她经常自己先盛出一碗葱花最多最鲜最香的来,在大家用饭以前先饮为快。还有一次,她一面切菜一面在厨房里嗑瓜子吃,儿子说,她一定是贪污了伙食费。"权力就是腐蚀,一分权力就是一分腐蚀,百分之百的权力就是百分之百的腐蚀。"儿子振振有词地宣讲着他的新观念。

父亲以下的人未表示态度。儿子受到这种沉默鼓舞,便在一次徐姐又先喝高汤的时刻向徐姐发起了猛攻:"够了,你这套低水平的饭!自己还先挑葱花儿!从明天起我管,我要让大家过现代化的生活!"

虽然徐姐哭哭闹闹,众人却没说什么。大家觉得让儿子管管也好,他年轻,有干劲,有想法,又脱颖而出,符合成才规律。当然,包括我在内,还是多方抚慰了徐姐:"你在我们家做饭四十年,成绩是主要的,谁想抹杀也抹杀不了的!"

儿子非常激昂地讲了一套理论:"咱们家吃饭是四十年一贯制,不但毫无新意,而且有一条根本性的缺陷,碳水化合物过多而蛋白质不足。缺少蛋白,就会影响生长发育,而且妨碍白血球抗体的再生与活力。其结果,也就造成国民体质的羸弱与素质的低下。在各发达国家,人均日摄取的蛋白质是我国人均日摄取量的七倍,其中动物蛋白是我们的十四倍。如此下去,个儿没人家高,体型没人家好,力气没有人家大,精神没有人家足。人家一天睡一次,四五个小时最多六个小时就够用了,从早到晚,精气神十足。我们呢,加上午觉仍然是无精打采。或者你们会说,我们不应与发达国家比。那么,我要说的是,我们汉族的食品结构还比不上北方兄弟民族——总不能说兄弟民族的经济发展水平高于我们啊!我们的蛋白质摄入量,与蒙古、维吾尔、哈萨克、朝鲜以及西南地区的藏族比,也是不能望其项背!这样的食品结构,不变行吗?以早餐为例,早晨吃馒头片稀粥咸菜……我的天啊!这难道是二十世纪八十年代的中华大城市具有中上收入的现代人的早餐?太可怕了!太愚昧了!稀粥咸菜本身就是东亚病夫的象征!就是慢性自杀!就是无知!就是炎黄子孙的耻辱!就是华夏文明衰落的根源!就是黄河文明式微的征兆!如果我们历来早晨不吃稀粥咸菜而吃黄油面包,一八四〇年的鸦片战争,英国能够得胜吗?一九〇〇年的八国联军,西太后至于跑到承德吗?一九三一年日本关东军敢于发动九一八事变吗?一九三七年小鬼子敢发动卢沟桥事变吗?日本军队打过来,一看,中国人人一嘴的白脱——奶油,他们能不吓得整团整师地休克吗?如果一九四九年以后我们的领导及早下决心消灭稀粥咸菜,全国都吃黄油面包外加火腿腊肠鸡蛋酸奶干酪外加果酱蜂蜜朱古力,我国国力、科技、艺术、体育、住房、教育、小汽车人均拥有量不是早就达到世界前列吗?说到底,稀粥咸菜是我们民族不幸的根源,是我们的封建社会超稳定欠发展无进步的根源!彻底消灭稀粥咸菜!稀粥咸菜不消灭中国就没有希望!"

言者为之动火,听者为之动容。我一则以惊,一则以喜,一则以惧。惊喜的是不知不觉之中儿子不但不再穿开裆裤不再叫我去给他擦屁股而且积累了这么多学问,更新了这么大的观念,提出了这么犀利的见解,抓住了这么关键的要害真是天若有情天亦老,人间正道是儿强! 真是身在稀粥咸菜,胸怀黄油火腿,吞吐现代化之八方风云,覆盖世界性之四维空间,着实是后生可畏,世界归根结底是他们的。惧的是小子两片嘴皮子一碰就把积弊时弊抨击了个落花流水,赵括谈兵,马谡守亭,言过其实,大而无当,清谈误家,终无实用。积我近半个世纪之经验,凡把严重的大问题说得小葱拌豆腐一青二白千军万马中取敌将首级如探囊取物易如掌都不用翻者,早晚会在亢奋劲儿过去以后患阳痿症的! 只此一大耳儿,为传宗接代计,实痿不得也!

果然,堂妹鼻子眼里哼了一声,嘟囔道:"说得倒便利! 要是有那么多黄油面包,我看现代化也就完成了!"

"啊?"儿子正在气盛之时,大叫,"好家伙! 六十年代尼·谢·赫鲁晓夫提倡土豆烧牛肉的共产主义,八十年代姑姑搞面包加黄油的现代化! 何其相似乃尔! 现代化意味着工业的自动化、农业的集约化、科学的超前化、国防的综合化、思维的任意化、名词的难解化、艺术的变态化、争论的无边化、学者的清谈化、观念的莫名化和人的硬气功化即特异功能化。化海无涯,黄油为楫。乐土无路,面包成桥! 当然,黄油面包不可能像炸弹一样由假想敌投掷过来,这我还不知道么? 我非弱智,岂无常识? 但我们总要提出问题提出目标,国之无目标犹人之无头,未知其可也!"

"好嘛好嘛,大方向还是一致的嘛,不要吵了。"爷爷说,大家便不再吵。

吾儿动情图治，第二天，果然，黄油面包摊鸡蛋牛奶咖啡。徐姐与奶奶不吃咖啡牛奶，叔叔给她们出主意，用葱花炝锅，加花椒、桂皮、茴香、生姜皮、胡椒、紫菜、干辣椒，加热冒烟后放广东老抽、虾子酱油，然后把这些"臊子"加到牛奶咖啡里，压服牛奶咖啡的洋气腥气。我尝了一口，果然易于承受接受多了。我也想加"臊子"，看到儿子的杀人犯似的眼神，才为子牺牲口味，硬灌洋腥热饮。唉，"四二一"综合症下的中国小皇帝呀！他们会把我国带到哪里去？

三天之后，全家震荡。徐姐患急性中毒性肠胃炎，住院并疑有并发肠胃癌症。奶奶患非甲非乙型神经性肝硬化。爷爷自吃西餐后便秘，爸爸与叔叔两位孝子轮流伺候，用竹筷子粉碎捅导，收效甚微。堂妹患肠梗阻，腹痛如绞，紧急外科手术。堂妹夫牙疼烂嘴角。我妻每饭后必呕吐，把西餐吐光后回娘家偷偷补充稀粥咸菜，不敢让儿子知道。尤为可怕的是，三天便花掉了过去一个月的伙食费。儿子声称，不加经费再供应稀粥咸菜亦属不可能矣！事已至此，需要我出面，我找了爸爸叔叔，提出应立即解除儿子的权柄，恢复家庭生活的正常化！

爸爸和叔叔只有去找爷爷，爷爷只有去找徐姐。而徐姐住院，并且声明她出院以后也不再做饭了，如果人们感到她没用，可以赶走她。爷爷只得千声明万表态，绝无此意，而且重申了自己的人生原则。人生在世，情义为重，徐姐在我家，情义俱全，比爷爷的嫡亲还要亲，比爷爷的骨肉还要近。徐姐在我们这里一天，我们就与徐姐同甘共苦一天。哪怕家里只剩了一个馒头，一定有徐姐的一瓣。哪怕家里只剩了一碗凉水,一定有徐姐的三勺。发了财有徐姐的好处,受了穷有徐姐的安置,岂有用完了人家又把人蹬掉之理哉!爷爷说得激动,慷慨陈词,热泪横流。徐姐听得仔细,肝胆俱暖,涕泪交织,最后被医护人员认定他们的接触不利于病人康复,劝说爷爷含泪退去。

爷爷回家召集了全体会议,声明自己年迈力衰,对于吃什么怎么吃及其他有关事宜并无成见,更无意独揽大权,但你们一定要找我,我只有去找徐姐。徐姐又因你们的怨言而寒了心,因吃重孙子的西餐而寒了肠胃,我也就无法再管了,谁爱吃什么吃什么吧,"我自己没的吃,饿死也好。"爷爷说。

大家面面相觑,纷纷表态。都说还是爷爷管得好,半个世纪了,老小平安,四代和睦。堂妹表示她准备每天给爷爷做饭吃。就是说,她、妹夫、爷爷、奶奶、徐姐是一组,吃他们自己的饭。爸爸声明:他可以与妈妈一组,但不管我和妻。因为我和妻有一个新潮的儿子,不可能与他们吃到一块儿。我也声明只和妻一搭。然后叔叔婶婶一搭。然后儿子单奔儿。堂妹见状,似乎相当满意,发挥了一句:"各吃各的吧,这样才更现代些! 四世同堂一起吃饭,太像《红楼梦》时候的事了。再说,太多的人围着一个桌,又挤,又容易传染肝炎哟!"堂妹反问:"在美国,有这样大的家庭吗? 有这么好几代人克服掉代沟一起吃饭的吗?"爷爷的表情似乎有些凄然。

分开吃了两天就吃不下去了。十一点多,堂妹这一组点着火做饭,由于挟爷爷之资格威重,别人只能望灶兴叹。然后爸爸,然后叔叔。然后我能做饭时已经下午两点,只好不做先去上班,然后晚饭同样是望灶兴叹。然后讨论计议论证各置一灶的问题。煤气罐不可能，上次为解决全家共用的一个煤气罐，跑人情十四人次，请客七次，送画二张，送烟五条，送酒八瓶，历时十三个月零十三天，用尽了吃奶拉屎之力。买蜂窝煤火炉也须手续，无证买不到煤。有证买到煤了也没有地方搁。如果按照现代意识设四个灶，首先要扩张厨房面积三十平方米，当然最好的是设立四个厨房，比最好更好的是再增加五套房子。人的消费要求真如脱缰野马，难怪报报谈消费过热，愈谈愈热。于是恍然：不盖房子而谈现代意识观念更新隐私权云云全他妈的是站着说话不腰疼的扯淡！

分灶软科学没有研究出子丑寅卯，一罐子煤气九天用完了。自从今年液化石油气限量供应，一年只有十几个票，只有一罐气用二十五天以上才能保证全家用熟食、饮开水。九天用完，一年的票四个月用完了，另外八个月找谁去？不但破坏了自己的生活程序，更是破坏了国家的安排！

众人惊慌，唉声叹气，牢骚满腹，闲言四起。有的说煤气用完以后改吃生面糊糊。有的说可以限制每组做饭时间十七分钟。有的说现在就分灶吃饭是生产关系超越了生产力的发展水平。有的说越改越糟还不如爷爷掌管徐姐当政。有的抨击美国，说美国人如禽兽，不讲孝悌忠信，当然没有大家庭。我们有优秀的家庭道德传统，为什么要学美国呢？大家不好意思也不忍再去打搅爷爷，便不约而同地去找堂妹夫。

堂妹夫是全家唯一喝过洋水之人，近年来做西服两套，买领带三条，赴美进修六个月，赴日参观十天，赴联邦德国转悠过七个城市。见多识广，雍容有度，会用九种语言道"谢谢"与"请原谅",是我家有真才实学之人。只因属于外姓,深知自己的身份,一贯不争不论不骄不躁,知白守黑,随遇而安。故而深受敬重。

这次见我们虔诚急切,而且确实一家陷入困难的怪圈,他便掏出心窝子,亮出了真货色,他说:

"依我之见,咱家的根本问题还是体制。吃不吃烤馒头片,其实是小问题。问题是:由谁决定、以怎样的程序决定吃的内容?封建家长制吗?论资排辈吗?无政府主义吗?随机性即谁想做什么就吃什么吗?按照书本上的食谱吃吗?必然性即先验性吗?要害问题在于民主,缺了民主吃了好的也不觉得好,缺了民主吃得一塌糊涂却没有人挺身而出负责任。没有民主就只能稀里糊涂地吃,吃白糖而不知其甜,吃苦瓜而不知其苦,甜与苦都与你自己的选择不相干嘛!没有民主就会忽而麻木不仁,丧失吃饭的主体意识,使吃饭主体异化为造粪机器;忽而一团混乱,各行其是,轻举妄动,急功近利,短期行为,以邻为壑,使吃饭主体膨胀成有胃无头的妖魔!没有民主就没有选择,没有选择就失落了自我!"

大家听了,都觉如醍醐灌顶,点头称是不止。

堂妹夫受到了鼓舞,继续说道:"论资排辈,在一个停滞的农业社会里,不失为一种秩序,这种秩序特别适合文盲与白痴。即使先天弱智者也可以理解、可以接受这样一种呆板与平静的,我要说是僵死的秩序。然而,它扼杀了竞争,扼杀了人的主动性创造性变异性,而没有变异就没有人类,没有变异我们就都还是猴子。而且,论资排辈压制了新生力量。一个人精力最旺盛、思想最活跃、追求最热烈的时期,应该是在四十岁以前。然而，这个时候他们只能被压在最下层……"

我的儿子叹道："太对了!"他激动地流出了眼泪。

我向儿子悄悄摆了摆手。他的西式早餐化纲领失败之后，在家里的形象不佳，多少有点冒险家、清谈家、成事不足败事有余甚至造反派的色彩。包括堂妹与堂妹夫，对吾儿也颇看着不顺眼。他跳高了，只能给堂妹夫帮倒忙。

我问："你说的都对。但我们到底怎么办呢?"

堂妹夫说："发扬民主，选举! 民主选举，这就是关键，这就是穴位，这就是牛鼻子，这就是中心一环! 大家来竞选嘛! 每个人都谈谈，好比都来投标，你收多少钱，需要大家尽多少义务，准备给大家提供什么样的食品，你个人需要什么样的待遇报酬，一律公开化、透明化、规范化、条文化、法律化、程序化、科学化、制度化，最后，一切靠选票靠选民公决，少数服从多数。少数服从多数，这本身就是新观念新精神新秩序，既抵制僵化，也抵制无政府主义随心所欲……"

爸爸认真思考了一大会儿，脸上的皱纹因思考而变得更加深刻。最后，他表态说："行，我赞成。不过这里有两道关口。一个是老爷子是不是赞成，一个是徐姐……"

堂妹说："爷爷那儿没事。爷爷思想最新了，管伙食他也早嫌烦了。麻烦的是徐姐……"

我儿子急了，他喊道："徐姐算是哪一家的人五人六? 她根本不是咱们家的成员，她没有选举权与被选举权。"

妈妈不高兴地说："奶奶的孙儿呀，你少插话好不好! 别看徐姐不姓咱们的姓，别看徐姐不算咱们族人，你说什么来着？说她没有选举和被选举权是不！可咱们做什么事情不跟她说通了你就甭想办去！我来这个家一辈子了，我不知道吗？你们知道个啥？"

堂妹和妹夫也分化了，争论开了。妹夫认为，承认徐姐的特殊地位就是不承认民主，承认民主就不能承认徐姐的特殊地位，这是一个根本性的原则问题，没有调和余地。堂妹认为，敢情站着说话不腰疼，脱离了实际的空话高调有什么用？轻视徐姐就是不尊重传统，不尊重传统也就站不住脚，站不住脚一切变革的方案便都成了云端的幻想。而云端的改革也就是拒不改革。堂妹对自己的丈夫说话不客气，她干脆指出："别以为你出过几趟国会说几句外国话就有什么了不起，其实你在我们家，还没有徐姐要紧呢！"

堂妹夫听罢变色，冷笑一分半钟，拂袖而去。

过了些日子，是叔叔出来说话，指出两个关口其实是一个关口。徐姐虽然顽固，但她事事都听爷爷的，爷爷通了她也就通了，根本不需要人为地制造民主进程与徐姐之间的激烈斗争，更不要激化这种人为制造出来的斗争。

大家一听，言之有理，恍然大悟。种种烦恼，原是庸人自扰。矛盾云云，你说它大就大，说它小就小，说它有就有，说它无就无。寻找各种不同意见的契合点，形成宽松融洽亲密无间，这才是真功夫！一时充满信心，连堂妹夫与我儿子也都乐得合不拢嘴。

公推爸爸叔叔二人去谈，果然一谈便通。徐姐对选举十分反感，说："做这些花式子干啥嘛！"但她又表示，她此次生病住院出院后，对一切事概不介入，概不反对。"你们大家吃苍蝇我也跟着吃苍蝇,你们愿意吃蚊子我就跟着吃蚊子,什么事不用问我。"她对自己有无选举权也既不关心,又无意见,她明确表示,不参加我们的任何家事讨论。

看来,徐姐已经自动退出了历史舞台,大家公推由堂妹夫主持选举。选举日的临近给全家带来了节日气氛。又是扫除,又是擦玻璃,又是挂字画,又是摆花瓶和插入新产品塑料绢花。民主带来新气象,信然。终于到了这一天,堂妹夫穿上访问欧美时穿过的瓦灰色西服,戴上黑领结,像个交响乐队的指挥,主持这一盛事。他首先要求参加竞选的人以"我怎样主持家政"为题做一演说。

无人响应。一派沉寂。听得见厨房里的苍蝇声。

堂妹惊奇道:"怎么?没有人愿意竞选吗?不是都有见解有意见有看法吗?"

我说:"妹夫,你先演说好不好,你做个样子嘛!现在大家还没有民主习惯,怪不好意思的。"

堂妹马上打断了我的话:"别让他说话,又不是他的事!"

堂妹夫态度平和,富有绅士派头地解释说:"我不参加竞选。我提出来搞民主的意思可不是为个人争权。如果你们选了我,就只能是为民主抹黑了!再说,我现在正办自费留学,已经与北美洲大洋洲几个大学联系好了,只等在黑市上换够了美元,我就与各位告辞了。各位如果有愿意帮我垫借一些钱的,我十分欢迎,现在借的时候是人民币,将来保证还外币!这个……"

面面相觑,全都泄了气。而且不约而同地心中暗想:竞选主持家政,不是吃饱了撑的吗?自己吹一通,卖狗皮膏药,目无长上而又伤害左邻右舍，这样的圈套，我们才不钻呢？真让你主持？你能让人人满意吗？有现成饭不吃去竞选，不是吃错了药是什么？便又想，搞啥子民主选举哟！几十年没有民主选举我们也照旧吃稀饭、卤菜、炸酱面！几十年没有民主选举我们也没有饿死，没有撑死，没有吃砖头喝狗尿，也没有把面条吃到鼻子眼屁股眼里！吃饱了撑的闹他爷爷的民主，最后闹他个拉稀的拉稀，饿肚的饿肚完事！中国人就是这样，不折腾浮肿了绝不踏实。

　　但既然说了民主就总要民主一下。既然说了选举就总要选举一下。既然凑齐了而且爷爷也来了就总要行礼如仪。而且，谁又能说民主选举一定不好呢？万一选好了，从此吃得又有营养又合口味，又滋阴又壮阳，又益血又补气，既增强体质又无损线条与潇洒，既有色又有香又有味，既省菜钱又节约能源，既合乎卫生标准又不多费手续，既无油烟又无噪音，既人人有权过问又个个不伤脑筋，既有专人负责又不独断专行，既不吃剩菜剩饭又绝不浪费粮食，既吃蛤子又不得肝炎，既吃鱼虾又不腥气……如此等等，民主选举的结果如果能这等好，看哪个天杀的不赞成民主选举。

　　于是开始选举。填写选票，投票，监票计票。发出票十一张，收回票十一张，本次投票有效。白票四张，即未写任何候选人。一张票上写着：谁都行，相当于白票，计白票五张。选徐姐的，两票。爷爷三票。我儿子，一票。

　　怎么办？爷爷得票最多，但不是半数，也不足三分之一。算不算当选？事先没说，便请教堂妹夫。堂妹夫说世上有两种法，一种是成文法一种是不成文法。不成文法从法学的意义上严格说来,不是法。例如美国总统的连任期,宪法并无明确规定。实际上又是法,因为大家如此做。民主的基本概念是少数服从多数。何谓多数? 相对多数? 简单多数(二分之一以上)? 绝对多数(三分之二以上)? 这要看传统,也要看观念,至于我们这次的选举,由于是初次试行,又都是至亲骨肉父子兄弟自己人,那就大家怎么说怎么好。

堂妹说既然爷爷得票最多自然是爷爷当选,这已经不是也绝对不可能是封建家长意识而是现代民主意识。堂妹进一步发挥说,在我们家,封建家长意识的问题其实并不存在,更不是主要危险、主要矛盾,需要警惕的倒是在反封建的幌子下的无政府主义、自由主义、自我中心、唯我主义、超前消费主义、享乐主义、美国的月亮比中国的圆主义、洋教条主义。

我的儿子突然激动起来,他严正地宣布,他所获得的一票,并非自己投了自己的。他说到这里,我只觉得四周目光向我集中,似乎是我选了儿子,我搞了选人唯亲的不正之风。我的脸唰地红起来,并想谁会这样想? 他为什么这样想? 他知不知道我并没有选儿子而且即使选了儿子也不是什么不正之风因为不选儿子我也只能选父亲选叔叔选母亲选妻子选堂妹而按照时髦的弗洛伊德学说堂妹又何尝会比儿子生分儿子说不定还有杀父娶母的俄狄浦斯情结呢,他们知道吗? 为什么儿子一说话他们都琢磨我呢?

我的儿子喊起来了。他说他得了一票说明人心未死火种未绝烈火终将熊熊燃烧。他说他之所以要关心我家的膳食改革完全出自一种无私的奉献精神,出自对传统的人文主义的珍视和对每一个人的泛爱。说到爱他眼角里沁出了黄豆大的泪珠。他说我们家虽然有秩序但是缺乏爱。而无爱的秩序正如无爱的婚姻,其实是不道德的。他说其实他早就可以脱离摆脱我家膳食系统的羁绊,他可以走自己的路改吃蜗牛吃干酪吃芦笋吃金枪鱼吃龙虾吃小牛肉吃肯德基烤鸡三明治麦当劳与苹果派桂皮冰激凌布丁。他说他非常爱自己的姑姑但是他不能接受姑姑的观点虽然姑姑的观点听起来很让人舒服顺耳。

这时叔叔插话说(注意,是插话而不是插嘴,插嘴是不礼貌的,插话却是一种亲切、智慧、民主,干脆说是一种抬举),堂妹关于当前应警惕的主要矛盾与主要危险的提法与正式的提法不符。恐怕最好不要过分强调某一面的问题是主要危险。因为半个世纪行医的经验已经证明,如果你指出便秘是主要危险,就会引起普遍拉稀,并导致止泻药的脱销与对医生的逆反心理。反之,如果你指出泻肚是主要危险就会引起普遍的直肠干燥,并导致痔疮的诱发乃至因为上火而寻衅打架。火气火气,气由火生,火需水克,五行协调,方能无病。所以既要防便秘也要防拉稀。便秘不好拉稀也不比便秘好。便秘了就治便秘拉稀了就治拉稀。最好是既不便秘也不拉稀。他讲得这样好,恍惚获得了几许掌声。

鼓完了掌才发现问题并没有解决,而由于热烈地讨论五行生克,新陈代谢的进程似乎受到了促进,人人都饿了。便说既然爷爷得票多还是爷爷管吧。

爷爷却不赞成。他说做饭的问题其实是一个技术问题而不是思想问题、观念问题、辈分(级别)问题、职务问题、权力问题、地位问题与待遇问题。因此，我们不应该选举什么领导人，而是要评选最佳的炊事员，一切看做饭烧火炒菜的技术。

我儿子表示欢呼，大家也感觉确实有了新的思路、新的突破口。别人则表示今天已经没有时间，肚子已经饿了。尽管由谁来管理吃饭做饭的问题还处在研讨论证的过程中，到了钟点，饭却仍然得照吃不误，讨论得有结果要吃饭，讨论得没有结果也还是要吃饭。拥护讨论的结果要吃饭，反对讨论的结果也还是要吃饭。让吃饭要吃饭，不让吃饭也还是要吃饭。于是……纷纷自行吃饭去了。

为了评比炊事技术，设计了许多程序，包括：每人要蒸馒头一屉，焖米饭一锅，炒鸡蛋两个，切咸菜丝一盘，煮稀饭一碗，做红烧肘子一盘等等。为了设计这一程序，我们全家进行了三十个白天三十个夜晚的研讨。有争论、行动、吵架、落泪，也有和好。最后累得气也喘不出，尿也尿不出，走路也走不动。既伤了和气，又增长了团结，交流了思想感情。既累了精神，又引起了极大的兴趣。说起要炒两个鸡蛋的时候，人们笑得前仰后合，好像受到了某种神秘的暗示性的鼓舞。说到切咸菜的时候，人们忧虑得阴阴沉沉，好像一下子衰老了许多。终于最后归根结底，炊事技术评出来了。评的结果十分顺利，谁也没有话说。

评的结果名次是：一等一级，爷爷、奶奶。一等二级，父亲、母亲、叔叔、婶婶。二等一级，我、妻、堂妹、堂妹夫。三等一级，我那瘦高挑的儿子。大家又怕儿子受到打击，便一致同意儿子虽是三等，却要颁发给他"希望之星特别荣誉奖"。

虽然他又有特别荣誉又成了"希望之星",但他仍然是三等。总之,理论名称方法常新,而秩序是永恒的。

许多时日过去了。人们模模糊糊地意识到,既然秩序守恒,理论名称方法的研讨与实验便会自然降温。做饭与吃饭问题已不再引起分歧的意见与激动的情绪。做饭与吃饭究竟是技术问题体制问题还是文化观念问题还是什么其他别样的过去想也没有想过的问题,也不再困扰我们的心。看来这些问题不讨论也照样可以吃饭。徐姐平安地去世了,无疾而终。她睡了一个午觉,一直睡到下午四点还不醒,去看她,她已停止呼吸。全家人都怀念她尊敬她追悼她。儿子到中外合资企业工作去了,他可能已经实现了天天吃黄油面包和一大堆动物性蛋白质的理想。节假日回家,当我们征询他对吃什么的意见的时候,他说各种好的都吃过了,现在想吃的只有稀饭与腌大头菜,还有高汤与炸酱面。说完了,他自我解嘲说:观念易改,口味难移呀!叔叔与婶婶分到了新落成的单元楼房,搬走了。他们有设有管道煤气与抽风换气扇孔的厨房,在全新的厨房里做饭。做过红烧肘子也做过炒鸡蛋,但他们说更经常地仍然是吃稀饭、烤馒头片、腌大头菜、高汤、炸酱面。堂妹夫终于出国深造,一面留学一面就业了,他后来接走了堂妹,并来信说:"在国外,我们最常吃的就是稀饭咸菜,一吃稀饭咸菜就充满了亲切怀恋之情,就不再因为身在异乡异国而苦闷,就如同回到了咱们的亲切质朴的家。有什么办法呢,也许我们的细胞里已经有了稀饭咸菜的遗传基因了吧!"

我、爸爸和爷爷幸福地生活在一起。我们吃的鸡鸭鱼肉蛋奶糖油都在增加,我们都胖了。我们饭桌上摆的菜肴愈来愈丰富多彩和高档化了。有过炒肉片也有过葱烧海参。有过油炸花生米也有过奶油炸糕。有过凉拌粉皮也有过蟹肉沙拉甚至还吃过一次鲍鱼鲜贝。鲍鱼来了又去了,海参上了又下了,沙拉吃了又忘了,只有稀饭咸菜永存。即使在一顿盛筵上吃过山珍海味,这以后也还要加吃稀饭咸菜,然后口腔食道胃肠肝脾胰腺才能稳定正常地运转。如果忘记了加吃稀饭咸菜,马上就会肚子胀肚子疼,也许还会长癌。我们至今未患肠胃癌,这都是稀饭咸菜的功劳啊!稀饭和咸菜是我们的食品的不可改变的纲,其他只是搭配——陪衬,或者叫作"目"。

徐姐去世以后,做饭的重任落到了妈妈头上。每顿饭以前,妈妈照例要去问问爷爷奶奶。汤呢,就做了吧,就不做了吧。肉呢,切成肉片还是肉丝?古老的提问既忠诚又感伤。是一种程序更是一种道德情绪。在这种表面平淡乃至空洞的问答中寄托了对徐姐的怀念,大家感觉到徐姐虽死犹生,风范常存。爷爷屡次表示只要有稀饭、咸菜、烤馒头片与炸酱面,做不做汤的问题,肉片与肉丝的问题以及加什么高级山珍海味的问题,他不准备过问,也希望妈妈不要用这种愈来愈难以拍板的问题去打搅他。妈妈唯唯,但不问总觉得心里不踏实。饭做熟了,唤了大家来吃,却要东张西望如坐针毡,揣摩大家特别是爷爷的脸色。爷爷咳嗽一声,妈妈就要小声嘟囔,是不是稀饭里有了沙子呢!是不是咸菜不够咸或者过于咸了呢?小声嘟囔却又不敢直截了当地征求意见。虽然,即使问过爷爷也不能保证稀饭里不掺沙子。

于是，每一天，妈妈还是要在黄昏将临的时候忠顺地、由于自觉啰唆而分外诚惶诚恐地去问爷爷——肉片还是肉丝？问话的声调委婉动人。而爷爷答话的声调呢？叫作慈祥苍劲。即使是回答"不要问我"，也总算有了回答。妈妈就会心安理得地去完成她的炊事。

一位英国朋友——爸爸四十年代的老友来华旅行，在我们家住了一个星期。最初，我们专门请了一位上海来的西餐厨师给他做面包蛋糕计司牛排。英国朋友直率地说："我不是为了吃西餐或者名为西餐实际上四不像的东西而来的，把你们的具有古老传统和独特魅力的饭给我弄一点吃吧，求求你们了，行不行？"怎么办呢？只好很不好意思地招待他吃稀饭和咸菜。

"多么朴素！多么温柔！多么舒服！多么文雅……只有古老的东方才有这样的神秘的膳食。"英国博士赞叹着。我把他的称赞稀饭咸菜的标准牛津味儿的英语录到了"盒儿带"上，放给瘦高挑儿子听。

1989年

# 神　鸟

孟迪第一次拿着指挥棒站在众多的足以穿透他的身体与灵魂的顶灯下面。

为了这一天,他等待了许多年。

乐团不给他买,他就用积攒下来本来准备买录像机的钱做了一身燕尾服。穿上黑礼服,拿着指挥棒,走到辉煌的乐团面前,向观众点头致意,转过身来,他的脸色完全变了。他知道,底下是一生的关键时刻。关键的时刻将决定他的一生,也许会决定音乐在我国的命运呢。

阿勃罗斯的被人们称为《痛苦》的交响乐,气魄的宏大与结构的繁复,使举世没有几个指挥敢碰它。孟迪竟然选择了它作为自己的处女作,简直骇人听闻。他这种不顾众友人的告诫的做法,确实反映了他不成功宁可灭亡的背水一战的决心。

开始了第一乐章的头两个乐段以后,孟迪感到事情有蹊跷。是天气的异常造成了乐器的失常还是他的耳朵出了毛病?甚或是所有的演奏家喝了迷魂汤?为什么提琴不像提琴巴松不像巴松?为什么所有的他的独到的处理与谆谆讲解过的细腻要求,他的已经充分体现在他的脸上身上臂上棒上的入微的感觉竟没有一个能在声音上体现出来? 为什么就像吃米饭的时候吃到了沙子或者接吻的时候吻到了脓包一样,不时在和声里出现那样一种差错,那样的暗箭和陷阱,把针一样的刺扎向他的脆弱的心?

第二乐章,民歌风的行板是在麻木不仁中走过去的,他像是被催了眠。一种输到家的沮丧感使他冷汗淋漓,而汗还没有出透,便蒸发尽了。他似乎正在变成一具失去生命的躯壳。

有什么办法呢,失败就像死亡,不能避免也不能理论。而且,他快到四十岁了。

第三乐章是小步舞曲,情势突然发生了变化。一只黑鸟飞进了音乐厅,飞到了舞台上,他无暇思考为什么一个封闭良好靠空调机调节空气的现代化的音乐厅会飞进一只鸟。鸟沿着低低高高的优美的曲线飞翔,自由而潇洒。他隐约听到了鸟扑扇翅膀的扑扑声,声音溶进了忧伤的声响。一只飞鸟给了他一种不寻常的撩拨,他的心热了,想哭。鸟显然引起了全体演奏人员的注意。他们的乐器随着鸟飞的高低疾徐而发出声音。鸟在盘旋,声音在盘旋。鸟在展扬,声音在展扬。鸟有一点疲倦了,声音也变得历尽沧桑而含蓄地疲倦着。鸟犹豫,鸟摇了摇头,声音也立刻传达出了不安和摇曳。

观众显然也被鸟所吸引,所激动了。孟迪的后背上似乎长出了眼睛,他看到了观众的关切、被吸引、共鸣与普遍的激动。音乐就像一只莫名地飞入了厅堂的鸟,高飞然后低回,任意而又绝望,百态千姿而终无解释。

第四乐章与第三乐章之间没有停顿。情绪渐渐激昂。一座山又一座山在崩裂喷火。鸟愈飞愈大,黑羽毛变成了红色。黑羽毛在燃烧,发出了刺鼻的臭味。孟迪甚至看到了鸟的愤怒而悲壮的大眼睛。厮杀没有结果,鸟飞不出去。敌人和人民像小麦一样一大片一大片地被割倒。天上石落如雨。红鸟变成了空中霸王式轰炸机。鸟向孟迪俯冲,吓得孟迪瑟瑟发抖。鸟向提琴手俯冲,提琴发出深谷中的蛇音。鸟向鼓手俯冲,大鼓发出地震的轰鸣。鸟没有出路。声音没有出路。千军万马左冲右突。观众的热情愈炽愈烈。鸟快飞如梭,乐曲如疾风瀑布闪电。最后,鸟像子弹一样地向指挥头上的顶灯冲去,砰的一声,玻璃灯罩炸裂了,舞台瞬间暗淡下来。《痛苦》戛然而止。

掌声如雷。鼓了掌又鼓了掌,然后全体起立再鼓掌,鲜花从四面八方扔到台上。买不起鲜花的中学生也献上了纸花和塑料花。本市首长及白发苍苍的老音乐家上台与他热烈握手。不明国籍的女郎吻了他并要他的签名。有两个外国使节上台祝贺他的成功。记者像苍蝇发现了蜜糖一样地黏住了他。成功,成功,成功,各种不同的口音不同的音调与不同的语种交响出同一个成功的主题。他似乎听到了一个德国人说:"你是卡拉扬之后全世界最伟大的指挥家!"

他头晕目眩而又身轻如燕。他自己就像一只终于起飞了而且燃烧了的鸟,腾云驾雾。连常常对他显示恶声恶容的妻子也笑得如此姣好,如含苞的玫瑰。他在一批中外人士的簇拥下进入了本市最高级的五星级酒店。喝了酒吃了夜宵,连拿酒杯的姿势也与素日不同。干脆说他就与卡拉扬一样……腾云驾雾般地最后回到了家里。妻子祝贺他感谢他称颂他，他与妻子如胶似漆化作一团烈火。

深夜三点，他忽然醒来。一醒来就想起了那只鸟。他忽然明白，《痛苦》的后面两个乐章，那使他转败为胜获得了如痴如狂的轰动效应的演奏，与其说是他指挥不如说是那只奇特的鸟儿所指挥的。鸟儿飞翔的路线与节奏重新在他的头脑里出现，清晰如画，它显然与音乐的结构完全吻合，最好地体现了阿勃罗斯的激情，达到了他梦寐以求、心有向往、心知其所却始终没有达到过的境界。这些印象非醉非狂非幻。

他相当恐惧。但是他不能否定自己的念头或者转移自己的注意力。尤其使他大悟大惊的是鸟儿在最后一个音符的最后一拍冲向了顶灯撞碎了玻璃——然而，他没有看到鸟儿的坠落的尸体。

他叫不醒妻子，便自己穿好衣服步行来到音乐厅。他拼命敲门，叫值班经理。他要过问一下那只鸟的下落。鸟如果还活着，他要把鸟放出去。鸟如果死了，他要带走尸体而且郑重地将它埋葬。他觉得这很重要。

没有人开门，虽然音乐厅每晚都有好几名拿国家俸禄的值勤人员。他的深夜的异常举动引起了巡逻民警的注意。这个地区前不久发生过恶性盗窃杀人案件，被害者是一个在农贸市场上收售鸟儿的老头儿。民警把他带到了治安机关，多方询问并且在第二天上班以后与乐团、音乐家协会的负责人联系以后才放他出去。

他不回家，径直从公安局再次去到音乐厅，问不到任何结果。清洁女工头一天晚上并没有参加音乐会，第二天来打扫也没有发现任何异常的物体。顶灯碎了一个灯泡，这是常有的事情。再说她们那副懒洋洋的样子即使发现了一只老虎只要没被咬一口她们也不会理会。音乐厅经理更不关心一只鸟飞进音乐厅的问题。他向孟迪强调的是《痛苦》交响乐演出的票子三分之二是送给专家、兄弟乐团和领导机关的，三分之一的门票收入不能使他这个经理满意。而且更坏的是，经理知道了孟迪深夜来敲音乐厅的门被民警带走查问的事，他为孟迪的尴尬而感到快慰。他回答孟迪关于鸟的提问的时候带着一种半是嘲笑半是怜悯的俯视神态。孟迪再问，他则是一串干笑。

孟迪不肯罢休。他想尽一切办法去寻觅那天晚上欣赏他指挥的《痛苦》交响乐的听众。有一些还是他的同学、同事、友人，还有那天晚上黏上他不肯离去的记者。只有极少的几个人回答："是啊，我们看见了。是一只鸟，随着您的乐曲的节拍飞上飞下飞来飞去。"很多的人回答是："没看见。音乐厅是二十世纪八十年代新建筑，连蚊子也进不去，哪儿来的鸟？"相当多的人回答是："也可能吧。那个鸟有什么特别的吗？会下蛋么？会送信么？炸着吃还是烤着吃香？"更多的人回答是："什么？什么交响乐？什么《痛苦》？什么鸟？什么人是你？什么指挥？什么阿勃罗斯？什么什么什么？我们早忘记了。我们的事儿太多了。要买酱油和修抽水马桶。要评工薪和配外衣纽扣，我们为什么要去记住一段可能听过的也可能没听过即使听过也早已忘了的音乐和一只不是我们购养的鸟儿呢？"

而孟迪从此名声大噪。南京、北京、广州、兰州的乐队都邀请他去指挥。每次一站在乐队面前，一挥起指挥棒，一听到乐器发出的新鲜而又古老的声音，他就想起了那只黑——红鸟，想起那鸟儿的活泼有力的飞翔，想起那鸟儿的随心所欲与走投无路。他盼望那鸟儿的重现，他等待和痴望地搜寻。一种对非人间的、奇迹的力量的信念，一种企盼和一种激动从他的指挥棒、从他的目光与全身流露出来。它使所有的乐手传染上了这样一种神秘的激动。有时，他突然恍惚看到了那鸟，迸发出震撼山岳的激情，音乐如洪水般地释放，将世界淹没。有时，他突然迸发出了令江河倒流日月变色的情感，鸟儿随之出现在他的眼前，奋力扑翅，拼死冲撞。此后，鸟儿不见了，热烈也不见了，他冷冰冰地指挥着，旋律冻结成铁的硬块。

神秘、焦渴、奇特、冷峻，各种音乐评论像雪片一样围绕着他纷飞。他仍然急切地与自己的同行、自己的听众探讨一只飞到死的鸟儿的事，没有人懂得他的话。一封又一封反映他神经不大对头的信写给乐团和乐团所在的市政府的领导人。经过一段吹捧以后紧接着出现了对他的严厉批评和放肆嘲笑。异己的、超前的并从而脱离了广大人民的审美趣味的、过分西化的……这是一种指责。无法摆脱本民族的局限即人均收入三百五十美元的局限的、西化得太不到家的、非卡拉扬又非小泽征尔的原装是不可能走向世界的……这是另一种指责。"孟迪的音乐是什么？只不过是在一个黑暗的大厅里寻找一只既不存在也不会飞翔的死去多时因而早已随着飞鸽自行车而过时的鸟儿罢了！"一位曾经请孟迪为自己指挥的交响音乐会赞助五千元外汇券而未被孟迪从命的新冒出来的自学成才的小小音乐家这样写道。

这么一批评孟迪就引起了外国人的兴趣。波士顿、洛杉矶、悉尼、惠灵顿、维也纳、马德里以及卡萨布兰卡的音乐家团体都向孟迪发出邀请。还有两个大学致函孟迪,愿意向他提供奖学金——假若他愿意去该国留学的话。

孟迪出了一圈国,头发变得更长,眼睛变得更大更呆,换了眼镜架,又买了一件式样奇特的一半白一半黑的毛线外套穿在身上。这一切气煞了过去不知孟迪为何物的音乐界同行。

而日益瘦削的孟迪日益疯狂地想念他的红鸟。他一夜又一夜地不眠,唉声叹气,折磨得他的妻子发疯。他在一切座谈会迎新会经验交流会与学术报告会上谈鸟。他接待友人会见记者一直到去咖啡厅喝咖啡的时候不停地絮叨着的仍然是一只鸟。

"我真傻。为什么当天音乐会散了场我没有立刻去找鸟而是在深夜三点才想起它来呢……"

终于在各方面的关心下孟迪被送进了精神病院。精神病院主治医生正醉心于弗洛伊德的精神分析学。他立即断言鸟是阳性的象征,孟迪患有因为性伤害或性变态所引起的偏执狂。他给孟迪服了大量超强力镇静剂,还扎了伴有强电流刺激的改良针。在精神病院住院四个月后,孟迪又被送到深山里的一座气功康复中心,整整半年,他在气功师指导下练梅花桩气功,并接受当地音乐协会按摩师的按摩。

康复以后孟迪胖了,头发秃了一点,人显得比原来随和善良。他承认,根本没有那只鸟,是他自己错了。他承认,他不懂音乐也担任不了指挥。乐团管理体制改革的时候便有人出来提议干脆由他担任团长。有人反对，说是提拔精神病人会影响乐团的声誉乃至改革的声誉，便没有让他担任团长。

不久他得了肝炎，两个月后变成肝硬化。人们嘲笑说，孟迪因为既当不成指挥又当不成团长，染上了重病，半年后查出是癌症。

弥留之际，他喃喃地描绘那只鸟，哭喊那只鸟，伸出枯瘦如柴的胳臂向着天空，吓得妻子跑出了病房。医生给他注射了镇静剂，然而他仍然激动地叙说："我看见了，我看见了！"

1989年

# 杏　语

　　你觉得头年夏天缺少了雨。理论上，专家们说，这个城市每年七、八两个月的降雨量应该占全年的降水量的百分之七十九。这个比例不怎么合理，但人们很少讨论纠正的途径。人究竟能纠正什么，不能纠正什么，这也是你越走得长越想不清楚的问题。世界气候在变暖吗？河南从前是热带，所以简称豫，豫者，人牵象之地也，说明河南从前多大象。还有河姆渡文化遗址，证明当年浙江那边也是热带，到处都是热带雨林。那么多的热带后来不热了，谁知道变暖了变凉了为什么变为什么不变？

　　然后秋天雨星寥寥。然后整整一冬天不下雪，大雪已经与童年同时离去，童年时期每年冬季你都堆雪人。雪到哪儿去了？雪到了她前年到了的地方。要不就是躲一些年再回来，现在它很遥远，当遥远接近于无限，时间也就变成了圆周、圆球，复活着她他他她，纪念着许多小说、诗、悔过书、考卷、通知单，化成无言的天空，有时有雾，有时晴朗，晴朗得令人怀疑为什么有人造谣生事，煽动雾霾。干杯！

　　冬天干燥得令人失去了对于春天的信心，无雪雨的冬天之后的春天还能是春天吗？一冬不水的五个月过去以后，鸟儿还会飞回、青草还会发芽、花儿还会开放、小河还会流奔吗？一个大男人经受不住一个星期的干渴失饮，一块城市的先天不足后天又失调的土地，能经受小半年的干旱吗？

随便你悲观、乐观、片面、全面、善良、刁恶、鸡汤、粪汁、取缔或者提倡……怎么思想怎么浇灌怎么念藏经还是喜歌、唱衰还是唱帅，三下五除二，三月二十二日，全市的杏花都开了。三天以后，白玉兰挂上一树又一树，五天以后，紫玉兰昂首挺顶，后来居上，如火如"荼"。干脆就如荼也没有什么不好，老了老了吧，荨麻疹干脆念"寻"麻疹而不是"前"麻疹了，叶公好龙干脆念"页"公而不念"射"公了，邹领导念平声"揍"而不念"周"了，大家来个如火如"荼"岂不更好？有时候将错就错，有时候歪打正着，有时候以退为进。老天爷的特点也是约定俗成，抓大放小，一风吹，向前看，人艰不拆，有容乃大，容天下难容之事喽。

到了这个年龄，你终于坚定了对于杏花的体认。春天始于杏花。杏花开放像泼成的一大片一大片的水，杏花如湖如波如小小的泛滥。杏花开放使春天成了气候，使春天像忧郁与温柔一样地扩散。这是玉兰、迎春、刺梅、碧桃什么的做不到的。

所以你们早就喜欢杏花。你们移栽了不止一株杏花。你们当年总是在一起说，喀什噶尔的杏子比桃还大。与杏相比，桃太艳，梨太迟，海棠酸，樱桃太静，丁香也缺少规模优势。

时间有时候深文周纳，有时候网开八面，却又是按部就班。它们千篇一律,却又是毫厘不爽,该咋的咋的。雨水节气之后是惊蛰,惊蛰之后春分大大方方地来到了,她压根不为失雪、雾霾、在该冷的时候没有冷、在不该起尘土的时候扬起了土粉而不好意思。小渠与大渠里的流水仍然如银带闪闪。青草的繁盛仍然不减,虽然去年的枯草可能比往日更多,仍然压不住芳草的青翠年年、春色连连。不知道是不是由于大气污染,似乎今年的鸟儿也少了,你仍然在凌晨欲醒的时候听到了柔情活泼的鸟鸣,如果鸟儿没有来到树梢,至少是来到了你的心尖即梦的深处,啼啭得如此婉约生动,让你伤感得不好意思,世人不识余之戚,犹谓偷闲学少子!

十六岁的时候你可以给同桌的与非同桌的女生写信,你每个春天给自己出一本诗集,内部发行,只限女友。哪怕你计划自杀或者卧轨或者思想过人体炸弹的疯狂辉煌也还是青春。三十岁时候你声称你在战斗中负过伤,而且在重伤后向敌人甩出了手榴弹。四十岁时候你开始谦虚,讨好上司而且见了女士就笑美如莲……如今已经成熟,你,您,还酸馒头个什么劲儿呢?

树枝上的玉兰高举如炬,树冠上的杏花纷披如纱,连翘的小黄花如随心点染,海棠比它们矜持一点,桃李也跃跃欲试。榆叶梅的鲜丽略有突兀。梦中的鸟鸣使你想起了往事,你错过了太多的花开,包括花谢。花谢大美,花开揪心。盛开不过是开始,谢落才是美丽的完成与升华。你还能有多少遭芳华凋落呢,你哭了。

我们的生活有时候科学得要命,就像有时候荒唐得要命一样。春天,花儿始放始凋,小雨初降再降的时候,清明来了。这是到坟墓上献花的季节,这是怀念先人与亲爱的季节,这是钟情与诚挚的日子,这是深沉与低下头默哀的日子。这是悔恨与惋惜,不再悔恨也不再惋惜,默哀得愈多,你的生活的滋味就愈厚。也许你有理由为你的泪水自豪。这是春天的多情多思静谧却又不安的日子。

你开起了车。你的好友开起了宝马760,五年过去了,他住了医院,他可能是得了重症,他脸上长了斑点,你到了病房不敢与他相认。他说活到老就是要学到老,要学会安静地勇敢地死亡。谈起死亡来,他甚至有一点兴奋,就像五年前他谈起了他购买的宝马车,原装,他声称:我本来就是一个俗人嘛。

疾病与大限使你的这位朋友超越了凡俗。你可能讲述过书写过不知多少次光阴、生命、春天、劝君惜取少年时,你永远赶不上他的此时深深的痛苦中的幽默。他终生敏感、吹嘘、浮躁、自恋,所以他是好样儿的。

在高速公路的第一个出口你被告知出早了一个口,你开出去,见了第一个左面的路口就拐回来,你再上了路,白白交了五块钱。下一个也就是你应该出去的那个路口为交费已经排起了长龙,他想起了在豫地开车的经验,从洛阳到开封的收费口上写道,如果为交费而排起的队超过了二百米的话,应该立即打开道路,免费放行。这几句话像是男子汉豪壮的诗篇。只是不知道实行了没有。

证实了的是你自己陷入了停滞的车龙,为什么到这时候才想起了一切:第一,今天是清明前的一个周日,天又好,这时通往四郊的公路当然拥堵。第二,这里是四条道,一公里以后并成农村的小路一独条,独挑,再两公里后并上一个狭窄的石桥,从石桥下来是连续的拐弯,都是一条独路,桥后的路还有三公里,即使这些路都跑完了,进了墓地也会你堵着我堵着你。你的车还能怎么走?

墓园这里是一个帝王的景区,人民过去是不可以到这里来的,所以这里的路很窄,现在人民都要来了。人民一拥,道路难通。而且今天没有雾霾。今天有点风,有少量的沙有少量的土却没有雾霾,这已经是阿弥陀佛,妙哉善哉了。

现在的四道快车线,走哪条?这里也有概率论的原理与法则。命运学就是概率论,所以说数学是上帝的学识。命运是公正的,这是大数定理。你抛硬币,抛了一万次,四千九百次是字儿朝上,五千一百次是幂儿朝上,它们的公正率是百分之九十九。一亿次的抛掷,公正率则可能是百分之九十九,或者更高。你看着现在是四条车道,有时是最外的第四道慢,第四道的车主不安分了就往里撬,有时是三道二道显慢了,有时又是第一道一动不动。越是撬过来撬过去的车越是落到后面。而你已经老奸巨猾,老成持重,老马识途。你不会在堵车的当儿存在幻想羡慕他道老是折腾自己。你不费那个油那个劲儿那个细胞与心力手力,你知道放弃了幻想就不再痛苦不再愤青儿不再装腔作势乱打无定向横炮。也就不再怨天尤人,牢骚满腹憋出病长出什么来。你第一是苦笑,第二是苦笑,第三还是苦笑着。

堵成长龙后你睡着了至少一整分钟。你以为是一分或一加一一加二分钟,突然你从驾驶仪表上看到,已经过去了两个半小时。你不能明确你是不是,不,你应该明确,你不可能是连续睡了一百五十分钟。你的感觉是在遭堵而且随遇而安以后，整整两个七十五分钟了，你才明白发生了什么事情。堵车，一篇法国小说描写的是高速公路的开车者们利用这段时间进行了公关、商务、政务、集会、结社、推销、调情、求偶、拉皮条与贩毒、寻找杀手的活动，各项业务绩效斐然。有一男一女已经进入做爱的准备按摩，脉搏、血压、肾上腺激素的分泌都已达标，就差勇敢地进入了……突然，交通畅通，唰唰唰，每个人都忘记了堵塞中正在进行的诸端好事，一切烟消云散，开车走人。它的启示真如僧侣的沙事，一个月用沙建筑最美的城郭与宫殿，用扫帚在十秒钟内把美妙清光。

不像有这样的得趣。不像有堵车期间与美女做爱的机会，中华的发展程度当然与法兰西不同步。更不像有交通突然畅通的可能。

你享受的仍然是春天，你边堵边欣赏。堵到极处是欣然，你有几分得心应语。道路两旁是含烟摆拂的垂柳，是早杏如浪花四溢。那早春的新绿穿过污染泄露着春风春雨。那片片的繁花述说着季节的转瞬即逝。那毕竟没有被汽车尾气扫灭干净的鲜嫩气息艰难地赞美着花季的好景无常令人心碎。那愈行愈近了的青山并不干旱，它们仍然妩媚多情，它们好像在说"爱我吧，我是湿润的"。这天有点小风，天空多少显现了一些蓝的清洁。拥堵的车流跃然闹心，却也坚持着春季苏醒的兴奋与躁动。坐在正副驾驶位置上的青年男女隔着车窗玻璃仍然显示了韶光正好。人们春天的出行是为了对逝者的怀念，但也可能还是有人为了春游，为了与沉闷的冬天告别。是为了凭吊也为了赏心，生者与逝者将在清明前后相会,将在相会中饱尝生命的痛惜与大悲的奇妙。他们在怀念当中尽情抚摸,他们的哀恸当中渗透着刻骨铭心的珍惜。百感交集中你不忘强调节气是阴历与阳历的结合,清明是终极与此岸的际会。

半仰着头颅看着路边林带形成的拱形绿色凯旋门,众多的凯旋门连接重合起来成为长的洞穴。一切都深不见底远不及端。原来被堵塞也是一种欣赏,城市风光只有在堵车的时候才被留意也被微笑,美丽的郊区,绿色的穴顶通道,疾走与被困,这就是我们。

从早晨九点钟奋斗到下午三点钟,他驾车行走了百多米。至少有几十年了,他没有这样充裕地耐心地感受春天。他本来十分明白,知道这个季节的周末不可以驾车走向北部山区。他突然忘记了这一切被卷入车流应该是天意。他怀念着这一生的数十个春天,多数是与她在一起。幸福的人从来不接受伤害,与她一道他不怕水深火热,俄罗斯的"二战"歌曲唱的是"火里不会燃烧,水里也不会下沉"。回想一切他感觉到的是坎坷的幸福与甜蜜。

他终于醒悟,今天不必再坚持下去了。等待使你空前地清醒,穷则变,变则通,通则久,其实也不会太久。你根本不应该这时来到这个地方,你本来不应该是空着手,你本来不应该当日就到达墓园。或者说,你本来就应该是明天再到达墓园,你虽然有自己的日程,你自幼有安排日程的习惯。世上还有另一种日程,例如与她的日程,你欲安排也安排不了。你早早地开始了你的扫墓之旅。从糊涂开始向明白过渡。现在你应该掉头打道回到你们共同的别居,你应该大量地准备好盛开着杏花的枝条,你可以明天凌晨五时前起床,再用你有的剪枝剪子剪下杏的花枝,用微波炉打热一碗粥出发。剪子是你们一起买的,微波是你们一起建构起来的,粥的结构与你们当初一样。你要保证在早晨六时前到达墓园,你要独自与她说话,这次就说说别居的杏树。那株大白杏结果进入了盛期,不但量大个儿大甜美,而且芬芳得令人沉醉。那株连续五年没有开花以致你们两人曾议论杏树分不分雄雌与这株树是不是得了不育症,今年粉红色花盛开,此树正在雄起。你可以与她共同回想你们植杏树与樱桃的情景。一起种树是人生的多么大的幸福。要保证七时十五分前告别墓园,在其他车辆涌来以前。凌晨而去,清晨而归,拥堵于我何有哉?

然后回到别居的时候约好或者是忘记了约没有约过的客人已经来到,他们耐心地平和地蹲在你的防盗门前。客人还带来了两位你所不识的客人,你们一起在社区的小小会所里吃了烤羊腿宫保鸡丁干烧鱼,你们喝了不少酒。喝到了你根本忘记了客人是怎样走掉的与你是怎样睡着的。

你梦到了许多花枝,似杏非杏,似花非花,似有雨有语非语非声。醒来时天已相当亮,你激动得发起了抖,原来一夜春雨,淅淅沥沥。大地因水渍而闪光。太阳从云层中飘然走出。清明时节的早晨是多么明亮,它彻底告别了郁闷与污浊的冬天。但是你耽误了杏花也耽误了出祭的时间表。莫非真的老了,你如今做任何事都缺少缜密与预见性、提前量、合理化、优选法。你本不是这样的人。

这时吓坏了你,你在自己的会客厅里看到了堆存在沙发桌上的杏花枝杈，它们灿烂光明地进入了你的家。早春杏花在你家中爆炸了，横七竖八，鲜活挺棱。你隔着玻璃窗向后花园望出去，你看到了杏树边支放着的铝合金人字梯。你起来，往外走，你发现了你的房门只锁了一道，没有锁第二道。

这是什么？是奇迹？是梦游？是醉趣？是你的你托了梦？是午夜你开开房门进入了花园？你还搬动了铝合金梯子？你从抽屉里找到了剪枝剪子，有条不紊地完成了为亲爱的逝者准备杏花的任务。这是危险的游戏，你可能绊倒在门前，你可能坠落到梯子下面，你可能被树枝扎到眼睛，你更可能四脚八叉到雨与泥里。你没有摔倒。然而，你一点也不记得了。你的心怦怦跳了起来。记忆与逻辑的失落使得人生、春天、杏树与墓园为之颤抖。没有了记忆与逻辑，你摸到了赤裸裸的生命、自我、思念、甜甜的苦。你面对的是生与死的交流，是醒与睡的共享，是不可能与或可能的神秘。当然，那就是她，她帮助你，她指引你的生活中发生了这午夜清明的杏花雨。

你摸了一下自己的头发，你大叫起来，有雨湿水迹，可怜的、可贵的、星星点点的雨。

我的人！你疯了，你疯狂地原地打转。我的杏！你摇着头大哭。

是冥冥中的怀念向草坪与杏园述说了自己的心思。是她与袍帮助你准备好了春天的花枝。小楼一夜听春雨，墓地明朝献杏花。杏花，春雨，墓园。你跪下了，你热泪如注。

早起三光，晚起三荒。你早早超越了交通堵塞。你到了你的墓前，你摆放供献了春光灿烂的杏花，杏花使坟墓生机勃勃,比什么花束花篮花盆都更单纯也更个性。杏枝饱含了你们俩的太多的快乐太多的话语。杏花使你们回到了青年时代。一切不但如昨日更如今日。你更觉得清明的天意与生机,墓园的永久与甜蜜,杏花的亲切与随和,在北方,杏花带来了她我你,激扬了春光春意。还有怀念的安详与辽阔。还有今晨花枝的永无查证的来历。你告诉说:"咱们的杏树。"你张开两臂,摆了一个当年她喜欢摆的新疆舞蹈的姿势。你在当天的拥堵形成以前,顺利地走了。带回去的,除了悲与伤的回忆,除了生与死的慨叹,还有充满杏花的春之语。你相信这一切杏语,大快乐,大悲悯,大欢喜,全无痕迹也全无道理。

# 春 天 的 心

春天的心活在春天的人的身体里。

春天的心是活跃的,生气蓬勃的,充满了活着的力量。春天使人爱生活:看呀,桃花的骨朵,柳枝的嫩芽,牛毛似的小雨帘子般地挂着,一切多美。生活本身是可爱的呀。听呀,池水的潺潺像低唱一首甜蜜的恋歌,晨鸟的啾啾像喁喁的情话,远处的孩子们唱了:

> 青草生
>
> 花儿红
>
> 斜织细雨里
>
> 老牛驮着牧童……

这嘹亮的歌声使春天的心朦胧了,沉醉了。

嗅呀!翘起鼻子,刚下完雨的潮湿气息,钻进你的鼻孔,使你的心痒痒的。玩吧,跳吧,高歌吧,舞蹈吧,暂时忘掉你的痛苦。我们都是小孩子,应该有小孩子的心,而小孩子的心便是春天的心呀!

春天的心又是懒洋洋的一股子劲儿。朋友,你可晒过春天的太阳?倚着树、靠着墙,闭上眼睛,让金黄色的太阳从头至脚抚摸你,你感到和暖,你感到舒适,身子散了,软了,像棉花一样;身子轻了,没有丝毫重量。于是你的身躯自然地摇摆着,飘,飘,飘到天空里,坐在白云上,和云雀一同唱歌,和风筝一同跳舞。说起风筝,你可常听到风筝铜铃寂寞的嗡嗡的声音?还有远处的空竹声也是相像的。它使你每个细胞都酥软了,它使春天的心荡漾在那声波里。听到之后你或者便颓然卧在草地上,让小野花的黄蕊洒在你的鼻孔里;你或者会兴奋地跳起来,喊着说:"我们生活在春天里,我们生活在阳光里,我们生活在春天的阳光里!"本来嘛……

春天的心是美好的,善良的,纯洁的。因为美以大自然的为最美,而大自然的美表现在春天。你知道春山:远望苍翠欲滴,郊外踏青便是为了欣赏春山呀。你知道春水:"风乍起,吹皱一池春水。"你知道春花春草,流行歌曲不是这样唱吗:"春天的花,是多么的香";通俗的对子,不是这样写吗:"又是一年芳草绿,依然十里杏花红。"你知道春雨:"帘外雨潺潺,春意阑珊","细雨梦回鸡塞远,小楼吹彻玉笙寒"。你知道春宵:"今夜偏知春气暖,虫声新透绿窗纱"以及什么"月移花影上栏杆"……好了,这些歌颂春天的句子是实在写不完的;人在这美的结晶里,丑恶的会变成美善,污浊的会变成纯洁。春天本身便是诗,何待写她在纸上?而春天的心,便是诗里的诗了。

虽然如此,春天的诗和含苞待放的春花一样,和刚伸出头来的草一样,是幼稚的,是脆弱的。她是才入世的小娃娃,而不是千锤百炼的勇士;她是呢喃倩舞的小燕,而不是在狂风暴雨里挣扎的海燕;她是小花而非大树,诗歌而非枪炮(请恕我这句话似乎包括对诗歌的不敬)。但是,春天要被更成熟、更热情、更坚强的夏天代替,春天的心也变成钢铁的心了。

1948年

# 故 乡 行

## ——重访巴彦岱

我又来到了这块土地上。这块我生活过、用汗水浇灌过六七年的土地上。这块在我孤独的时候给我以温暖,迷茫的时候给我以依靠,苦恼的时候给我以希望,急躁的时候给我以慰安,并且给我以新的经验、新的乐趣、新的知识、新的更加朴素与更加健康的态度与观念的土地上。

高高的青杨树啊,你就是我们在一九六八年的时候栽下的小树苗吗? 那时候你幼小、歪斜,长着孤零零的几片叶子,牛羊驴马、大车高轮,时时在威胁着你的生存。你今天已经是参天的大树了,你们一个紧靠着一个,从高处俯瞰着道路和田地,俯瞰着保护过你们、哺育过你们、至今仍在辛勤地管理着你们的矮小的人们。你知道谁是当年那年老的护林员? 你知道谁将是你们的精明强悍的新主人? 你可知道今天夜晚,有一个戴眼镜的巴彦岱——北京人万里迢迢回到你的身边,向你问好,与你谈心?

赫里其汗老妈妈,今夜您可飘然来到这里,在这高高的青杨树边逡巡? 您是一九七九年十月六日去世的,那时候我正住在北京的一个嘈杂的小招待所里奋笔疾书,倾吐我重新

144

拿起笔来的欢欣，我不知道您病故的凶信。原谅我，阿帕，我没有能送您，没有能参加您的葬礼，您的乃孜尔①。那六年里，我差不多每天都喝着您亲手做的奶茶。茶水在搪瓷壶里沸腾，您坐在灶前与我笑语。茶水对在搪瓷锅里，您抓起一把盐放在一个整葫芦做成的瓢里，把瓢伸到锅里一转悠，然后把一碗加工过的浓缩的牛奶和奶皮子倒到锅里，然后用葫芦瓢舀出一点茶水把牛奶碗一涮，最后再在锅里一搅。您的奶茶做好了，第一碗总是端在我的面前，有时候，您还会用生硬的汉语说："老王，泡！"我便兴致勃勃地把大馕或者小馕，或者带着金黄的南瓜丝的苞谷馕掰成小小的碎块，泡在奶茶里。最初，我不太习惯这种我以为是幼儿园小孩所采用的掰碎食物泡着吃的方法，是您慢慢把我教会。看到我吃得很地道，而且从来不浪费一粒馕渣儿的时候，您是多么满意地笑起来了啊！如今，这一切还都历历在目呢。可您在哪里，您在哪里呢？青杨树叶的喧哗声啊，让我细细地听一听，那里边就没有阿帕呼唤她的"老王"的声音吗？

笔直的道路和水渠，整齐的、成块的新居民点，有条有理，方便漂亮。六十年代中期自治区党委提出的好条田、好林带、好道路、好渠道、好居民点的"五好"的要求，关于建设社会主义新农村的号召，如今在巴彦岱不是已经实现了吗？根据规划建设的要求，我和阿卜都热合曼老爹、赫里其汗老妈妈住过的小小的土房子已经拆掉了，现在是居民区的一条通道。当年，我曾住在他们的一间不到六平方米的放东西的

145

① 乃孜尔，这里指人死之后举行的祭奠仪式。

小库房里，墙上挂着一个面罗、九把扫帚和一张没有鞣过的小牛皮。最初我来到这个语言不通的地方，陪伴我的只有梁上的两只燕子。我亲眼看见燕子做窝、孵卵，看见它们怎样勤劳地哺喂那些叽叽喳喳的小燕子。在小燕子学会飞翔的时候，我也已经向维吾尔农民的男女老少(包括四五岁的孩子)学了不少的维吾尔语了。我们愈来愈熟悉、亲热了，按照你们的古老而优美的说法，你们从燕子在我住的小屋里筑巢这一点上，判定我是一个心地善良的人。于是，你们建议我搬到正屋里，和你们住在一起。我欣然接受了。从此，我们一起相聚许多年，我们的情感胜过了亲生父子。亲爱的燕子们哪，你们的后代可都平安？你们的子孙可仍在伊犁河谷的心地善良的农民家里筑巢繁养？当曙色怡人的时候，你们可到这青杨树上款款飞翔？

阿卜都热合曼老爹啊，我们又重逢了。在那些年，我把我的遭遇告诉了你们。您那天沉默了许久，您思索着，思索着，然后，您断然说："老王，不会老是这样子的。请想一想，一个国家，怎么能够没有诗人呢？没有诗人，一个国家还能算是一个国家吗？元首、官员、诗人，这是任何一个国家都不能缺少的。老王，放心吧，政策不会老是这个样子的。"您没有文化，您不会写自己的名字，您不懂汉语，没有看过任何书，然而，您是坚定的。您用您自己的语言，表达了您的信心，对于常识，对于真理，对于客观规律总比任何人的个人意志强大的信心。如今，您的信心应验了：诗人和作家在我们的国家受到了应有的关心和爱护。排斥诗人、废黜诗人的年代终于一去不复返了，而您，也已经老迈了……

还有二大队的支部书记阿西穆·玉素甫。一九七一年，我离开巴彦岱前去乌鲁木齐"听候安排"的前夕，阿西穆同志对我说："不要有什么顾虑，放心大胆地去吧！如果他们（指当时乌鲁木齐的有关部门）不需要你，我们需要你。如果他们不了解你，我们了解你。你随时可以带着全家回来，你需要户口准迁证，我这里时刻为你准备着。你需要房屋，我们可以立刻划出九分地，打好墙基。一切困难，我们解决。"这真是披肝沥胆，推心置腹！巴彦岱的父老兄弟呀，在我最困难的时候，你们给过我怎样巨大的支持和鼓励！古人说，"人生得一知己足矣"，而在巴彦岱，成百上千的贫下中农都是我的知己！在最困难的时候，最混乱的时候，我的心仍然是踏实的，我仍然比较乐观，我没有丧失生活的热情和勇气。至今有人称道我四十七八岁了还基本上没有白发，说我身体好。其实，我的青少年时期身体状况是很糟糕的，为什么经过了那么多动乱和考验以后，我反倒更结实也更精神了呢？那是因为你，你们——阿卜都热合曼、依斯哈克、阿西穆·玉素甫、阿卜都克里木、金国柱、艾姆杜拉、满素艾山……你们支持我，帮助我，知己知心，亲如父子兄弟，你们给了我多少温暖和勇气！不是吗？当我来到四队庄子上，看望依斯哈克老爹的时候，他激动得哭个不停。心连心，心换心啊！此意此情，夫复何求？

慢慢地在青杨掩映的乡村大路上前行吧，每一株树，每一个院落，每一扇木门，每一缕从馕坑里冒出来的柴烟，每一声狗叫和鸡鸣都会唤起我无限的怀念。清清的小渠啊，多少次我到你这里挑水？阿帕是贫寒的，她的水桶一个人一个小，她的扁担歪歪扭扭，严格说来那根本不能叫扁担，因为它一点也不扁,而是一根拧了麻花的细棍子。那东西压在肩膀上,才叫闹鬼呢,它好像随时要翻滚,要摆脱你的手心……就是这样,我用它挑了多少水啊。而当当枯水季节,或者当小渠被不讲道德的个别人污染了的时候,我就要沿着田埂向北走上三百多米,从另一处渠头挑水了。给房东大娘把水挑满,这也是党的传统,党的教育,党的胜利的源泉啊,我能够忘记吗? 即使我住在冷热水龙头就在手边的地方,我能忘记这用麻花扁担挑着大小水桶走在巴彦岱的田野上的日子吗?

继续往前走,就是原来的大队部了。我不由得想起一九六五年到一九六六年,我们每天早晨天不亮就聚集在这里"天天读"的情景。我把"天天读"变成了学习维吾尔语的好机会,我认真地背诵着"老三篇"的维吾尔译文,并且背下了上百条"语录"译文。一方面做学生,一方面又担任教维吾尔新文字的"先生",有许多个早上我在这里给大队干部教授拉丁化的维吾尔新文字。那齐声朗诵 A、B、C、D 的声音,还在这里回响着吗?

当然,原来的大队部也使我想起那阴暗的日子,一阵"炮轰"以后的半瘫痪状态,"一打三反"时候的恐怖气氛……这些,已经成为往日的陈迹了。我会见了艾姆杜拉和司迪克,艾姆杜拉已经被落实了政策,担任巴彦岱中学的教员,一家十一口,也转为吃商品粮的了。"你现在和队上没有什么关系了么?"我问。"呵,如果我给队上缴一车肥料,队上就给我一车麦草。"他笑着说。而曾被捆绑和殴打过的司迪克呢,他骄傲地把他新盖的高台阶、宽前廊的房屋指给我看,端来了自己栽植收获的葡萄、梨……劳动者的心地是最宽阔也最厚道的,我们共同引用着维吾尔族的谚语:男子汉大丈夫总要经受各式各样的磨难的。沉重的回忆就这样被欢畅的笑声冲刷过去了。

巴彦岱的农民弟兄们,你们终于安定了,轻松了,明显地富裕起来了。孤儿出身的曾是穷苦的光棍儿的阿卜都克里木啊,你现在也有三间正房、上千元的存款、自行车、手表、驴车并且饲养着牛、鹿、驴了。你包了十一亩菜地,和你的精明的妻子一起种植管理。当年我曾经多少次睡在你的独间土房里,睡在你那个只有架子没有床板、用向日葵秆托着我的身躯的歪歪扭扭的床上,共同诉说着生活的艰辛和期望啊!今天,我又睡到你这间房子里来了,你用伊犁大曲、爆牛肉、炒鸡蛋和煮饺子来招待我。曾经教会我扬场、自称是我的师傅的金国柱也来了,他拿着酒杯向我祝酒说:"如果不替我们说话,我们就把你拉下来!"善于经营理财的穆成昌也来了,问我:"农村的政策不会变吧?"为什么要变呢? 符合人民心愿的、有利于生产发展的政策,要靠我们自己来贯彻啊! 巴彦岱的各个大队,正在进一步落实责任制,把责任包到每户、每个劳动力身上。大家都说,真能这样搞下去,就会搞好了。难道可以不搞好吗? 我们已经付出了那么多代价,那么多时间!

中秋刚过,明月出天山,天山上的月亮才是最亮、最无尘埃的啊! 但愿我们的生活,我们每个人的心像天山上的明月一样光亮饱满。月光下的新居民点,房屋和庭园,属于社员个人的房前屋后的树木,堆积着的饲草饲料,还有不时发出哞哞声的牛吼马嘶,显示出多少希望! 过去大队干部为购买一辆货运卡车绞尽了脑汁,现在,大队已经拥有两辆这样的汽车了。过去收割的时候靠马拉机具和人工,现在主要靠康拜因了。过去轧场的时候靠马拉石磙子,现在主要靠手扶拖拉机了。过去粮食加工靠水磨,现在在拥有更大的水磨的同时,电磨已经占据重要的位置了。过去送信时骑马,现在邮递员都备有崭新的挎斗摩托车了。过去谁家里有个半导体收音机就会引起轰动,现在,一些社员的家里已经有了收录两用机,有了沙发、大衣柜、五斗橱和捷克式写字台,还有的社员已经提前买下了电视机了(伊犁的电视台正在建设中)。不管有多少挫折和失望,我们生活的洪流正像伊犁河水一样地滚滚向前。

我又来了。我又来到了这块美好的、边远的、亲切的和热气腾腾的土地上。愿已经与世长辞的赫里其汗妈妈、斯拉穆老爹、阿吉老爹、穆萨子大哥安息!愿年老的阿卜都热合曼老爹、马穆提和泰外阔老爹在公社的照料下安度晚年。愿还在工作岗位上的阿西德、金国柱同志实现自己的抱负,做出成绩!愿当年的小孩子,现在的青年人能过上远胜于上一代的更加富裕更加文明的生活!巴彦岱的一切,永远装在我的心里。

是的,我没有忘记巴彦岱,而巴彦岱的乡亲们也没有忘记我。当依斯麻尔见到我的时候,他不是立刻提醒我,当年,是我给他写的结婚请帖,我帮他上的房泥;而我也立刻回忆起,那时他的夏日茶棚不是在南面而是在北面,他曾经有过一头硕大的黄毛奶牛。当那时的小姑娘、现在的三个孩子的母亲塔西姑丽见到我的时候,不是立刻问候我的妻子和我的孩子们吗？当吐尔迪、穆成昌……见到我的时候，不是还询问我的那辆因破烂而在巴彦岱有名的自行车和黄棉衣的下落吗？他们不是绘声绘形地回忆起我在哪块地上锄草，在哪块地上收割，怎样撒粪，怎样装车吗？无怪乎曾经担任大队会计、现在担任公社财会辅导员的小阿卜都热合曼库尔班对我说："我不知道王蒙哥是不是一位作家，我只知道你是巴彦岱的一个农民。"没有比这更好的褒奖了！好好地回忆一下那青春的年华，沉重的考验，农民的情谊，父老的教诲，辛勤的汗水和养育着我的天山脚下伊犁河谷的土地吧！有生有日，一息尚存，我不能辜负你们，我不能背叛你们，不管前面还有什么样的胜利或者失败的考验，我的心是踏实的。我将带着长逝者的坟墓上的青草的气息，杨树林的挺拔的身影与多情的絮语，汽车喇叭、马脖子上的铜铃、拖拉机发动机的混合音响，带着对维吾尔老者的银须、姑娘的耳环、葡萄架下的红毡与剖开的西瓜的鲜丽的美好的记忆，带着相逢时候的欣喜与慨叹交织的泪花、分手时的真诚的祝愿与"下次再来"的保证，带着巴彦岱的盛情、慰勉和告诫，带着这知我爱我的巴彦岱的一切影形声气、这巴彦岱的心离去，不论走到天涯海角……

1982年1月

151

# 清明的心弦

我喜欢北方的初冬,我喜欢初冬到郊外、到公园去游玩。

地上的落叶还没有扫尽,枝上的树叶还没有落完,然而,大树已经摆脱了自己的沉重的与快乐的负担。春天它急着发芽和生长,夏天它急着去获取太阳的能量,而秋天,累累的果实把枝头压弯。果实是大树的骄傲,大树的慰安,却又何尝没有把大树压得直不起腰来呢?

现在它宁静了,剩下的几片叶子什么时候落下,什么时候飞去,什么时候化泥,随它们去。也许,它们能在枝头度过整个的冬天,待到来年春季,归来的呢喃的燕子会衔了这经年的枯叶去做巢。而刚出蛋壳的小雏燕呢,它们不会理会枯叶的琐碎,它们只知道春天。

湖水或者池水或者河水,凌晨时分也许会结一层薄冰,薄冰上有腾腾的雾气,雾气倒显得暖烘烘的。然后,太阳出来了。有哪一个太阳比初冬的太阳更亲切、更妩媚、更体贴呢?雾气消散了,薄冰消隔了,初冬的水面比秋水还要明澈淡远,不再有游艇扰乱这平静的水面了,也不再有那么多内行的与二把刀的贪婪的垂钓者。连鱼也变得温和秀气了,它们沉静地栖息在水的深处。

地阔天高。所有的庄稼也都腾出来了，大地吐出一口气，迎接自己的休整，迎接寒潮的删节。当然，还有瑟缩的冬麦，农民正在浇过冬的冻水，水与铁锨戏弄着太阳。场上的粮食油料早已拉运完毕，稀稀拉拉的几个人在整理谷草。在初冬，农民也变得从容。什么适时播种呀，龙口夺粮呀，颗粒归仓呀，那属于昨天，也属于明天。今天呢，只见个个笑脸，户户柴烟，炕头已经烧热，穿开裆裤的小孩子却宁愿待在家门外边。

这时候到郊外、到公园、到田野去吧，游人与过客已经不那么拥挤。大地、花木、池塘和亭台也显得悠闲，它们已经没有义务为游人竭尽全力地展示它们的千姿百态。当它们完全放松了以后，也许会更朴素动人，而这时候的造访者才是真正的知音。连冷食店里的啤酒与雪糕也不再被人排队争购，结束了它们的大红大紫的俗气，庄重安然。

到郊外、到公园、到田野去吧，野鸽子在天空飞旋，野兔在草棵里奔跑。和它们一起告别盛夏和金秋，告别那喧闹的温暖；和它们一起迎接漫天晶莹的白雪，迎接盏盏冰灯，迎接房间里的跳动的炉火和火边的沉思絮语，迎接新年，迎接新的宏图大略，迎接古老的农历的年。二踢脚冲上青天，还有一种花炮叫作滴溜，点起来它就在地上滴溜滴溜地转。

初冬，拨响了那甜蜜而又清明的弦，我真喜欢。

1983年11月26日

# 雨

我喜欢雨，从小。

我不知道我为什么喜欢雨。因为它迷蒙而含蓄，因为它充满生机，因为它总是快快活活，因为只有它才连接着无边的天和无边的地！

"细雨鱼儿出，微风燕子斜""随风潜入夜，润物细无声"，春天的小雨便是大自然的温柔与谦逊，大自然的慷慨与恩宠，却也是大自然的顽皮。它存在着，它抚摸着，它滋润着，却不留下痕迹。用眼睛是很难找到它的，要用手心，用脸颊，用你的等待着春的滋润的心。

也有"凄风苦雨""秋风秋雨愁煞人""梧桐更兼细雨，到黄昏，点点滴滴"。其实那倒不一定是"一场秋雨一场寒"的秋天。即使这样的天气也给繁忙的人们带来休息，带来希望，带来遐思。

正因为有雨中的忧伤的甜蜜，人们才伸出双臂歌唱雨后初阳的万道金光。于是有了那波里的名歌《我的太阳》。

而暴雨和雷雨又是多么欢势，它们驱走暑热，它们解除干渴，它们弥合龟裂，它们叮叮咚咚地敲响沉闷的大地，它们咋咋呼呼地嬉闹着对人们说："别怕,我们折腾一会儿就走。"

小时候,我最喜欢北京城夏日的大雨。雨中,积水上冒出一个又一个的半圆形的小泡儿。

"似水晶、非琉璃,又非玻璃,霎时间了无形迹。"我的姨妈教过我这样的谜语。

为什么这几年在北京很少见到大雨冒泡儿了呢?是气候变了么?是我事太多、心太杂,对似水晶又非玻璃的泡儿视而不见,这泡儿已经唤不起我童年的那种好奇和沉醉了么?哦!

一九五八年的特别炎热的夏天,我下乡以前暂在景山公园少年宫劳动,盖房当小工,每天担四十多斤一块的大城砖,很累。一天早上刚开工便赶上了天昏地暗的大雨,"头儿"只好宣布放假。我落汤鸡似的回到家,换了一身衣服,打起雨伞,和同样处于逆境的爱人到新街口电影院看电影《骑车人之死》去了。电影看完了,大雨威势未减。这是一九五八年,也许是五十年代的最后几年我们度过的最快乐的一天,而这一天,是雨赐给我们的。

冒雨出游,这才有特色,这才有豪兴,这才有对于生活、对于世界的热情。这热情是什么也挡不住也抹不掉的。

所以,当一九八二年六月初我和几个中国同志一起访问美国的东北海岸而赶上了整整一个星期的阴雨的时候,当不论是主人还是其他客人都抱怨这不凑趣的天气的时候,我却说,我喜欢雨,雨使世界更丰富了。在维尼亚尔(意即野葡萄园)岛上驱车行路的时候,我甚至把汽车窗打开——让溅起的雨珠雨花吹到我的脸上、头发上、脖子上和衣服上吧,这该是大西洋上的天空——与我们古老的神州大地上的是同一个天空——飘洒下来的美丽、友好、清凉却也有些阴沉的信息。雨中的大西洋，似乎泛着更多的灰白相间的浪花。天、海洋、小岛、大陆、漂亮的花花绿绿的别墅房屋、泊港的船只、行驶着的和停下来的汽车，都笼罩在那温柔迷蒙的雨中的烟雾里。

这样的雨就像夜，就像月光，使世界变得温柔，使差异缩小，使你去寻求一种新的适应，新的安慰。

就是让雨淋个透也未尝不是人间快事。在新疆的草原上，我曾经骑着马遭遇过一次短暂的却是声势浩大的雹雨，前不着村，后不着店，上天无路，入地无门，连一株可以略略遮雨的小树也没有。没法子，除了百分之百不打折扣地接受大自然的洗礼之外，没有别的路。当理解了这种处境以后，我便获得了自由，我欣然地、狂喜地在大雹雨中策马疾驰。

这种经验我写在小说《杂色》里边了，但我觉得没有写好。如果有机会，不，不管有没有机会，将来我一定要再写一次草原上的夹着雹子的暴雨。

这豪兴也要有一个条件，就是在前方不远，有哈萨克牧民的温暖的帐篷。兄弟般的哈萨克人会亲切地接待你，会给你一碗滚热的奶茶，会生起他们的四季不熄的火炉，烤干你的被雨打湿了的衣裳。

我们常常说"风吹雨打"，毛主席说要"经风雨、见世面"，我们还说什么经历了"风风雨雨"。这不但让人骄傲，也让人欢喜，不但让人刚强，也让人快活，像我那次在新疆的草原上那样。

而我现在正航行在从武汉到重庆的长江航道上,又赶上了雨。雨对我有情,我对雨有意。

　　在避风的那一面的甲板上,你看不到也摸不着雨。在船头,雨丝向你迎面喷来,在迎风的那一面,雨丝拉曳成了长线。

　　江上的雨和人似乎更加亲近。坐船的人都爱水,靠水,感谢水。而正是雨供给着江水,江水升腾着雨。当轮船疾驶的时候,浪花飞溅到甲板上,那不就是雨么?

　　天色虽然阴霾,两岸的垂柳和庄稼却被雨洗得更加碧绿。没有打伞,也没有穿雨衣,最多戴一个草帽的岸上的女人们的服装在雨中显得分外鲜丽。连岸上的黄土和石头也在雨水中映着洁净的、本色的光。

　　"晴川历历汉阳树",当然。但是你知道吗,阴川和雨川,也使我们的河岸、我们的人和树历历如画。

　　雨是我对生活和土地的无尽的情丝,情思。

1984年6月

# 船

我崇拜一切交通工具，崇拜一切自己能动而且能负载着人运动的东西。

直到一九五八年，在我"出了事情"以后，在我已经发表过几个短篇并完成了一个长篇以后，在我已经早就是共青团的干部并有十年以上的革命"经验"以后，我曾经梦想从此改行到火车上做列车员。

我觉得列车员的工作是神奇的工作。他总是不停，他半夜也在奔跑。每一个车站都和前一个车站不一样，而更新的车站，更新颖的城市和乡村在前面等着他。当睡眼惺忪的旅客摇来晃去的时候，当我国的绝大多数城乡居民酣睡沉沉的时候，当检车工用大小锤头敲了一遍车轮和车轴以后，他——列车员，是清醒的列车的守卫者，他在暗夜中观察着山峦、河谷、道路、桥梁，观察着头顶上的星。一颗星离他越来越远了，另一颗星却正向他眨眼，迎接他的靠拢。

最主要的是他拥有比你我大几倍、几十倍、几百几千倍的空间和距离，也就有那么多倍的生活。不是至今仍然有人一辈子不出自己的村，一辈子不肯、不敢、死乞白赖地不离开自己待着的那个城市市区吗？对于别人是远在天边的、不可思议的、令人发怵或是吃惊的那些地名，对于列车员来说，不就像是他家的房前屋后吗？

至于船，截止到八十年代，真正的船还只出现在我的梦里、爱唱的歌曲里，儿时的稚气的画里。

> 从前当我少年时，
> 鬓发未白气力壮，
> 朝思暮想去航海，
> 越过重洋漂大海，
> 但海风使我忧，
> 波浪使我愁。
> 啊……
> 我多恼故乡其水流溅溅。

我不知道这是一首谁作曲、谁作词、谁翻译的歌。这歌词显然翻译得古老而且生硬，但这首歌曾经使我多么感动啊。

解放初期我看过一部描写知识分子思想改造的长篇小说《动荡的十年》，小说结尾是改造了十年的主人公在听到这首歌的时候又蓦然心动了……这证明，他需要改造的东西还多着呢。

多有趣，这证明，这首歌确是有力量的呢。

上小学的时候，有一次劳作课的作业是叠一只纸船，我叠了又叠，越想叠好就越叠不好。那船就像江南的小木船，两边各有一个篷子，为了遮雨。不知是不是鲁迅先生描写过的乌篷船。我终于没有完成我的纸船，我急出了眼泪，眼巴巴看着同学们一个个以自制的船只乘风破浪地出航，而我却造不出一只船来。

仿佛后来有一位长辈送给过我一艘高级的玩具船。船身是金属做的，漆着彩漆，用火柴把船的"发动机"点着，船就能够航行啦。

我端来一大瓦盆水，我的兴奋的心情如哥伦布将要驶往新大陆或麦哲伦将要开航绕地球一周。"发动机"终于点着了，突突突的响声持续了五秒钟，船"航行"了五厘米，噗地一响，机器坏了，从此，它便成了一艘失去了动力、不能动、连打转也不能的死船。哥伦布与麦哲伦的伟大的梦破灭了。

后来船就不见了，锈了？坏了？扔了？丢了？我记不清。

终于，我也记不清究竟这儿时的伟大航行的悲哀的故事是实有其事，还是出自自己的虚构了。写小说的人也是报应，老是虚构一个一个的故事去赚取（就不说是"骗取"了吧）读者的眼泪与笑容，最后，说不定糊里糊涂地自己虚构起自己的事来了。

到中华人民共和国成立以后，到我"出事情"以前，我的船是北海与什刹海的小游艇。我和我所"领导"的共青团员们常常在那里过团日，划船。我觉得我划船的技术很不错，可以转硬弯，可以两手同时划，两手交错划，可以两只桨划一个方向，也可以划相反方向。

去过南方的同志讥笑北海的游船是"瓜皮小艇"，我听了很不服气。瓜皮小艇又怎么样呢，我们想着全中国，想着世界革命。

> 我的歌声飞过海洋，
> 爱人啊你别悲伤，
> 国家派我们到大海上，
> 要掀起惊天风浪。

这是一首苏联歌，共青团员们爱唱的。我们不再唱"海风使我忧，波浪使我愁"了，我们是将要掀起惊天巨浪的一代。

后来瓜皮小艇翻了船，果然只不过是瓜皮小艇。后来我来到了瀚海。沙漠之船的称号也是有的，那是指骆驼。新中国的瀚海里不仅有骆驼，也有牛车、马车、火车、汽车。不仅火车是可以连夜移动的，在新疆，汽车也有时连夜开，开到午夜两点半钟，司机累极了，便跳下汽车，躺在沙石戈壁上，摊开四肢，睡到天发亮，再开。当然，那是夏天。我乘过这样的车，如船在瀚海上漂游。

直到八十年代，我才和海上的、河上的，也包括陆上的（车）和天上的（飞机）船们结下了不解之缘。那时候，我们中华人民共和国这条大船，已经行驶在新的广阔得多也平稳坦荡得多的航道上了。

最难忘的是南海之旅，救生艇、运输艇、炮艇、猎潜艇和鱼雷快艇，我们和海军同志一起站立在指挥台上，高唱着刘邦的《大风歌》，劈开紫缎一样闪闪发光的南海海面，在海鸥和飞鱼的包围之中,在迎风招展的八一军旗的感召之下,环绕着南海与西沙诸岛,进行了一次又一次的航行。晕船要什么紧?呕吐要什么紧?大风大浪四十五度摇荡要什么紧?那才是爱国男儿的滚烫的生命之船,热血之船,乘风破浪的必胜之船。人站在这样的船上,全中国装在这样的船上的人的心里。

晚一点了么?在我将近五十岁的时候,我开始懂得了不像梦幻中的船那样脆弱、不像公园里的船那样旖旎和小巧、不像沙漠里的船那样拙笨和缓慢的另外一种船,巨大、坚强、英勇、踏长风、奔大海,勇敢而又沉着地前进。

而今天,是在长江的航船上。雨后初晴,春意如酒,桃红柳绿,阡陌纵横,鸥鸟飞翔,清风振荡。船上平稳、舒适、安详,这是一首成熟了的江轮进行曲。老船工告诉我,他在江轮上做工已经四十五年。

但发动机是不敢懈怠的,发动机一刻不停地、激动地、细听起来有时甚至是愤怒地工作着,掌船的人又是那么谨慎而老练,他们带动着全船向前。

1984年6月

# 我们明朝就要远航

我不是歌唱家，但连我自己回想起来都觉得惊异，五十年代我怎么会唱那么多苏联歌曲！

如果说我会唱的苏联歌曲多如天上的星星，未免像是吹牛。但如果说我会唱的歌曲比王府井大街上的灯火还多，却仍然不失为一种东方式的谦逊。

让我们来试一试。请点歌吧：要哪个作曲家的作品？杜那耶夫斯基还是索洛维约夫·谢多依？勃兰切尔还是米留金？或者是查哈罗夫的民歌风？要哪部电影的插曲？《光明之路》？《童年》？《小海军》？《萨特阔》？《库班的哥萨克(幸福的生活)》？《夏天》？《忠实的朋友》？《蜻蜓姑娘》？要哪个民族的哪个歌唱家演唱过的？聂恰耶夫的《列宁山》？尼基丁的《春天的花园花儿好》？庞雅特尼茨基合唱团的《有谁知道他呢》？哈丽玛·纳赛洛娃的《哈萨克圆舞曲》？那歌声中穿插着的金铃般的笑声令人心旷神怡！乌兹别克的塔玛拉·哈依的演唱里跳荡着羊皮鼓的节奏。还有在中国大受欢迎的阿塞拜疆的拉希德·培布托夫呢，他用抒情男高音唱着《货郎与小姐》的插曲：

卖布,卖布唻,

　　卖布,卖布唻……

　　我再问你,你要我歌唱十月革命与内战期间的哪个英雄呢? 肖尔斯?(副歌的高音部是怎样地撕裂人的心肺!)夏伯阳? 伏罗希洛夫? 布琼尼? 更不要说斯大林了! 我会唱的歌颂斯大林的歌曲足够开半场音乐会!

　　在这些我们喜爱的苏联歌曲里面就有索洛维约夫·谢多依的《海港之夜》:

　　再见吧,亲爱的城市,

　　我们明朝就要远航,

　　当黎明时光,在船的甲板上,

　　看蓝色的头巾飘荡……

　　也许是少不更事,也许是那纯洁的年代、纯洁的心的生发,五十年代,从来没有见过海,没有上过舰艇,更没有当过水兵的我一唱起这个歌就觉得感同身受,身临其境,为之销魂。在海港上,在夜雾里,前面是辽阔无垠的大海、即将开始的远航,背后是亲爱的城市、亲爱的姑娘、飘荡着的送行的蓝头巾。这是怎样的美和惆怅,怎样的豪迈而又温柔、缠绵而又自由! 这旋律,这节奏,传达着的正是海潮与心潮的起伏、大海与水兵的呼吸,夜雾与头巾的飘荡。我分不清歌声、水声与心声了。

后来就不唱这些歌了。

让人没有心情去唱它。

偶然唱起,恍如隔世,只觉得不协调,好像气管里吸入了一片碎玻璃——危险的体内异物。

一九七九年,我们举家从新疆迁回北京,后来,我的搁置了二十多年的书稿《青春万岁》也终于见了天日。《青春万岁》后记里提到的"谨以此书献给"的当年"马特洛索夫夏令营"的朋友们到我们的临时栖身之地(当时还没有房子)来看我的妻子和我。我们这些五十年代的青年们冒着小雨去劳动人民文化宫,在一座大殿的廊檐下,我们唱起了当年爱唱的歌,有《列宁山》,也有这首《海港之夜》。

我们唱这些歌,只是为了纪念(悼念?)我们自己已经逝去的青春。

一九八四年,我欣然接受了去苏联塔什干参加亚非拉电影节的建议。这在前几年是无法想象的。我欣然成行,除了别的许多大的原因外,还有两条"个人动机"。一个是我想运用一下我在我国新疆十六年所学到的有关苏联中亚地区各民族的语言、文化、历史的知识,去接触这方面的第一手材料。第二,我要到原诞生地去寻找我所钟爱、我所失去的那些歌曲。

这最后一条对于代表团来说可能无关紧要,对于我个人,却是牵肠挂肚。

春节刚过,在我家里,许多个晚上都响起了五十年代的苏联歌曲声。"太阳落在山的后边"之后便是"一条小路弯弯曲曲细又长","遥远啊遥远"之后便是"听吧,战斗的号角发

165

出警报……"

快要五十岁的时候忽然大唱起不到二十岁的时候爱唱的异国的歌,这也是一种难得的体验。我失眠了。

中国的作家可真福气!他们的独有的体验,独有的各种连续的和各种中断的往复,提供着多么丰富的灵感!

我告诉我的家人、我的朋友,访苏期间,我要用为数不多的零用外汇,全部购买苏联歌曲原声带。一位最近从苏联归来的朋友劝我不要这样做,因为苏联的盒式录音带质量不理想,价钱又不便宜。

是这样吗?我将信将疑。似乎有那么一丝遗憾,如果真是这样的话。

初夏时分,我来到了苏联。在莫斯科的俄罗斯饭店,在塔什干的乌兹别克斯坦宾馆,在第比利斯的埃维丽亚旅舍,我只要一有机会进房间,便立即拧开广播旋钮,我要寻找我的老朋友——我的歌。甚至在我需要睡觉的时候我也不关收音机,而只是把音量拧小一点,在这似曾相识、陌生中包含着某些我熟悉的特色的歌声中我会更好地入睡。即使已经睡熟,即使我已经失去了一切知觉,我的耳朵——我的心仍然在谛听,仍然在寻觅,仍然在期待着。

总算听到了一次《喀秋莎》。听到了一次在苏联唱之已久的《五月的莫斯科》:

> 柔和晨光,在照耀着,
> 克里姆林宫古城墙,
> 无边无际苏维埃大地,

正在黎明中苏醒……

我知道，在苏联，每逢五一节都要反复播放这个歌的。这首歌大概诞生得很早，四十年代或者三十年代也说不定，但我接触到它，还是在五十年代。

大概除了苏联国歌之外，这是在苏联唱得历史最久的一首歌了。

歌声依旧，人事全非，呜呼！

此外，广播里、电视里、晚会上听到的诸多歌曲都是我所不知晓的。但这些歌曲的豪情与柔情的结合、热烈澎湃与忧郁委婉的交织，特别是那种特有的阔大、坚决、自得而又自信的如醉如痴的行进感，都使我联想起五十年代我所熟悉的那些苏联歌曲，这是我能够一下子就辨认出来的呵。

另外还有那种女中音领唱的俄罗斯民歌。一听到这熟悉的歌声，便像是看到了戴着月牙形头饰的健壮异常的俄罗斯妇女，她们平伸着右臂，左手叉着腰，底气充足地引吭高歌。周围是单调而又宏伟的金色的麦穗，麦浪滚滚，一望无边，忧郁中、寂寞中散发着那么强大的热烘烘的力与爱，呵！

当然，这次在苏联听到的歌曲中，也有五十年代从未与闻的新品种，包括本地民歌旋律与迪斯科节奏相结合的沙声叫喊与软软的"气声"吟唱。看来这些歌也是西方影响的产物，在苏联，我见到的"进口"的通俗歌舞远远比进口的消费品多。

电影节前夕，我拜托电影节委派给我们的翻译兼联络员嘎丽娜给我录点歌曲——不是说他们的录音带不怎么样吗，我自己带了两盒带子。

"您要什么歌?"嘎丽娜问。

"比如说《列宁山》,比如说《快乐的人们》《海港之夜》……"

看到她迷惑的表情,我给她哼起了这些歌的曲调。

"呵,原来是这些歌,要不是您,我们早忘了。"她感动地说,"但是,这些歌可太难找了……我有一些学生,他们喜欢搞收音录音之类的,但那多半是现代的,许多是……"她做了个摇摆舞动作。

"那我能不能从唱片商店买到这些歌曲呢?"

"恐怕也很难。当然,您可以试试。"

"那就麻烦您随便给我录一点什么吧,只要是苏联的。"

感谢嘎丽娜和她的学生们,他们给我录了两盘。一盘是现代抒情歌曲,一盘一半是乌兹别克民歌,一半是乌兹别克迪斯科。

后来我又买了一盒男高音独唱,一盒俄罗斯民歌合唱原声带(没有立体声)。

后一盒磁带是在俄罗斯饭店楼下的专收外币的小白桦商店买的。我先问《列宁山》与《海港之夜》,售货员斩钉截铁地摇头。

这盒磁带标价二点零五卢布,便宜。我付了三美元,出纳员沉吟了一下,找给我一百日元。

我不知道这一百日元对我有什么用场。我便力求文雅地用英语对她讲:"请问,你能不能给我一些戈比(苏联硬币)?"

"不行，这儿是外币商店，没有卢布和戈比。"

"那么，我是否可以麻烦您，请您找给我美分呢？"

面孔呆板的女出纳勃然大怒，恶狠狠地说："跑到这里要美分？要美分到美利坚合众国去！"

我愕然。她竟忘记了她收的是美利坚合众国的"元"。

然而这并不重要。对于商业从业人员的恶声恶气，我早已被培养出了足够的"预应力"，不能做到忍辱负重就不要进商店。重要的是我毕竟拥有了一盘俄罗斯民歌录音带。一听到那些歌我就想起了一九五〇年我购买的第一批唱片，那唱片上有一首俄罗斯民歌，题目叫作《康拜因机能割又能打》。

回国后过了一些日子，那位劝我不要在苏联买原声带的朋友来了，他给我带来了一盘转录的磁带。

在A面，我听到了"夜莺啊，夜莺，不要吵""正当梨花开遍了天涯""有位年轻的姑娘，送战士去打仗"……在B面，一开始便是：

> 再见，朋友们，
> 明朝要远航，
> 冲破晓雾，穿过海洋……

哦，我们明朝就要远航！一样的清丽，一样的深情，一样的扬起来又落下去、高又低、轻又重的波浪！海港之夜啊，你还是那样！

我听了一遍，又听了一遍，好像还了一个宿愿，好像回到了、续上了五十年代。

听完了，分明感到已经不是五十年代了。可以一遍又一遍地重听那时的歌了，心境却一次又一次地淡了。

我感到"还愿"的满足，也感到了清明和平息。我感到了"终于见到了你"的欣慰，也感到了"毕竟失却了你"的惋惜。

好像是去看一个失散多年的老友，在你终于找到了他、为他的健康而干了一杯之后，你更痛感到那失去的时光。又好像是去看一部影片，多年前你看过它，未及终场你便遽尔离去，这次你去看完了它。走出影院，青年们问你演的什么电影，你不好意思地说出片名，青年们翻翻眼睛。你解释说："是一部老片子。"

也许，一切宿愿还是不还的好？就让它萦绕在"海的梦"里吧？

好在只要活着，就不仅有怀旧，有宿愿与旧梦，更有无限的关于明朝的远航的憧憬和希望。

1984年

# 清 晨 的 跑

那一年我住在美国衣阿华城郊外的五月花公寓。公寓面对着清洌的衣阿华河,河道有点弯曲,水流仍然从容。每天早晨我都醒得很早。在国外总是睡不实,不是由于不放心,而是由于没完没了的好奇和兴奋以及更加没完没了的思念。天色微明我就醒了,便起床漱洗,然后换上质地柔软的球鞋。美国的球鞋外观比我们的国产货显得瘦长,但极跟脚。然后穿起四角运动裤衩,裤腿很短,略呈弧形。然后穿好印有衣阿华大学字样的运动衫。穿上这样的运动衫裤以后,似乎上臂和小腿的肌肉自动就鼓凸和收紧了,力气增大,年纪变轻了。踏遍青山人未老,犹谓偷闲学少年!

乘电梯下楼去,楼里四处静无声息,这儿的人的习惯是睡得晚也起得晚。走过阒无一人的宽阔的公寓前厅,推开沉重的大玻璃门,先对着公路那面的枫树林做深呼吸,然后开始慢跑。虽是清晨,仍然要小心翼翼地越过公路,终于,来到了靠着树林、透过树林还可以看到闪光的衣阿华河的自行车道上。

本来这里骑自行车的人就不多。清晨的这一段时间自行车更是难以见到。于是我"如入无人之境"地开始跑步了。我没有受过多少体育训练,长跑、短跑也没有姿势可言,但我仍然充满了一种生命的愉悦,一种向前行进的信心,一种轻快而又脚踏实地的努力跑的热情。我的步子开始加快了,我的呼吸开始深化,但我相当有意识地调整着与掌握着呼吸,决不让它出现气喘吁吁的窘态。

Morning! 一个瘦高腿长、戴眼镜的小伙子从背后超过了我,虽然素不相识,跑步者仍然有自己的友谊和礼节。我们互相问了早安。快到桥头了,对面又跑来一位金发披肩的胖姑娘。在美国,从早到晚,长跑者当中不乏这样的胖姑娘,她们"刻苦锻炼"的目的也许主要在于追求苗条的体型。这位姑娘已经跑得汗流浃背了,她很辛苦,但也很快活,毕竟健康有力,足以跑完她的路程。我们也互相问了早安。

从桥头转向,进入了郊外公园。这里的公园很简单,块块枫林和更大的块块草坪,几把油漆过后又掉了色的木凳子,这便是公园了。公园里的人行道是沙径,道路十分柔软,跑在上面发出沙沙沙的响声。这时,我的跑步已经变得"自动化"了,似乎是完全放松的,步子在自动起迈,身体在自行前进。也许身体并没有前进,却只见晨风迎面吹来,枫林从身边走过,草坪变幻着图形,蓝天也在舒展身躯,清新的空气沐浴着肺腑,荡摇的地面热烈而又多情。不时有活泼的小松鼠从脚边蹦跳而过,却也不走远,它在注视着我那拙劣的却是欢快的跑步的身影呢。

现在跑到了衣阿华剧场门口了。剧场是现代化的建筑,门口有抽象派的雕塑。它们好像给了我一点冲动,我的步子迈得更大了,两臂摆动的幅度也更大了。我绕着剧场跑,剧场旋转着它那巨大的身躯,用它的不同的侧面鼓励着我加油。跑啊,跑啊,穿过树,穿过草,踏碎落叶,惊跑松鼠,大喊一声:"你早!"

什么是清晨的跑步呢?像是唱了一首激越而又自由的歌,像是一声响亮的宣告:来吧,白天;来吧,世界!

1986年

# 鳞 与 爪

## 一

一九七九年夏天，我刚刚举家从新疆迁移回北京，临时住的地点离故宫护城河很近，晚饭后我常常沿着护城河散步。垂柳、角楼、劳动人民文化宫与公园后门，种种亲切和美丽使我陶醉感叹。

我几次看到四个（也许是三个？已经到了再不敢吹"记忆力"的年龄了）青年弹着吉他靠在河堤上唱歌。我觉得惊讶、羡慕、疑惑，甚至有点紧张。怎么能这样大模大样地在街头弹那个资产阶级——至少不是无产阶级——的乐器呢？自己玩就玩吧，何必跑到大街上呢？三四个人一起弹吉他，不是有点闲荡、有点不务正业吗？三四个人算不算聚众呢？惹得许多行人、骑自行车者停下来看，多出风头，多不好意思！许多人还吃不饱饭呢，他们却吃饱了撑得弹上吉他了。北京，北京，毕竟是北京啊！他们是不是有点可疑呢？需要不需要给他们一点劝告乃至监视呢？

我是带着一种陌生感，一种不安，一种窃窃的喜悦来看这四个人的，觉得看多了不太方便也不太礼貌，每次看上几眼便迈步走过去。却也想,"四人帮"毕竟是倒台了呵。

一晃,时已八年。弹吉他的年轻人,你们过得可好?

## 二

一九四八年的北平,已经是风雨飘摇、土崩瓦解,一片将死未死的萧条景象。这时,在我居住的一条小胡同里,出现了一个挎着篮子卖杂货的老头(依我当时的年龄和眼光认为的老头,也许他不过才四十岁)。老头用洪亮而又甜美,应该说是软软的、嗲嗲的声音吆喝:"油炸花生米! 老腌鸡子儿!"

除了炸花生米与煮好的咸鸡蛋,几乎没有别的商品。他见了谁都笑容可掬,见了小孩子马上用讲故事的声调说:"跟妈妈要点钱,买花生米吃! 甭提多香了!"

果然有小孩子回家去又出来了,买了花生米。他给花生米应该说是相当"抠门儿"的,但态度实在和气。如果小孩子抱怨花生米给得少,他就会慈祥地说:"小少爷! 您看我这花生米多干净! 多油分! 多个儿大!"确实,不论花生米还是鸡蛋,都干净极了。

一个月以后,老头从挎篮子变成了挑挑子,花生米从油炸发展到既有油炸又有水煮,鸡蛋从老腌发展到既有咸蛋又有茶蛋,还增加了瓜子、绿豆糕和炸油饼。

两个多月以后,他改成了推车,一辆崭新的售货车,以熟食为主,兼营白干酒。他仍然那样款款地、无腔无调却又多情地吆喝着:"花生米! 老腌鸡子儿! 白干酒!"

不像那些具有悠久的从业历史的小贩,那些人吆喝得出花儿来,称得上是婉转入云。他的吆喝只是大声说话罢了。他有很好的音量与音色,只是没有旋律,"无调性"。

然而他的"白干酒"三个字足以使每个酒徒泪下,传达出了生活的艰难、酒的苦辣温馨、小贩的效劳之情。

他越是笑得甜你就越觉得他走得辛苦、卖得辛苦。如果你在这样美丽的笑容与动情的吆喝声中扬长而过,无动于衷,那简直是铁石心肠、罪过!

待到解放前夕,他已经开起了一座两间门脸的小铺,俨然食品杂货店的掌柜了。

以后我就顾不上再想他再看他。五十年代后期,我去这个小铺子买过一次东西。已经公私合营了,他穿着干部服,胖得出奇,没有吆喝,只有习惯性的微笑。

不久便听说他已病逝。

我始终觉得他的小小的发家史是一个难以思议的奇迹。

三

五十年代,我有几次机会去山西太原。在规整美丽的海子边公园附近,我吃过几次刀削面。很大的一个饭馆,从来都坐得满满的。山西的刀削面是驰名的,但现在已经很难找到一个专卖面的馆子了,不知道是由于人们的口味与"消费档次"已经提高还是由于利润指标的提高。反正那个时候,海子边公园近旁的海子边饭馆里,坐着的都是吃三棱形劲道利落的刀削面的。

给人的印象比面条还深的是一位服务员。矮矮的个子,留着平头,椭圆形的头脸,一脸孩子气的笑容,只是眼角皱纹透露出他已经并不年轻。他一只手端三碗、两只手端着六大碗面,你没准觉得面的体积和重量已经超过了他本人。他是奔跑着来为顾客上面的,又奔跑着去算账。那时候都是先吃饭后交钱,不像现在的饭馆,不但要先开票付款,而且要为每一个瘪三样的塑料杯子交押金。人心何其不古了啊!

同店还有几个女服务员,但大家都喜欢招呼这位小个子。可能是因为他的笑容,因为他跑得快、账也算得快,一口清,声音洪亮。你一眼望去就可以认定他十分喜爱自己的工作。他是一个快乐的甚至有几分得意的服务员,于是大家都叫他。他从这桌跑到那桌,从店堂跑到后厨,再从后厨跑到店堂。他满场飞,他满场飞跑着端面,拾掇餐具、擦桌子、摆碗筷、算钱、收钱、找钱,像一阵风,像是在跳舞,像在舞台上表演。所有的顾客都把目光投向他,欣赏着他的精力、热情与效率,满意地发出会心的微笑。

工作,本来是可以这样的啊!

几十年过去了,再没有碰到过第二个这样工作的服务员。海子边饭馆和全国各地的各个饭馆一样,面貌一新。而我,对碰到这样的服务员却似乎愈来愈没有信心了。

四

目光,世界上没有比目光更有力量而又更费解的了。

在欢呼雀跃的场面里我看到呆木泿然的目光。在庄重深沉的嗓音后面我看到过傲慢而又闪烁的目光。当然也有谦卑后面的坚毅的目光，玩笑后面的大有深意的目光。

目光比人还难作假。

今年四月份访问日本时候，参加了一次在京都举行的招待会。招待会由著名作家、日中文化交流协会的常务理事司马辽太郎主持。会上有一位身材苗条的老太太来见我，她长着一头黑发——也许是染过的。她和我握手，笑着，注视着我说："战争时候，我在华北。"她的汉语说得很慢。"华北"两个字说得非常沉重。我马上想起了我的在日本侵略军占领下的童年经历，想起"华北"在日本侵华史上的特有的含义。老太太继续笑着，说不清是苦笑还是喜笑。而她的眼睛那样深深地、深深地注视着我。惭愧，痛苦，留恋，感慨，友好，认错……我说不清，而她的"华北"两个字一下子复活了我的多少尘封已久的记忆！谁知道那一刻我的目光又有多少变化和流露呢？

我永远忘不了这位纤瘦的老人的目光。我甚至觉得，大老远地来一趟日本，我就是为了看看这百感交集、感从中来的目光。

1987年

# 忘却的魅力

散文就是渴望自由。

自由的表达，自由的形式，自由的来来去去。

记忆是美丽的。我相信我有出色的记忆力。我记得三岁时候夜宿乡村客店听到的马匹嚼草的声音。我记得我的小学老师的面容，她后来到台湾去了，四十六年以后，我们又在北京重逢。我特别喜欢记诗，寂寞时便默诵少年时候便已背下来的李白、李商隐、白居易、元稹、孟浩然、苏东坡、辛弃疾、温庭筠……还有刘大白的新诗：

归巢的鸟儿，

尽管是倦了，

还驮着斜阳回去。


双翅一翻，

把斜阳掉在江上；

头白的芦苇，

也妆成一瞬的红颜了。

　　记忆就是人。记忆就是自己。爱情就是一连串共同的、只有两个人能共享分享的刻骨铭心的记忆。只有死亡，才是一系列记忆的消失。记忆是活着的同义语。活着而忘却等于没活。忘却了的朋友等于没有这个朋友。忘却了的敌意等于没有这个敌意。忘却了的财产等于失去了这个财产。忘却了自己也就等于没有自己。

　　我已不再年轻，我仍然得意于自己的记忆力。我仍然敢与你打赌，拿一首旧体诗来，读上两遍我就可以背诵。我仍然不拒绝学习与背诵新的外文单词。

　　然而我同样也惊异于自己的忘却。我的"忘性"正在与"记性"平分秋色。

　　一九七八年春，在新疆工作的我出差去伊宁市，中间还去了一趟以天然牧场而闻名中外的巩乃斯河畔的新源县。一九八二年，当我再去新疆伊犁的时候，我断然回答朋友的询问说："不，我没有去过新源。"

　　"你去过。"朋友说。

　　"我没去过。"我摇头。

　　"你是一九七八年去的。"朋友坚持。

　　"不，我的记忆力很好……"我斩钉截铁。

　　"请不要过分相信自己的记忆，那一年你刚到伊犁，住在农四师的招待所即第三招待所，从新源回来，你住在第二招待所——就是早先的苏联领事馆。"朋友提醒说。

　　我一下子蒙了。果真有这么一回事？当然。先住在第三招待所,后住在第二招待所,绝对没错儿！连带想起的还有凌晨赶乘长途公共汽车,微明的天色与众多的旅客众多的行李。那种熙熙攘攘的情状是不可能忘记的。但那是到哪里去呢？到哪里去了又回来了呢？似乎看到了几间简陋的铺面式的房子。那又是什么房子呢？那是新源？我去了新源？我去做什么去了呢？为什么竟一点儿也不记得？

一片空白,全忘却了。

不可思议。然而,这是真的。新源就是这样一个我去过又忘了等于没有去过的地方。这比没有去过,或者去了牢牢记住然而没有机会再去的地方还要神秘。

我忘却的东西越来越多了。一篇稿子写完,寄到编辑部,还没有发表出来,已经连题目都忘了。(年轻时候我甚至能背诵得下自己刚刚完成的长篇小说。)当别人叙述一年前或者半年前在某个场合与我打交道的经过的时候,我会眨一眨眼睛,拉长声音说:"噢……"而当我看到一张有我的形象的照片的时候,我感到的常常只是茫然。

感谢忘却:人们来了,又走了。记住了,又忘却了,有的压根儿就没有记。谁,什么事能够永远被记住呢？世界和内心已经都够拥挤的了,而我们,已经记得够多的啦。幸亏有忘却,还带来一点好奇,一点天真,一点莫名的释然和宽慰。待到那一天,我们把一切都忘却,一切也都把我们忘却的时候,那就是天国啦。

1989年5月

# 又见伊犁

离开新疆后,一九八一年我曾返回伊犁,并且去了尼勒克牧区。这次经过九年再来,相隔的时间不算短也不算长。当飞机飞越天山的时候,也许可以说有点激动。我只是说"有点",因为这一切似乎驾轻就熟。同样的天空,同样的航线,同样的噪音很大的安-24飞机,别来无恙的山山水水……这里没有任何不寻常的地方。

一下飞机就立刻感到了伊犁的宁静与清新。与乌鲁木齐相比,伊犁有一个更长的秋天,空气中弥漫着一种爽利的秋意,树叶正在变黄,天气稍稍凉一点,我的呼吸变得格外轻松和舒适……朋友们热情地向我介绍伊犁的变化,新的高楼大厦,新的柏油路面,新的商店市场。但我更愿意说伊犁没有变,不变的是她的悠然与安适,不变的是她的透明的秋天。就连新增加的许许多多的"六根棍"马车,我觉得与其说是新添,不如说是回复,我从它们那里获得的是一种怀念的旧情。

看看老邻居、老住所,也是一番无言的感慨。绿洲俱乐部对面的解放路二巷巷口已经认不出来了,找不到活渠,老杨树也被砍伐了许多。原来我们住过的第二中学的教工家属宿舍纷纷自己围起了院墙，那时候就无人照料的几株小苹果树已经无存，而人仍无恙。一个又一个的老师都见到了，眼泪涌了出来。有两个老师曾经与我一起在一个寂寞的春节开怀痛饮，现在一个已经大大地发福而豪迈的风度依旧，另一个却使我未能辨认出来。一个老师因为不知什么罪名而在那时不能任教，他赶着马车为大家运煤炭，皮里青、察布查尔、干沟、铁厂沟的煤矿成为他常常出没的地方。如今，平了反退了休，也算是安度晚年吗？他流泪了，我们也流泪了。

还有那个躲武斗时居住过的新华西路"大杂院"，房东老太太和她的长子已经去世，她的孙媳妇住的正是我们当年的房子。另一家的小孩子早已长大成人，我们看到的是他的媳妇和酷似当年的他自己的孩子。时光果然已经流过那么多那么多吗？逝者长已矣，生者独恻恻，"别来无恙"。"别来无恙"并不容易，"别来无恙"又是怎样珍贵的欣慰！

不要说巴彦岱了。那是承受不了的回忆、友情、温暖与挂记。老书记已经退休，他的院子里堆满了金黄的玉米。他站在院门口寻找我，我说："在这呢！"走进院子，我说："你这几间房子，还是原来的吗？""当然了。"他答。"你这房梁，还是我帮着上的呢。"我回忆起了给他上房梁的事。

我的老房东仍然健在。他的家里也挂上了颜色鲜艳的挂毯和腈纶毛毯。而在庄子，另一家老房东与房东大娘已经谢世。他们的儿媳妇与我抱头大哭。是哭逝去的时光与逝去的长辈吗？是哭这终于又见面了的欢欣？在他家的墙壁，还挂着我一九八一年来时与他们全家包括逝者的合影呢。

也许这并不算记忆的恢复，因为记忆从来未曾消失。也许这不算时间的衔接，因为一九七三年我们就从伊犁搬走了。再来，再多来，我们毕竟已经不能朝夕相处，我们各自有各自的天地、各自的忧乐。也许这也算不上叙旧，因为热情的招待，"堵住嘴"的食品和众多的乡亲使我们很难认真地说点什么。然而，为什么我又觉得我们是这样地互相了解、默契、知心！没有说出的话也许比说出的话更透亮，没有交流的回忆也许比已经交流的回忆更深刻地深藏在我们的心中！我们之间已经不需要说更多的话了，伊犁的乡亲啊，知我爱我，这不是几句话可以表达的。

与其说是激动，不如说是平静。伊犁这块土地是实在的，人们的日子越过越好，伊犁的丰姿越来越美，伊犁的友人永远那样友好和热情。我从来没有离开过伊犁，想离也离不开。就让伊犁成为我永远的思念、永远的慰安、永远的镜鉴吧，我还要歌唱你的，你是我永远的歌。我常常遗憾而且急躁，我在伊犁那么多年，怎么没学会一首道地的伊犁民歌呢？比如那首《黑黑的眼睛》，我听人唱过不知多少次，我为之沉醉，为之落泪，为什么至今没有学会唱它呢？我觉悟到，这是一个启示，一个象征。关于伊犁的歌，还要慢慢地学，慢慢地唱呢。我要学唱伊犁的歌，又舒缓又热烈，又迂回又开阔。我要永远问自己，怎么样才能惟妙惟肖地歌唱伊犁？

1991年1月

# 新 疆 的 歌

## 黑黑的眼睛

在遥远的伊犁,几乎每一个本地人都会唱《黑黑的眼睛》这首歌,几乎每一次喝酒的时候都要唱这一首歌。

喝酒和唱歌这二者,从声带医学的观点来看是互相排斥的,从情绪抒发的角度来看却是一致的。

第一次听到这首歌是一九六五年冬天,在大湟渠渠首——叫作龙口工程"会战"的"战场"。我与农民们一起住在地窝子里。那里临时开设了几个食堂。寒冬腊月,食堂的厚重无比的棉帘子外面挂满了冰雪,也许不是雪而是霜,食堂里的水汽从帘子边缘逸出来,便凝结成霜。掀开这沉重得惊人的门帘,简陋的食堂里热气弥漫、灯光昏暗、烟气弥漫、肉香弥漫。更重要的是歌声弥漫,歌声激荡得令人吃惊,歌声令人心热如焚,冬天的迹象被歌声扫荡光了。

在关内的时候,我们也听过一些新疆歌曲。但是伊犁民歌自有不同之处,它似乎更散漫,更缠绕,更辽阔,没有开头也没有结尾,抒不完的感情连接如环,让你一听就陷落在那里,痴醉在那里。

从此我爱上了伊犁民歌。在伊宁市家中,常常能有机会深夜听到《黑黑的眼睛》的歌声。是醉汉吗? 是夜归的旅人? 是星夜赶路的马车夫? 他们都唱得那么深情。在寂寥而寒冷的深夜,他们用歌声传达着对那个永远的长着"黑黑的眼睛"的美丽的姑娘的爱情,传达着他们的浪漫的梦。生活是沉重的,有时候是荒芜的,然而他们的歌是热烈的,是愈加动情的。

后来我有几次与农民弟兄们一起喝酒唱歌的经验。我们当中有一位歌手,他是大队民兵连长,叫哈里·艾迈德。他一唱,我们就跟,随着每一句的尾音,吐出了无限块垒。我傻傻地跟着唱,跟着唱,却总觉得跟不上那火热的深沉与辽阔的寂寞。

也有时候我不跟着唱,只是听着,看着哈里和别的人们的那种披心沥胆地唱歌的样子,就觉得更加感动。

一九七三年我离开了伊犁,一九七九年我离开了新疆。

一九八一年中秋节前后我重访伊犁,诗人铁依甫江与我同行。为了将《蝴蝶》改编成电影的事,长春电影制片厂的一位导演不远万里跑到伊犁去找我。一天晚上,我们一同出席伊宁市红星公社在西公园附近的一次露天聚会。饮酒之际,请来了民间的盲艺人司马义尔,他弹着都塔尔,唱起了歌,当然,首先唱的仍然是《黑黑的眼睛》。

他的声音非常温柔。他的歌声不是那么强烈,却更富有一种渗透的、穿透的力量。那是一首万分依恋的歌,那是一种永远思念却又永远得不到回答的爱情,那是一种遥远的、阻隔万千的呼唤,既凄然又温暖。能够这样刻骨铭心地爱,刻骨铭心地思恋的人有福了,能唱这样的歌,也就不白活一世了！看不见光明的歌手啊，你的歌声里充满了对光亮的向往和想象！在伊犁辽阔的草原上踽踽独行的骑手啊，也许你唱这首歌的时候期待着人群的温暖？歌声是开放的，如大风，如雄鹰，如马嘶，如季节河里奔腾而下的洪水。歌声又是压抑的，千曲百回，千难万险，似乎有无数痛苦的经验为歌声的泛滥立下了屏障，立下了闸门，立下了堤坝。

一声"黑眼睛"，双泪落君前！他一唱我的眼泪就流出来了！

伟大的维吾尔诗人纳瓦依说过："忧郁是歌曲的灵魂。"这又牵扯到一个民族的性格问题来了。你为什么那么忧郁？由于干旱的戈壁沙漠吗？你的绿洲滋润着心田。由于道路遥远音信难传吗？你的好马和你的耐性使你们的交往并不困难。由于得不到心上人的呼应、得不到知音吗？你的歌、你的舞、你的饮酒又是那样的酣畅淋漓。而你的幽默更是超凡入圣。

快乐的阿凡提的乡亲们，却又有唱不完的"黑眼睛"的苦恋。

我没有解开这个谜。虽然我标榜自己对新疆、对维吾尔人的生活、语言、文字颇有了解。我至今学不会这个歌。虽然我喜欢唱歌、粗通乐谱、会唱许多歌、自信学歌的能力不差。那么熟悉，那么想学，却仍然不会唱。也怪了。

就让我唱不好，唱不出这首《黑黑的眼睛》吧。唱不好，但是我知道她，我爱她，我向往她。小小的一声我就能从万千音响中辨识出她。她就是我的伊犁，她就是我的谜一样的忧郁。至少是因为告别了伊犁，至少是因为它是唯一的我又喜爱又熟悉又至今唱不成调的歌儿。

## 阿娜尔姑丽

以喀什噶尔为中心的南部新疆的歌儿与以伊犁为中心的北疆的歌儿有很大的不同。如果说北疆民歌的代表是《黑黑的眼睛》的话,那么,南疆民歌的典型则是《阿娜尔姑丽》。"阿娜尔姑丽"的意思是石榴花,而这又是一个在南部新疆常见的姑娘的名字。这个名字很美。电影《阿娜尔汗》的主题歌就是根据民歌《阿娜尔姑丽》整理、配词而成。歌一开始便唱道:

> 我的热瓦甫琴声多么响亮,
> 莫非装上了金子做成的琴弦?

而民歌的起始两句,据我所知的一个版本是这样的:

> 夜晚到来我睡不着觉呀,
> 快赶开巢里的乌鸦,啊,我的人!

最后一个词是bala,是孩子的意思,这里叫一声孩子,类似英语中的baby,是一种昵称,故译作"我的人"。

以《阿娜尔姑丽》为代表的南疆民歌似乎更具有节奏感,人们唱这些歌的时候似乎正迈着沉重有力的步子,似乎正在漫漫沙石戈壁驿道上长途跋涉。四周杳无人迹,远山上雪光晶莹,干枯的柴草在风中颤抖,行路者的歌声坚毅而又温情,我好像看到了歌者的被南疆的太阳烧烤成了酱紫色的脸庞。

也许他们是骑着骆驼唱这些歌的吧？在"沙漠之舟"上，他们体验着大地的辽阔、荒芜、寂静与神秘；他们也体验着自己内心的火焰的跳动、炽热、熬煎和辉耀。他们已经漫游了许多日日夜夜。他们已经寻求了许多岁岁年年。他们已经创造了许多城市乡村。他们热烈地盼望着更多的人间的情爱。

我永远不会忘记我第一次受到这样的歌声的冲击的情景。那是在叶尔羌河东岸、塔克拉玛干沙漠西缘的麦盖提县，一九六四年，我住在县委招待所，准备去洋达克乡。招待所正在盖房子，每天早晨八时以后，来自农村的临时建筑工开始上班。有两个年轻的女人，她们不紧不慢地用抬把子抬砖，一边装卸，一边走路，一边大声唱歌。她们唱的是《阿娜尔姑丽》，她们的唱歌就像呐喊一样的自然、朴素、开阔、痛快，她们的唱歌就像呼唤一样响亮、多情、急切、期待着回应，她们的唱歌又像是一种挑战、放肆的发泄，自唱自调，如入无人之境。她们戴着紫红色的小帽，穿着红色的裙子，红色的裙子下面还有绿色的灯笼裤。这歌声响彻一个上午，中午稍稍歇息，又一直唱下去，唱到太阳快要落山。她们的精力，她们的热情，她们的喉咙里，似乎都有着无尽的蕴藏。

即使是生活在城市中、生活在忙乱中、生活在纷扰与风霜雨雪中也罢，想起这样的歌，能不为那股热流而心潮激荡么？

1991年3月

# 我们大队的同事们

一九七八年初春，我给《人民文学》写"文革"结束后第一篇小说《队长、书记、野猫和半截筷子的故事》。小说的前言是这样的：

> 应该怎样为人民公社的基层干部画像呢？描写他们风吹日晒下的黝黑而皲裂的皮肤吗？刻画他们的沾满了尘土、芒刺、树叶、粪肥的长靴吗？渲染他们的黑条绒上衣的后背上透过来的白花花的汗渍吗？同情他们熬红了的眼睛和嘶哑的喉咙吗？羡慕他们在本地的无上威权，走到哪里都被注视、被谛听、被请示、被申诉和被包围起来的举足轻重的地位吗？还是为了他们往往处在矛盾的焦点，受到各方面的夹击而不平呢？

我写这一段话是有感而发的。因为一九六五年到一九六六年"文化革命"，我在我"劳动锻炼"的新疆维吾尔自治区伊犁哈萨克自治州伊宁县红旗人民公社二大队（巴彦岱乡）担任了一年副大队长。"文化大革命"开始，我不再担任大队的领导工作,但是至今(去年——一九九○年十月我曾旧地重游)当地一些农民仍然称我是"王大队长"。如果真写简历,我希望各方不要忽略我的这段经验。

这个大队的干部,除了我都是维吾尔人,大队书记阿西穆·玉素甫,正派、任劳任怨、廉洁奉公,有条有理有板有眼地做事,是一个难得的农村干部,只是文化差点。几次参加扫盲学习,我还手把手地给他教过维吾尔语新文字,但他始终未摆脱半文盲的状况。这样,到老他也没挣上工资,没吃上"皇粮"。一九六八年他家里盖房子,我帮他上过大梁,所以,去秋到他家里做客,我指着房梁居功自傲地说:"还是我(当然不是一个人啦)帮助着抬到顶子上去的呢!"

大队长马木提·乌肖尔,本是生产队队长,一九六五年被评为"学大寨先进人物"去大寨参观取经回来,当了大队长。他大字不识,但仪表堂堂,气宇轩昂,特别是翘然扬起的黑胡子极有风度。他经常考虑大队的工作,有时下地归来,一路上自言自语都是讲生产的事。但他的生活很狼狈,他的妻子乌肖尔汗是个病身子,三天两头看病吃药。老大嫂又喜欢诉苦,又喜欢花钱——其实也没花什么钱,因为实在无钱可花。她要喝很浓的砖茶,所以用茶比较"浪费",不过如此之类。马木提大队长穿着棉袄过六月,因为没钱买夏季衣衫。他一直欠队里钱,大概临终也没还清。他们二位,早已去世多年了。

还有一名副大队长塔列甫江,管水利,本人和妻子都瘦得出奇。特别是他的大儿子,患软骨病,八九岁了仍坐不起来立不起来。我去探望过,并给他讲维生素D与钙的大道理,他说钙片和鱼肝油都用过,无效。终于,孩子死了,大家吊唁得仍很隆重,并不因其为小孩而轻视。到一九六九年搞"一打三反"时,略有一点关于塔副大队长的风言风语,那以后,他不再担任大队工作。

塔列甫江上过学,能做记录、传达文件。

大队部有一秘书,名吐尔迪·哈吉,瘦高,能饮酒、健谈。他掌握着大队图章,地位显要。遇到他不愿意管的事他会说找不到开公文柜的钥匙了,因而无法代开介绍信之类。有一位女社员几次跑大队部被拒,最后一次听到这话,大怒,大哭大闹大骂起来,连鼻涕也甩到大队办公室的洋灰地上(这是穆斯林们最不能容忍的肮脏现象)。一闹,吐尔迪便没有了主意,不知怎么就把钥匙找出来了。

一九六六年,"文化大革命"开始时大队召开批判"三家村"大会,吐尔迪代表大队干部发言。虽然都是抄的报纸,但他毕竟批得上纲上线、头头是道、音调铿锵、文句流畅,煞是了得。

大队会计年轻秀美,名阿卜都拉合满。他的字、画都很漂亮。"一打三反"时大队搞一个关于"反革命集团"的展览,就是王蒙文,阿卜都拉合满画。其中被揭露的一个"集团头子"恰是这位会计的亲戚。他一面积极作画,一面仍很亲切地称他的亲戚为"阿哥",我纠正他数次,无效。还没等展览完中央来了政策,定一个"反革命集团"要经过中央审批,于是一个又一个雨后春笋般被揪出来的集团,又肥皂泡一般破灭了,其实我们大队并无一个这样的集团。一九九〇年再次见他,他已由"奶油小生"变成"将军肚"的中年人了。

大队出纳伊利塔依社教后被搞下去了，因为他和一个地主的女儿搞恋爱。后来他不当大队出纳了，当生产队会计。有一次我在大路上走着被伊利塔依叫住，他正在路边大渠旁饮酒。没有酒杯，他把自行车铃盖拧下来做酒杯。他敬了我一铃盖，我一饮而尽。我到他家喝过几次茶。他和妻子确实是充满爱情，他们是真正自由恋爱结的婚，我深为他们家的幸福而感动。我妻子回北京的时候给他妻子带过头巾。

我们大队还有一个不拿补贴工分的干部，"贫下中农协会"主席毛拉·库图鲁克。他常常参加会议并讲话。他参加扫盲学习态度认真，成效显著。他学会了用阿拉伯语字母拼写，不过字写得大了一些。他给我最深的印象是他参加批判"三家村"大会时带领喊口号，他一再把"万岁"（亚莎孙）与"打倒"（邀哈孙）弄倒，弄得主持会议的大队书记面红耳赤，紧张地为他纠正。还好，没人抓辫子把他打成反革命。无怪乎维吾尔人喜欢说自己是一些温和手软的人。

生产队长们我就更熟悉了。我最佩服的是他们贯彻上级精神的本领。先到县上开一星期"三级干部会"，又到公社开五六天"两级干部会"，会议内容百分之九十五是关于政治挂帅、活学活用、阶级斗争、反修防修、路线为纲、大批判开路等等的，只有百分之五是关于生产、收购、水利的。这些队长弟兄，回来就利用午休时间在地头召开大会，口若悬河地传达上级精神。调门很高，绝不含糊，百分之百的革命彻底，"老三篇""走资派"如数家珍。话语很短，十来分钟传达完那百分之九十五，再用一小时讲百分之五，当然是结合实际讲。调门高的那些话讲尽管讲，却从来讲完就完，不抓落实——反正也落实不了。

对生产队长们，我最不理解的是他们几乎天天在地头向出工的社员讲话，批评那些不出工的懒汉懒婆娘。我弄不懂我们这些出工的人何必要一而再、再而三地替懒人们接受"训话"呢？我们不是都来了吗？我们来了却要不断受训斥，明天不来不是耳根清净吗？

"文化大革命"后我不当副大队长了，但还常参加大队的具体工作、在生产队劳动，一直延续到一九七一年。这些大队、生产队干部经济上干净不干净？根据我的观察，起码我们这个大队的绝大多数干部都是比较奉公守法的，确实没发现太大的问题。到瓜地里吃个瓜，到果园里吃个苹果，干部还是受优待的，我也受过优待。供销社里来了白酒，有时干部们会先得到消息，至于钱，一文不能短少。干部欠队上的款，以我们大队长为最，但他们的生活确实是非常困难非常困难啊！吃请受礼，问题也不严重。这是因为，第一，那时普遍贫困，谁摆得起酒席、谁送得起礼呢？第二，穆斯林的"请客"是比较多的，生老病死，都有"礼行"，请的人面很宽，吃的"水平"也很一般。

个别坏人当然有，但他确实不能代表农村干部。

骂村干部之风源远流长。至少国民党时候就骂，流风余音至今不止。但谈起村干部来我总替他们有点抱屈之感，他们不容易。记得那时有一句俗话，说这些农村干部是春天的红人（择优选中）、夏天的忙人（当然）、秋天的穷人（拿什么分给社员们呢）、冬天的罪人（冬天搞运动,他们自然是"运动员"）。我特别同情他们,可能是因为我毕竟与他们朝夕相处,"同流"共事过吧。

1991年6月27日

# 搬　家

我有许多次搬家的经历。

记得幼年时期曾经住在北京后海附近的大翔凤胡同,那是一个两进的院落,我们是租住的。我至今记得夏日去什刹海的搭在水面上的店铺里吃肉末烧饼,喝荷叶粥,傍晚看着店工费劲地点燃煤汽灯的情景。

后来家境每况愈下。住不起两进的院落了,搬到北京西四北南魏儿胡同14号去,住里院,外院是另一家。里院有一架藤萝,初夏开起红紫白相间的花朵。花朵很好看、很香,如脂如玉,藤萝架也很美。藤萝花还可以吃,把花洗净了,用白糖腌起来,然后做蒸饼的甜馅,好吃。

藤萝角长得很大。小时候我爱想的一个问题是:藤萝角有什么用? 没有人能告诉我藤萝角的用途。我幼年时曾经有志于研究藤萝角的用途,我认定,像柄柄匕首一样垂在藤萝架下的藤萝角,一定是有用的,关键是还没有人把它们的用场研究出来,而我,应该完成这个使命。

后来把这个使命感就丢了,忘了。如果写检讨,说不定这是我在人生道路上的一次选择失误。好好地研究一下藤萝角的用途,正像电影《决裂》上的那位农学教授研究"马尾巴的功能"一样,应该还是有用的。我也会因而多做出点实事来。

后来在西城报子胡同住过一个地方,当年似乎是甲3号。那是人家房东的大院子后院的几间厢房。房无奇处,但后院似有几分"后花园"的意思:有假山、有几簇竹子,假山与竹子都破败了,年久失修,无人照管。可能是因为社会不安定,政局不安定,谁还有心管什么竹子、山石?但我似乎看到过小猫在山石上爬上爬下。我和几位小学同学也利用这地形玩过亘古长青的打仗的游戏。晚上,我欣赏过窗户纸上映出的竹叶的阴影。我那个时候又有志于画国画了,还买过芥子园画谱。后来又忘了学画了,这又是一件该叹息的错处了。

还住过受壁胡同18号,小绒线胡同27号等等的。

一九六三年底来了一次大搬家,搬到新疆去。一到乌鲁木齐就被接到了文联家属院的家。天寒地冻,冰封雪掩,房子从外面看一片土黄,黄土墙黄泥顶子,更像乡下的房子。进屋以后还不错,刷得白净,烧(火墙)得暖和,只有窗玻璃上结满了比玻璃本身不知厚几倍的冰凌,使窗户呈现出一种不规则的水晶体的半透明。隔着这样的窗户望出去,一切都看得见,一切又是变形与错位的,好一个富有现代感的窗子!为什么房里生着温暖的火灶火墙窗冰凌都不融化呢,主要是因为窗外太冷了,零下二十多度。我这才明白爱斯基摩人用冰造房子,而房内温暖如春的道理。这是我第一遭住机关单位的"家属院"。

不久我搬到妻子所在的乌鲁木齐一所中学里去,为了她上班更方便,也因为那边是三间房。一家占三间房,这简直阔绰得难以思议,搬进去才发觉了缺点,原来那房是土地,没有地板,没有洋灰地,也没有砖。土地起土,卧室里的地还发出一股强烈的尿臊味,此前住这房子的人家一定有小孩子就地小便。我始终觉得值得一忆一笑一叹的是我们决定搬家的时候竟还不懂得需要看一看新居的地面是什么样的、竟不懂得地面状况是挑选房子的标准之一。我们曾经多么天真过呀!人是总能够自慰的,想到幼稚天真就想到了纯洁可爱,为自己曾经傻瓜过而眷眷依依。那时候我们已是"而立"之年了呢。

一九六五年去了伊犁。先住在一间办公室里,顶棚和地都镶着木板,只是木板已经破旧,漆面已经剥离脱落,走这种破地板地比土地还容易崴脚。三个月后搬入新落成的教工宿舍。由于房子入冬才建好,潮气大,一点火,屋里氤氲弥漫,谷草味很浓。又由于麦子打得不干净,麦草里混着麦粒,和成泥抹在墙上,一升温,便纷纷发芽,墙上居然长出了一根根的绿麦苗。当然,它们长不成小麦,虽然我玩笑地向农民朋友称之为"我的试验田"。这点经验写在一篇小说里了,也算是文学效应吧。

在伊犁—伊宁市搬过多次家。每次搬家都是用俄式的四轮马车,大体上两车搬完,一车拉家具行李,一车拉煤柴、破烂。那时的家当确实很少,符合"轻装前进"的原则。

再以后从伊犁再搬到乌鲁木齐。为修房子又临时搬到充满药品气味的化学实验室。"化学屋"的好处是夏天不进蚊蝇。

一九七九年搬回北京，先住一个小招待所，再住"前三门"、虎坊桥，直到现今又住起了平房。平房的特点与优点是更接近自然，听得清雨声风声，室温随着气温变得快，下过雪后可以堆雪人，便于养花养草养猫养狗。我养花多失败，不会侍候花过冬。植树倒小有成绩，除原有的枣和香椿以外，我们自己移栽了石榴、柿子和杏。石榴移栽当年就结了八个，杏树开花一朵(仅仅孤单的一朵，一花独放，绝了)，柿子只长树叶。平房更利于夏季乘凉，完全可以在院内"派对"。这个小院接待过日本作家井上靖，作曲家团伊玖磨，旅美诗人郑愁予、台湾作家琼瑶等等。夏夜放置躺椅数个，饮茶与可口可乐及绿豆汤，闲话天南海北，怨而不怒，乐而不淫，亦福事也。

缺点当然也有，蚊子多、虫子多，有潮气，有会飞的与不会飞的土鳖，有攻枣的臭大姐(学名犁椿象)，有好杏的蚜虫。虽几经征战，虫子还是落而复起。这也是大自然的一部分吧，有虫子，是天意。

回忆半个世纪，重要的搬家已十余次，不知是反映了变动、不稳定还是反映了改革和发展。我的生活还是丰富多彩的。搬家是个体力活，即使有了全套服务的搬家公司，也还得花力气。尤其是书，常用的书没几本，不常用的书也死沉死沉的，打点起来活活要人的命。还有就是旧物，扔又舍不得，不扔又白白地占地方，白白地自我霉烂、自我死亡。其实理论上我完全懂得，家庭面貌在很大程度上决定于是否充斥着多余的什物。家里东西摆设的道理与写文章是一样的，精少为佳。应该在增购新物品的同时搞精简,这件事上也需要点魄(破)力的。

常搬家太累,太不稳定。见到一些数十年如一日住在一处的老友又替他们憋闷得慌。我们有一家亲戚,最近搬了一次家,条件似还不如原来。但他们说,他们已老了,这次不搬,恐怕底下就"没戏"了。我完全理解和同情这种心情。为搬家而搬家,就像为吃苦而吃苦,为上大学而上大学,为艺术而艺术,为锻炼而锻炼一样,未必堪为训,实亦不足奇。

刚搬到一处总有几天的新鲜劲,临搬前告别旧居又有点依依不舍。行李打成包,乱纸扔一地,东西一堆堆的搬家前的情景甚至使人想起电影上敌军司令部溃散前的场面。呜呼,哀哉! 上车! 而且往往在搬家的时候,人会想起:"又是好几年,就这样无影无踪地过去了。过去的年代、过去的家,都一去不复返了。"如《兰亭序》所言,俯仰之间,已成陈迹。

其实不搬家,时光也在不停地迁移着。

1991年7月

# 我爱喝稀粥

在我的祖籍河北省南皮县,和河北的其他许多地区一样,人们差不多顿顿饭都要喝稀粥。甚至在米饭炒菜之后,按道理是应该喝点汤的,我们河北人也常常是喝粥。

家乡人最常喝的是"黏粥",即玉米面或玉米楂子熬的糊糊。乡亲们称做这种粥为"馇",他们说"馇锅黏粥",而不说什么"熬一锅粥"。新下来的玉米,有时候加上红薯,饭后喝上两碗,一可以补足尚未完全充实饱满的胃,二可以提供进餐时需要摄入的水分(那时候我们进餐的时候可没有什么饮料啊——没有啤酒可乐,也没有冰水矿泉水),三可以替代水果甜食冰激凌,为一顿饭收收尾,做做总结,把嘴里的咸、腥、油腻、酸、辣(如果有的话)味去一去,为一顿饭打上个句号。

喝稀粥的时候一般总要就一点老腌萝卜之类的咸菜。咸菜与稀粥是互相提味、互相促进、相得益彰的,这一点无须多说。吃惯了这种搭配,即使吃白米粥、糯米粥、牛奶麦片粥、燕窝粥、海鲜粥,如我后来有幸吃过的那样,也常常不能忘情于老腌萝卜、云南大头菜或者四川榨菜;还有天源酱园、六必居、保定"春不老"的名牌特制酱菜,咸菜也是不断发展丰富提高的,常吃稀粥咸菜也罢,食者是完全用不着气馁的。

也有属于甜点性质的粥:赤豆汤、八宝莲子粥,板栗、杏仁、花生做的羹食等等。就不就咸菜,则无一定之规了。

粥喝得多、喝得久了,自然也就有了感情。粥好消化,一有病就想喝粥,特别是大米粥。新鲜的大米的香味似乎意味着一种疗养,一种悠闲,一种软弱中的平静,一种心平气和的对于恢复健康的期待和信心。新鲜的米粥的香味似乎意味着对于病弱的肠胃的抚慰和温存。干脆说,大米粥本身就传递着一种伤感的温馨,一种童年的回忆,一种对于人类幼小和软弱的理解和同情,一种和平及与世无争的善良退让。大米粥还是一种药,能去瘟毒、补元气、舒肝养脾、安神止惊、防风败火、寡欲清心。大鱼大肉大虾大蛋糕大曲老窖都有令人起腻、令人吃不消的时候,然而大米粥经得住考验而永存。

另一种最常喝的粥就是"黏粥"了。捧起大粗碗,"吸溜吸溜"吸吮着玉米面馇的稠稠糊糊、热热烫烫的黏粥,真有一种与大地同在、与庄稼汉同呼吸、与颗颗粮食相交融的踏实清明。玉米粥使人变得纯朴,变得实在,玉米粥甚至给人一种艰苦奋斗、先天下之忧而忧、后天下之乐而乐的乡土意识、忧患意识、安贫乐道随遇而安人不堪其忧我也不改其乐的意识。玉米粥会叫人想到贫穷困难,此话不假,笔者在三年困难时期就有过一天只喝两顿粥的经验,玉米粥拼命喝,喝得肚子里咣里咣当,喝得两眼发直。正因为如此,笔者才由衷欢呼十一届三中全会以来改革开放、繁荣经济、人民生活提高的有目共睹的伟大成绩。同时,玉米食品又是和营养学、现代化、生活选择的多样化联系在一起的。例如在那个一些小子认为月亮都要比中国的圆的美国,炸玉米片、崩玉米花都是深受欢迎的大众食品,少量的玉米糊糊也可以作为配菜与主菜一道上台盘,为西式大菜增色添香。近年来,国内的玉米方便改良食品也方兴未艾起来。呜呼,吾乡之玉米粥也,且莫以其廉价简陋而弃之,山重水复疑无路,柳暗花明又一村,它的生命力还远大着呢!

至于每年农历腊月初八北方农村普遍熬制的"腊八粥",窃以为那是粥中之王,是粥之集大成者。谚曰:"谁家的烟囱先冒烟,谁家的粮食堆成尖。"是故,到了腊八这一天,家家起五更熬腊八粥。腊八粥兼收并蓄,来者不拒,凡大米小米糯米黑米紫米黍米(又称黄米,似小米而粒略大、性黏者也)鸡头米薏仁米高粱米赤豆芸豆绿豆豇豆花生豆板栗核桃仁小枣大枣葡萄干瓜果脯杏仁莲子以及其他等等,均融汇于一锅之中,熬制时已是满室的温暖芬芳,入口时则生天下粮食干果尽入吾粥,万物皆备于我之乐,喝下去舒舒服服、顺顺当当、饱饱满满,真能启发一点重农爱农思农之心。说下大天来,我们十多亿人口中的八九亿是在农村呀,忘了这一点可就是忘了本、忘了自己是老几喽。

闽粤膳食中有一批很高级的粥,内置肉糜、海鲜、变蛋乃至燕窝鱼翅,食之生富贵感营养感多味感南国感,食之如接触一位戴满首饰的贵妇,心向往之赞之叹之而终不觉亲近。这大概反映了我土包子的那一面吧。

当然,不是说稀粥至上,随着生活水平的提高,眼界的开阔,我们的餐桌上理应增添许多新鲜的、富有营养的饮食,饮食习惯上的保守是不足取的。其实讲到吃东西我是很能接受新鲜事物包括各种东洋西洋土著乃至特异食品的。诸如日本之生鱼片、美国之生牛肉、法国之各色(包括发绿发黑发臭者)计司(乳酪)、俄罗斯之生鱼子、伊斯兰国家之各种羊肉羊脂、我国白族喜吃之生猪肝生猪皮以及生蚝生贝、桂皮味之冰激凌苹果派、各种冷饮热饮天然人工含酒精含咖啡因或不含这些玩意之液体食品,均在在下小小胃口的受用之列。这一点使我深觉自豪,这一点使我时而自吹自擂:鄙人口味,就是富有开放性兼容性嘛。我喜欢尝试新经验,包括吃喝,这样,活得不是更有滋味吗?对身体健康不是更有利吗?

但是,我对稀粥咸菜似乎仍然有特殊的感情。当连续的宴请使肠胃不胜负担的时候,当过多的海鲜使我这个北方人嘴上长泡、身上起荨麻疹的时候,当一种特异的饮食失去了最初的刺激和吸引力、终于使我觉得吃不消的时候,当国外的访问生活使我的肠胃不得安宁的时候,我会向往稀粥咸菜,我会提出"喝碗粥吧"的申请,我会因看到榨菜丝、雪里蕻、酱苤蓝、闻到米粥香味而欢呼雀跃,因吃到了稀粥咸菜而熨帖平安。不论是什么山珍海味,不论是什么美酒佳肴,不论走到哪个地方,在不断尝试新经验,补充新营养的同时,我都不会忘记稀粥咸菜,我都不会忘记我的先人、我的过去、我的生活方式,以及那哺育我的山川大地和纯朴的人民。我相信我们都会吃得更美好、更丰富、更营养、更文明、更快乐。

1991年10月

# 在声音的世界里

我至今忘记不了孩提时代听到过的算命瞎子吹奏的笛声。寒冷的冬夜,萧瑟的北风,一声无依无靠的笛子,呜咽抖颤,如泣如诉,表达着人生的艰难困苦、孤独凄清,轻回低转,听之泪下。不知道这算不算我这一生的第一节音乐课。

我慢慢知道,声音是世界上最奇妙的东西,无影无踪,无解无存,无体积无重量无定型,却又入耳牵心,移神动性,说不言之言,达意外之意,无为而无不为。

我喜欢听雨,小雨声使我感觉温柔静穆和平而又缠绵弥漫无尽。中雨声使我感到活泼跳荡滋润,似乎这声音能带来某种新的转机,新的希望。大雨声使我壮怀激烈,威严和恐怖呼唤着豪情。而突然的风声能使我的心一下子抽紧在一起,风声雨声混在一起能使我沉浸于忧思中而又跃跃欲试。

我学着唱歌,所有的动人的歌子似乎都带有一点感伤,即使是进行曲谐谑曲也罢。当这个歌曲被你学会,装进你的头脑,当一切都时过境迁的时候,记忆中的进行曲不是也会随着时间的流逝而变得越来越温柔么?即使是最激越最欢快的歌曲也罢,一个人唱起来,不也有点寂寞吗?一个真正的强者，一个真正激越着和欢快着的人，未必会唱很多的歌的。一个财源茂盛的大亨未必会去写企业家的报告文学。一个成功的政治家大约不会去做特型演员演革命领袖。一个与自己的心上人过着团圆美满的夫妻生活，天长地久不分离，人丁兴旺，子孙满堂的人，大概也不会去谱写吟唱小夜曲。

莫非，艺术是属于弱者、失败者的？

我喜欢听单弦牌子曲《风雨归舟》，它似乎用闲适并带几分粗犷的声音吐出了心中的块垒。我喜欢听梅花大鼓《宝玉探晴雯》，绕来绕去的腔调十分含蓄，十分委婉，我总觉得用这样的曲子做背景音乐是最合适的。河南坠子的调门与唱法则富有一种幽默感，听坠子就好像听一位热心的、大嗓门的、率真本色中流露着娇憨的小大姐有来到去(趣)地白话。戏曲中我最动情的是河北梆子，苍凉高亢，嘶喊哭号，大吵大闹，如醉如痴。哦，我的燕赵故乡，你太压抑又太奔放，你太古老，又太孩子气了。强刺激的河北梆子，这不就是我们自己土生土长的"滚石乐"吗？

青年时代，我开始接触西洋音乐，《桑塔露琪亚》《我的太阳》《伏尔加船夫曲》《夏天最后的一朵玫瑰》《老人河》。所有的西洋歌曲都澎湃着情潮，都拥有一种健康的欲望，哪怕这种欲望派生出许多悲伤和烦恼，哪怕是痛苦也痛苦得那样强劲。

很快，我投身到苏联歌曲的海洋里去了。《喀秋莎》和《我们祖国多么辽阔广大》打头，一首接一首明朗、充实、理想、执着的苏联歌曲掀起了我心头的波浪，点燃了我青春的火焰，插上了我奋飞的双翅。苏联歌曲成了我生命的一部分,我生活的一部分,我命运的一部分。不管苏联的历史将会怎么书写,我永远爱这些歌曲,包括歌颂斯大林的歌,它们意味着的与其说是苏联的政治和历史,不如说是我自己的青春和生命。音乐毕竟不是公文,当公文失效了的时候(尽管与一个时期的公文有关的),音乐却会留存下来,脱离开一个时期的政治社会历史规定,脱离开那时的作曲家与听众给声音附加上去的种种具体目的和具体限制,成为永远的纪念和见证,成为永远可以温习的感情贮藏。这样说,艺术又是属于强者的了,艺术的名字是"坚强",是恒久,正像一首苏联歌曲所唱的那样,它是"在火里不会燃烧,在水里也不会下沉"的。

　　说老实话,我的音乐知识、音乐水准并不怎么样。我不会演奏任何一样乐器,不会拿起五线谱视唱,不知道许多大音乐家的姓名与代表作。但我确实喜爱音乐,能够沉浸在我所能够欣赏的声音世界中并从中有所发现,有所获得,有所超越、排解、升华、了悟。进入了声音的世界,我的身心如鱼得水。莫扎特使我觉得左右逢源,俯拾即是,行云流水,才华横溢。柴可夫斯基给我以深沉、忧郁而又翩翩潇洒的美。贝多芬则以他的严谨、雍容、博大、丰赡使我五体投地地喘不过气来。肖邦的钢琴协奏曲如春潮、如月华、如鲜花灿烂、如水银泻地,听了他的作品我会觉得自己更年轻,更聪明,更自信。所有他们的作品都给我一种神圣,一种清明,一种灵魂沐浴的通畅爽洁,一种对于人生价值包括人生的一切困扰和痛苦的代价的理解和肯定。听他们的作品,是我能够健康地活着、继续健康地活下去、战胜一切邪恶和干扰工作下去、写作下去的一个保证、一个力量的源泉。

流行歌曲、通俗歌曲，也自有它的魅力。周璇、邓丽君、韦唯，以及美国的约翰·丹佛、芭芭拉、德国的尼娜、苏联的布加乔娃、西班牙的胡里奥，都有打动我的地方。我甚至设想过，如果我当年不去搞写作，如果我去学唱通俗歌曲或者去学器乐或者去学作曲呢？我相信，我会有一定的成就的。并非由于我什么事都逞能，并非由于我声带条件特别好，只是由于我太热爱音乐，太愿意生活在声音的世界里了。而经验告诉我，热爱，这已经是做好一件事的首要的保证了。

人生因有音乐而变得更美好、更难于被玷污、更值得了，不是么？

1992年2月

# 盛　夏

是不是夏天被钉子钉住了？

每天都是二十四至三十二摄氏度。不算太热，热得并不极端，但是没有喘息，没有变化，没有哪怕是短暂的缓解。不论翻多少次报纸，拨多少次121气象预报台，看多少次屏幕上的卫星云图，都是一个公式：24℃—32℃。

而且潮湿得不得了，闷得叫人喘不上气。被褥衣服都发出霉味，木质门窗关不上了。湿疹、脚癣都乘机肆虐，猫也长开了猫癣。坐在那里，一层油汗敷满了全身。不是早就立秋了么？不是三伏都快完了么？不是学校都快开学了么？

在湿热天气中，脑子开始发木。一个熟朋友家的电话号码，硬是想不起来了。刚读完的一本杂志，两分钟后就找不到了。约好了去看访一个病人，居然错过了探视时间。

而居然有了转机：天气预报，今晚有阵雨，转中到大雨。太好了，太好了，下场痛痛快快的大雨吧！虽然气温依旧，大雨下过后就将一切不同了吧？

便早早地收拾了晾在阳台上的难得一干的衣服。便把户外的东西一件件往室内搬。便抬头看西北方，有云吗？快来了吧？

　　等了一个夜晚，又一个白天。等到第二天晚上听完李瑞英同志与张宏民同志报告完的新闻，又从天气预报图板上看到了同样的预告：今晚夜间，阵雨转中到大雨……

　　十点钟的时候果然来了一阵雨，轻描淡写，点点滴滴，来得麻利，去得轻巧。来得无声无响，不刮风，不打雷，不闪电，去得无痕无迹，几滴水早被干渴的地面吸收尽净。这样的阵雨好洒脱哟，它似乎代表着一种飘逸、自由、灵巧的风格，它简直是一个梦。这样的阵雨好不负责任哟，它干脆只是走一走过场，它像一个骗局。

　　此夜星光灿烂，莫非预报了又预报，等待了又等待的中雨大雨又"黄"了？

　　无奈地躺在床上，体味汗的流渗，体味汗与被褥特别是与枕头结合起来的陈年芳馨，体味把所有的电话号码都忘记了的大脑的废置。能梦见小溪里蹦跳的鳟鱼吗？

　　嗒。

　　嗒嗒。

　　嗒——嗒——嗒。

　　什么？有一本书落到地上了么？

　　是雨！是雨点声清晰可辨的雨，睁开眼睛看到了模糊的电光，有雷自远方滚滚而来。

　　猫儿发出了怪声，急促地召回它的孩子们，避雨。

　　嗒嗒嗒嗒嗒……听声音就是大雨点。雨点愈来愈密，雨点愈来愈混成一片一团，而且声音变得响亮和尖厉起来，莫非雨声中有人吹响了哨子？莫非雨中青蛙叫了起来？

突然一道青绿色的强光，一声炸雷震响在屋顶上，大雨像敲击重物一样砸在地上，没有节奏，没有间歇，没有轻重缓急，只有夹带着哗啦哗啦的乒乓叮咚。又是强光，又是雷暴，又是砸着重物的大雨，豪雨。好像开始了阵前的冲锋。

睡意全无了，只觉得高兴，觉得有趣，觉着老天爷还是有两下子。便光着脊梁去淋雨，去检查地沟眼是否畅通，去检查各房间是否漏雨。眼前雨水暴涨，大声喊叫着以压过雨的喧嚣。便忽然想起洪水的可怕，天灾的试炼，灾民的痛苦，赈灾的必要。如果这样下去，大水不也要进房间了么？但仍庆幸这场雨终于下来了。

大雨终于停了，夜终于过去了。问一下121气象台，仍然是二十四至三十二摄氏度。

1992年

# 无　为

一位编辑小姐要我写下一句对我有启迪的话。我想到了两个字，只有两个字：无为。

我不是从纯消极的意思上理解这两个字的。无为，不是什么事情也不做，而是不做那些愚蠢的、无效的、无益的、无意义的乃至无趣无味无聊，而且有害有伤有损有愧的事。人一生要做许多事，人一天也要做许多事，做一点有价值有意义的事并不难，难的是不做那些不该做的事。比如说自己做出点成绩并不难，难的是绝不嫉妒旁人的成绩；比如说不搞（无谓的）争执，还有庸人自扰的得得失失，还有自说自话的自吹自擂，还有咋咋呼呼的装腔作势，还有只能说服自己的自我论证，还有小圈子里的叽叽喳喳，还有连篇累牍的空话虚话，还有不信任人的包办代替其实是包而不办、代而不替，还有许多许多的根本实现不了的一厢情愿及为这种一厢情愿而付出的巨大的精力和活动。

无为，就是不干这样的事。无为就是力戒虚妄，力戒焦虑，力戒急躁，力戒脱离客观规律、客观实际，也力戒形式主义。无为就是把有限的精力时间节省下来，这样才可能做一点事,也就是有为。有所不为才能有所为,无为方可与之语献身。

无为是效率原则、事务原则、节约原则,无为是有为的第一前提条件。

无为又是养生原则、快乐原则,只有无为才能不自寻烦恼。无为更是道德原则,道德的要义在于有所不为而不是无所不为。这样,才能使自己脱离低级趣味,脱离鸡毛蒜皮,尤其是脱离蝇营狗苟。

无为是一种境界。无为是一种自卫自尊。无为是一种信心,对自己,对别人,对事业,对历史。无为是一种哲人的喜悦。无为是一种对主动的保持。无为是一种豁达的耐性。无为是一种聪明。无为是一种清明而沉稳的幽默。无为也是一种风格呢。

1992年

# 我的喝酒

我不是什么豪饮者。"一年三百六十日，一日畅饮三百杯"的纪录不但没有创造过，连想也不敢想。只是"文化大革命"那十几年，在新疆，我不但穷极无聊地学会了吸烟，吸过各种牌子的烟，置办过"烟具"——烟斗、烟嘴、烟荷包(装新疆的马合烟用)，也颇有兴味地喝了几年酒，喝醉过若干次。

穷极无聊。是的，那岁月的最大痛苦是穷极无聊，是死一样的活着与活着死去。死去你的心，创造之心，思考之心，报国之心；死去你的情，任何激情都是可疑的或者有罪的；死去你的回忆——过去的一切如黑洞、惨不忍睹；死去你的想象——任何想象似乎都只能带来危险和痛苦。然而还是活着，活着也总还有活着的快乐。比如学、说、读维吾尔语，比如自己养的母鸡下了蛋，有一次竟孵出了十只欢蹦乱跳的鸡雏。比如自制酸牛奶，质量不稳定，但总是可以喝到肚里；实在喝不下去了，就拿去发面，仍然物尽其用。比如，也比如饮酒。

饮酒，当知道某次聚会要饮酒的时候便已有了三分兴奋了。未饮三分醉，将饮已动情。我说的聚会是维吾尔农民的聚会。谁家做东，便把大家请到他家去，大家靠墙围坐在花毡子上，中间铺上一块布单，称为dastirhan。维吾尔人大多不喜用家具，一切饮食、待客、休息、睡眠，全部在铺在矮炕上的毡子（讲究的则是地毯）上进行。毡子上铺上了干净的dastirhan，就成了大饭桌了。然后大家吃馕（一种烤饼），喝奶茶。吃饱了再喝酒，这种喝法有利于保养肠胃。

维吾尔人的围坐喝酒总是与说笑话、唱歌与弹奏二弦琴（都塔尔）结合起来。他们特别喜欢你一言我一语地词带双关地笑谑。他们常常有各自的诨名，拿对方的诨名取笑便是最最自然的话题。每句笑谑都会引起一种爆发式的大笑，笑到一定时候，任何一句话都会引起起哄作乱式的大笑大闹。为大笑大闹开路，是饮酒的一大功能。这些谈话有时候带有相互挑战和比赛的性质，特别是遇到两三个善于辞令的人坐在一起，立刻唇枪舌剑，你来我往，话带机锋地较量起来，常常是大战八十回合不分胜负。旁边的人随着说几句帮腔捧哏的话，就像在斗殴中"拉便宜手"一样，不冒风险，却也分享了战斗的豪情与胜利的荣耀。

玩笑之中也常常有"荤"话上场，最上乘的是似素实荤的话。如果讲得太露太黄，便会受到大家的皱眉、摇头、叹气与干脆制止，讲这种话的人是犯规和丢分的。另一种犯规和丢分的表现是因为招架不住旁人的笑谑而真的动起火来，表现出粗鲁不逊，这会被指责为qidamas——受不了，即心胸狭窄、女人气。对了，忘了说了，这种聚会都是清一色的男性。

参加这样的交谈能引起我极大的兴趣。因为自己无聊。因为交谈的内容很好笑，气氛很热烈，思路及方式颇具民俗学、文化学的价值。更因为这是我学习维吾尔语的好机会,我坚信参加一次这样的交谈比在大学维语系里上教授的三节课收获要大得多。

此后,当有人问我学习维吾尔语的经验的时候,我便开玩笑说:"要学习维吾尔语,就要和维吾尔人坐到一起,喝上它几顿白酒才成!"

是的,在一个百无聊赖的时期,在一个战战兢兢的时期,酒几乎成了唯一的能使人获得一点兴奋和轻松的源泉。非汉民族的饮酒聚会似乎提醒人们在疯狂的人造阶级斗争中,太平地、愉快地享受生活的经验仍然存在,并没有完全灭绝。食满足的是肠胃的需要,酒满足的是精神的需要、是放松一下兴奋一下闹腾一下的需要、是哪怕一刻间忘记那些人皆有之、于我尤烈的政治上的麻烦、压力的需要。在饮下两三杯酒以后,似乎人和人的关系变得轻松了乃至靠拢了。人变得想说话,话变得多了。这是多么好啊!

一些作家朋友最喜欢谈论的是饮酒的四个阶段:第一阶段饮者像猴子,变得活泼、殷勤、好动。第二阶段像孔雀,饮者得意扬扬,开始炫耀吹嘘。第三阶段像老虎,饮者怒吼长啸、气势磅礴。第四阶段像猪。据说这个说法来自非洲。真是惟妙惟肖!而在"文革"中像老鼠一样生活着的我们,多么希望有一刻成为猴子,成为孔雀,成为老虎,哪怕最后烂醉如泥,成为一头猪啊!

我也有过几次喝酒至醉的经验,虽然许多人在我喝酒与不喝酒的时候都频频夸奖我的自制能力与分寸感,不仅仅是对于喝酒。

真正喝醉了的境界是超阶段的，是不接受分期的。醉就是醉，不是猴子，不是孔雀，不是老虎，也不是猪。或者既是猴子也是孔雀，还是老虎与猪，更是喝醉了的自己，是一个瞬间麻痹了的生命。

有一次喝醉了以后，我仍然骑上自行车穿过闹市区回到家里。我当时清醒地意识到自己是醉（据说这就和一个精神病人能反省和审视自己的精神异常一样，说明没有大醉或大病）了，意识到酒后冬夜在闹市骑单车的危险。今天可一定不要出车祸呀！出了车祸一切就都完！一定要控制住自己的身体平衡！一定要躲避来往的车辆！看，对面的一辆汽车来了……一面骑车一面不断地提醒着自己，忘记了其他的一切。等回到家，我把车一扔，又是哭又是叫……

有一次小醉之后我骑着单车见到一株大树，便弃车扶树而俯身笑个不住。这个醉态该是美的吧？还有一次我小醉之后异想天开去打乒乓球。每球必输。终于意识到，喝醉了去打球，不是一个正确的选择。喝醉了便全不在乎输赢，这倒是醉的妙处了。

最妙的一次醉酒是七十年代初期在乌鲁木齐郊区上"五七干校"的时候。那时候我的家还丢在伊犁，我常常和几个伊犁出生的少数民族朋友一起谈论伊犁，表达一种思乡的情绪，也表达一种对自己所在单位前自治区文联与当时的乌拉泊干校"一连"的没完没了的政治学习与揭发批判的厌倦。一次和这几个朋友在除夕之夜一起痛饮。喝到已醉，朋友们安慰我说："老王，咱们一起回伊犁吧！"据说我当时立即断然否定，并且用右手敲着桌子大喊："不，我想的并不是回伊犁!"我的醉话使朋友们愕然,他们面面相觑,并且事后告诉我说,他们从我的话中体味到了一些别的含义。而我大睡一觉醒来,完全、彻底、干净地忘掉了这件事。当朋友们告诉我醉后说了什么的时候,我自己不但不能记忆,也不能理解,甚至不能相信。但是我看到了受伤的右手,又看到了被我敲坏了桌面的桌子。显然,头一个晚上是醉了,真的醉了。

好好的一个人,为什么要花钱买醉,一醉方休,追求一种不清醒不正常不自觉浑浑噩噩莫知所以的精神状态呢?这在本质上是不是与吸毒有共通之处呢?当然,吸毒犯法,理应受到严厉的打击。酗酒非礼,至多遭受一些物议。我不是从法学或者伦理学的观点来思考这个问题,而是从人类的自我与人类的处境的观点提出这个问题的。

面对一个喝得醉、醉得癫狂的人我常常感觉到自我的痛苦、生命的痛苦。对于自我的意识为人类带来多少痛苦!这是生命的灵性,也是生命的负担。这是人优于一块石头的地方,也是人苦于一块石头之处。人生与社会为人类带来多少痛苦!追求宗教也罢,追求(某些情况下)艺术也罢,追求学问也罢,追求美酒的一醉也罢,不都含有缓解一下自我的紧张与压迫的动机吗?不都表现了人们在一瞬间宁愿认同一只猴子、一只孔雀、一只虎或者一头猪的动机吗?当然,宗教艺术学问,还包含着更高更阔更繁复的动机,而且不是每一个人都做得到的。而饮酒则比较简单易行、大众化、立竿见影,虽有它的害处却不至于像吸毒一样可怖、像赌博一样令人倾家荡产,甚至也不像吸烟一样有害无益。酒是与人的某种情绪的失调或待调有关的。酒是人类的自慰的产物。动物是不喜欢喝酒的。酒是存在的痛苦的象征。酒又是生活的滋味、活着的滋味的体现。撒完酒疯以后，人会变得衰弱和踏实——"几日寂寥伤酒后，一番萧索禁烟中"。酒醉到极点就无知无觉，进入比猪更上一层楼的大荒山青埂峰无稽崖的石头境界了。是的，在猴、孔雀、虎、猪之后，我们应该加上饮酒的最高阶段——石头。

好了，不再做这种无病呻吟了。(其实，无病的呻吟更加彻骨，更加来自生命自身。)让我们回到维吾尔人的欢乐的饮酒聚会中来。

在维吾尔人的饮酒聚会中，弹唱乃至起舞十分精彩。伊犁地区有一位盲歌手名叫司马义，他的声音浑厚中略有嘶哑。他唱的歌既压抑又舒缓，既忧愁又开阔，既有调又自然流露。他最初的两句歌总是使我怆然泪下。"一声何满子，双泪落君前"，我猜想诗人是只有在微醺的状态下才能听一声《何满子》就落泪的。我最爱听的伊犁民歌是《羊羔一样的黑眼睛》，我是"一声黑眼睛，双泪落君前"。我现在在香港客居，写到这里，眼睛也湿润了。

和汉族同志一起饮酒没有这么热闹。那时酒的作用似乎在于诱发语言。把酒谈心，饮酒交心，以酒暖心，以心暖心，这是最珍贵的。

还有划拳，借机伸拳捋袖，乱喊乱叫一番。划拳的游戏中含有灌别人酒、看别人醉态洋相的取笑动机，不足为训。但在那个时候也情有可原，否则您看什么呢？除了政治野心家的"秀"，什么"秀"也没有了。可惜我划拳的姿势和我跳交际舞的姿势处于同一水准，丑煞人也。讲究的划拳要收拢食指，我却常常把食指伸到对手的鼻子尖上。说也怪，我其实是很注重勿以食指指人的交际礼貌的，只是划拳时控制不住食指。

"何以解忧，唯有杜康""古来圣贤皆寂寞，唯有饮者留其名""光阴须得酒消磨""明朝酒醒知何处"（后二句出自苏轼）……我们的酒神很少淋漓酣畅的亢奋与浪漫，倒多是"举杯浇愁愁更愁"的烦闷，不得意即徒然地浪费生命的痛苦。我们的酒是常常与某种颓废的情绪联系在一起的。然而颓废也罢，有酒可浇，有诗可写，有情可抒，这仍然是一种文人的趣味、文人的方式。多获得一种趣味和方式，总是使日子好过一些，也使我们的诗词里多一点既压抑又豁达自解的风流。酒的贡献仍然不能说是消极的。至于电影《红高粱》里的所谓对"酒神"的赞歌，虽然不失为很好看的故事与画面，却是不可以当真的。制作一种有效果——特别是视觉效果——的风俗画，是该片导演常用的一种艺术表现手法，而与中国人的酒文化未必相干。

近年来在国外旅行有过多次喝洋酒的机会，也不妨对中外的酒类做一些比较。许多洋酒在色泽与芳香上优于国酒，而国酒的醇厚别有一种深度。在我第一次喝干雪梨（dry sherry）酒的时候我颇兴奋于它与我们的绍兴花雕的接近，后来与内行们讨论过绍兴黄的出口前景（虽然我不做出口贸易）。我不能不叹息于绍兴黄的略嫌混浊，既然黄河都可以治理得清爽一些，绍兴黄又有什么难清的呢？

我也不明白为什么中国的葡萄酒要搞得那么甜。通化葡萄酒的质量是上乘的，就是含糖量太高了。能不能也生产一种干红(黑)葡萄酒呢?

我对南中国一带就着菜喝"人头马""XO"的习惯觉得别扭。看来我其实是一个很保守的人。我总认为洋酒有洋的喝法。饭前、饭间、饭后应该有区分。怎么拿杯子,怎么旋转杯子,也都是"茶道"一般的"酒道"。喝酒而无道,未知其可也。

而我的喝酒,正在向着有道而少酒无酒的方向发展。医生已经明确建议我减少饮酒,我又一贯是最听医生的话、最听少年儿童报纸上刊载的卫生规则一类的话的人。就在我著文谈酒的时候,我丝毫没有感到"饮之"的愿望。我不那么爱喝酒了。"文化大革命"的日子毕竟是一去不复返了。

这又是一种什么境界呢?饮亦可,不沾唇亦可。饮亦一醉,不饮亦一醉。醉亦醒,不醉亦醒。醒亦可猴、可孔雀、可虎、可猪、可石头。醉亦可。可饮而不嗜。可嗜而不饮。可空谈饮酒,滔滔三日绕梁不绝而不见一滴。也可以从此戒酒,就像我自一九七八年四月起再也没有吸过一支烟一样。

　　　　　　　1993年4月时居香港岭南学院

# 猫　话

作家养猫、写猫，"古"已有之，于今犹盛。

六十年代，丰子恺先生写过一篇谈猫的文字，说是养猫有一个好处，遇有客至而又一时不知道与客人说什么好，便说猫。

说猫，也是投石问路，试试彼此的心扉能够敞开到什么程度。

那么，我也给读者们说说猫吧。

猫的命运与它们的主人之间，是不是有什么关系呢？

夏衍与冰心都是以爱猫著称的。据说夏公"文革"前养过一只猫，后来夏公在"文革"中落难，被囚多年，此猫渐老，昏睡度日，乃至奄奄一息。终于，"文革"后期，夏公恢复了自由，回到家，见到了老猫。老猫仍然识主，兴奋亲热，起死回生，非猫语"喵喵"所能尽表。此后数日，老猫不饮不食，溘然归去。

或谓，猫是一直等着夏公的。只是在等到了以后，它才撒爪长逝。

闻之怆然。又生人不如猫之思。

冰心家里养着两只猫，都是白猫。一为土种，一为波斯种，长毛碧眼。按当今神州时尚，自是后者为尊为宠。偏偏冰心老人每次都要强调，她不喜欢碧眼波斯猫——像个外国人（?）似的。她强调碧眼波斯猫是她的女儿吴青的，土猫才属于她自己。她称她的褐眼土猫为"我们家的一等公民"。她把她与猫的合影送给我与妻，照片上一只大猫占了三分之二到四分之三的位置，老人叨陪末座。

刘心武也养猫，是一只硕大无朋的波斯猫，毛洗得雪白纯净，俨然贵族，望之令人惊喜，继而心旷神怡。唯该猫对待客人十分淡漠，它能引起你的兴趣，你却引不起它的兴趣。面对这样的优良品种贵族气质的大白猫，你似乎也略感失落。

刘家还另有一只土猫。刘心武曾经撰文维护万有的生存权利与猫猫生而平等的观念，说是他钟爱波斯猫而绝不轻慢土猫。不薄土猫宠波斯。这种轻重亲疏的摆法，又与冰心老人不同了。

我也喜欢养猫。"文革"当中我在新疆伊犁，养了一只黑斑白狸猫，取名"花儿"，是我所在的巴彦岱红旗公社二大队的看瓜老汉送给我的。这只猫十分善解人意，我们常常与它一起玩乒乓球。我与妻各在一端，猫在中间。我们把球抛给猫，猫便用爪子打给另一方，十分伶俐。花儿特别洁身自好，绝不偷嘴。我们买了羊肉、鱼等它爱吃的东西，它竟能做到非礼勿视、非礼勿行，远远知道我们买了东西，它避嫌，走路都绕道。这样谦谦君子式的猫我至今只遇到过这么一回。

这只猫时时跟随着我。我在农村劳动时，它跟着我下乡。遇到我去伊犁河畔的小庄子整日未归时，它就从农家的房顶一直跑到通往庄子的路口，远远地迎接我。有时我骑自行车，它远远听到了我的破旧的自行车的响声，便会跑出去相迎。遇到我回伊宁市家中，我也把它带到城市。最初，这种环境的变异使它惊恐迷惑，后来，它似乎明白了是怎么回事，习惯于双栖生活，不以为意了。

花儿的结局是很悲惨的。可能它过于"内外有别"了：它在家里的表现克己复礼，但据说常在外面偷食。毕竟是猫。花儿偷食了人家的小鸡，被人下了毒饵——真可怕，人是世界上最残忍的动物，鸡的主人在一块牛肉里放了许多针，我们的亲爱的花儿在生育一个月、哺乳期刚满之后中毒计死去。它的死是多么痛苦呀！

我现在也养着猫。与夏公、冰心、心武的猫相比，我的猫不修边幅，不仅邋遢，简直是肮脏。一些养猫的行家对我是嗤之以鼻。认为我根本不配加入宠猫者的行列。这里的关键问题是，他们这些宠猫者们养的猫都是阉割过的无"性"猫，是一些大太监二太监小太监之流（请二位前辈及心武老弟原谅我）。对于人来说，它们是太可爱太漂亮太尊贵了，但对于它们自身来说，它们能算是得宠了吗？能算是幸运的吗？以阉割作为取宠的代价，是不是失去得太多了呢？

我养的猫完全是率"性"而为。我们家有一个小院，四株树，猫爬树上房，房顶上是它的自由天地。叫春的时候，它引来一群"男友"，有大黄狼猫、黄白花猫、黑白花猫、纯白猫，在房上你唱我和、你应我答、你哭我叫，煞是热闹。人不堪其吵闹，蒙也不改其乐。人需要love，猫没有love行吗？蒙甚至纵容猫儿的"自由化"到这种程度:大黄狼猫竟敢大白天从树上蹿到我们的院子,捉我们养的小白猫当众做爱。世风日下,猫心不古,呜呼善哉!

王蒙是以猫本位的观点而不是以人本位的观点来养猫的。我养的猫又野又脏,参加选美是没有戏的。但我仍然为王蒙养的猫而庆幸。

当然,这又与计划生育的原则相违背。我的狸猫两年五窝,每次生崽三至五个,至今一批小崽推销不出去,早晚有猫满为患的那一天。这样养猫,贤明乎? 大谬乎? 您说呢?

1993 年

# 湖

　　我喜爱湖。湖是大地的眼睛。湖是一种流动的深情。湖是生活中没有被剥夺的一点奇妙。早在幼年时候，一见到北海公园的太液池，我就眼睛一亮。在贫穷和危险的旧社会，太液池是一个意外的惊喜，是一个奇异的温柔，一种孩提时的敞露与清澈。

　　我常常认为，大地与人之间有一种奇妙的契合。山是沉重的责任与名节的矜持。海是渺茫的遐思与变易的丰富。沙漠是希望与失望交织的庄严的等待。河流是一种寻求，一种机智，一种被辖制的自由……

　　那时候我没有见过海，颐和园的昆明湖对于我来说已经是浩浩然荡荡然的大水了。我每去一次颐和园，都要欣赏昆明湖的碧波，惊叹于湖水的美丽与自身的渺小。

　　是的，湖是一种美丽，是一种情意。为了陆地不那么干枯，为了人的生活不那么疲劳，为了把凶恶的海控制起来把生硬的地面活泼起来，为了你的眼睛与天上的月亮——你不觉得看到地面上的一个湖泊就像看到天上的一个月亮一样令人欣喜么？为了短暂的焦渴的生命中不能或缺的滋润，于是有了湖。

北京的西山风景区是很美的，但是太缺少湖水了。这样，对香山静宜园"双清"的池水，对小小的儿童乐园式的眼镜湖，我自然是情有独钟。一见到这样的水波荡漾，脸上不由得出现衷心的笑容。

后来到了新疆，那就开了眼啦。在乌鲁木齐与伊犁之间的天山深处，著名的高山湖泊赛里木湖曾经怎样地令人眼界开阔呀！湖水是咸的，一望无际，湛蓝如玉。盘山公路傍湖而过，无数拉运木材、粮食、水泥、钢筋、百货的重型卡车从湖边走过。四周是长满枞树的高处终年积雪的山坡。时而有强劲的风自由地吹过。我在这里，感觉到一种庄严，一种粗犷，一种阔大。我不能不庆幸我终于离开了大城市，离开了那一个区一个胡同一处房子。我面对着的是一个严峻的、带几分神秘和野性的世界。这个世界里有一个巨大而晶莹的咸湖，它冷静而又尊严，凛然而又高耸地存在着。你觉得你其实只能向往它却很难有机会去亲近它。

在天山南麓的焉耆与库尔勒之间，有一个大湖——博斯腾湖，浩渺无际，芦苇丛生，坐着汽艇穿来穿去也见不到岸。据说有一个外国的总理看展览的时候看到博斯腾湖的照片甚感惊异，他说："新疆不是不靠海吗？"博斯腾湖宛如内陆的海，那是远古时代的海的遗留，那是对于远离大海的新疆的特殊的慰安。

在阿尔卑斯山的脚下，在芝加哥的北边，在布加勒斯特的市区，在高原墨西哥城近郊，我造访过许多湖泊。我流连忘返，我抱怨自己只能匆匆邂逅，匆匆离去，我太对不起上苍的得意创造与生活给予我的机缘。

而珠海斗门的白藤湖呢？它是一九九三年六月走入我的记忆的。这是又一种心绪，又一番风趣。它是那样亲切随意，那样为人所有为人所用。它是一种景观更是一种资源，它是一种大自然的慷慨，也是特有的风水——它象征着斗门人的、白藤湖人的无限发达的可能。度假村的修建已经开辟了新的历史。白藤湖是更加人化的湖，人化的自然。一九九三年我有幸在这里居住了若干天。居住在白藤湖，我觉得舒适而又平安。我觉得发展其实并不难，生活其实也不是那么难。只要好好地做，只要不把力量放在破坏上。只要我们变得更近人情一些，更简单一些。只要我们多一点美好的祝愿，少一点恶狠狠的狼眼。

1994年4月

# 壮游的"阿甘"

有一年在青岛，我与作家同行们谈天，我说："我是一不吸烟，二不大喝酒（过去喝的，近年害血压高，免了），三不搞什么花花事，什么桑拿浴、卡拉OK都与我无缘。那么这一辈子有什么享受？我的最最豪华的享受就是夏天找一个海滨疗养所住下来，上午写小说，下午游泳。"

我说的是真话。写小说的事人家都知道，这里，我只说一下游泳。夏天，万物蓬勃葱郁，人也可以少穿一点衣裳，多与阳光空气亲热亲热。再投入到大海里，飘飘悠悠，沉沉浮浮，击水万里，挥臂亿次。游过来，再游过去；叹碧海之无涯，哀人生之局促，惜华年之远去，乐今朝之犹健，笑吾身之区区，舒吾心之浩浩，忘世事之烦琐，喜游泳之自得。游泳真是一种难得的享受。

我学游泳始自一九五三年，学得很慢，而且开始时非常紧张，胆小，又笨，但还是要学，愈紧张愈要学。六十年代初期，我已经学游泳达八年了，才第一次与黄秋耘同志一起畅游昆明湖——从知春亭游到龙王庙，四百多米。只是我游得相当紧张，呼吸急迫，到了目的地已经喘不过气来。

不久秋耘去了广东我去了新疆，秋耘早就来信说是"壮游难再"了。

那是三十多年前的事。我呢，始终坚持着追求着壮游，一定要让它"再再"，像是还一个愿似的。

早就会游了，但我仍然苦学换气。我无法接受那种把脑袋放到水面上的土办法，我坚信只有学好了换气，才能姿势正确，身体位置正确，最大限度地减少水的阻力，最大限度地发挥人的四肢摆动所产生的动力。也只有到那个时候，我才承认自己是会游泳了。

换气我又学了十几年，才差不多合格。当然，在新疆一年也难得有机会游几次泳。在新疆我更加惋惜夏日的短促。《夏天最后一朵玫瑰》，这首歌总是能让我体味到更多的忧伤。

我游蛙泳，也游老人式的仰泳。正规一点的仰泳则是最近几年才练习的。我虽然生性急躁，但是我在游泳中追求的是安详、沉着、节奏、舒展。

七十年代后期，我第一次去北戴河，待了两个半月，可以游到防鲨网两个来回了，但仍然多少有点吃力。

只是在近年，我游泳才做到不慌不忙，不是闲庭信步，恰如闲庭信步。只要水不是过凉令人警惕抽筋这个游泳的死敌，理论上我似乎想游多远就能够游多远。这时我已经快到六十岁了。

我看到《东方时空》节目里介绍一个人的漂浮技术，我很惊奇，因为那对于我来说似是家常便饭。用家父的话来说，你可以仰卧在海面上，可以在海面上打个盹。

我不仅仅在北京或者在中国游,在美国在意大利在新加坡与马来西亚,在渤海黄海南海松花江镜泊湖伊犁河,在地中海与波士顿的德丽湖在澳大利亚冲浪天堂在赤道,我都下过水。我不仅在适宜于游泳的地方游,而且在不适合游的地方硬是坚持游。例如,在新疆的巴彦岱公社,我就与众顽童们一起在砖窑坑的充满黄泥的积水中游过泳。

最好的游泳当然是在大海里。在海里我喜欢往远处游,往深处游。这其实是有点犯傻,因为毕竟这要冒一定的风险。例如聂耳就是游泳中丧的生。一个人游到远处,赶上天气或者水情的一点异常,想起聂耳来,是有一点恐怖的。妻子多次建议我就在崖边"横向"多游几次算了,不是一样吗?在意大利的西西里岛的浴场上,没有一个当地居民往远处游,但我还是游了。为的是那种感觉,那种恐惧与对于恐惧的征服,或者再夸张一点说,是那种对于大海的恐惧与征服。那是在近岸处怎么长游也得不来的。

我游得太卖力气了,一下,又是一下,同样的还是一下,一次几百几千下,有时候我自己也觉得是在冒傻气。妻说:"你游起泳来有点像阿甘。"阿甘,说的是美国电影里那个弱智而又走运的人。

我是一个游泳的阿甘,我很满意这个诨名,这使我很快活。

我为什么这样游,癖于游,傻于游呢?

为了身体健康,当然。我不喜欢动脑子的业余活动,如下棋、桥牌、麻将之类案头呀室内呀。我们这些人是太可怜太孱弱了。我喜欢的是体力活动,是大自然,更是一望无际

231

的海。当然游泳很好。更为了那种感觉，开阔，自在，渺茫。投身于天空与大海。既感到自己的渺小，又感到自己的活力，胳臂呀腿呀的还挺管用。我感到一种与大海与蓝天融为一体的快乐和那种面对永恒与无垠的无解的忧愁。

为了哪怕是暂时躲开一些无聊的人事。大海边是别一个世界。有时候与人事相比，还是浪花与海鸥可爱得多。

为了记住青年时代。毕竟游泳与我的青年时代有很多的联系。我的童年是不幸的，而我的青春是"万岁"的。游泳，也是解放后的青年人的生活的一项重要内容。毛主席就提倡游泳嘛。共产党领导人都爱游泳。

为了我的父亲王锦第先生。他一辈子酷爱游泳。他一辈子一事无成，最后，他的生活里唯一留存下来的让他爱好的东西便是游泳。从小，他就给我灌输了游泳乃人间第一乐事的认知。

为了躺在海上看天。有时候天特别亲切而又庄严，这时候的天是你的天，这个时候的你是天的你。你属于这个天和地，你在几十年的时间里尽你的努力，然后你归于这个永远覆盖着你的天空和大地。你理应躺在海面上好好地看看——思摸思摸这个有时候湛蓝，有时候灰蒙蒙，有时候飘着白云，有时候落雨的天。有一次在雷雨中我还往远处游，据说这很可怕。好吧，打雷的时候就老老实实地待在房子里。

1995年

# 行 板 如 歌

柴可夫斯基好像一直生活在我的心里。

当然与五十年代的唯苏俄是瞻有关系。但是对于苏俄的幻想易破——也不是那么易——对于柴可夫斯基的情感难消。他已经成为我的生命的一部分了。

他之容易接受,是由于他的流畅的旋律与洋溢的感情和才华。他的一些舞曲与小品是那样行云流水,清新自然,纯洁明丽而又如醉如痴,多彩多姿。比如《花的圆舞曲》,比如《天鹅湖》,比如钢琴套曲《四季》,比如小提琴曲《旋律》,脍炙人口,家喻户晓,浑如天成,了无痕迹,它们令人愉悦光明,热爱生命。他是一个赋予生命以优美的旋律与节奏的作曲家。没有他,人生将减少多少色彩与欢乐!

他的另一些更加令我倾倒的作品,则多了一层无奈的忧郁,美丽的痛苦,深邃的感叹。他的伤感,多情,潇洒,无与伦比。我总觉得他的沉重叹息之中有一种特别的妩媚与舒展,这种风格像是——我只找到了——苏东坡。他的乐曲——例如第六交响曲《悲怆》,开初使我想起李商隐,苍茫而又缠绵,缛丽而又幽深,温柔而又风流……再听下去,特别是第二乐章听下去,还是得回到苏轼那里去。他能自解。艺术就是永远的悲怆的解释,音乐就是无法摆脱的忧郁的摆脱。摆脱了也还忧郁,忧郁了也要摆脱。对于一个绝对的艺术家来说,悲怆是一种深沉,更是一种极深沉的美。而美是一种照耀着人生的苦难的光明。悲即美,而美即光明。悲怆成全着美,美宣泄着却也抚慰着悲。悲与美共生,悲与美冲撞,悲与美互补。忧郁与摆脱,心狱与大光明界,这就产生了一种摇曳,一种美的极致。

这也可以说是一种哲学。人生苦短,人生苦苦。然而有美,有无法人为地寻找和制造的永恒的艺术普照人间。于是软弱的人也感到了骄傲,至少是感到了安慰,感到了怡然。这就是柴可夫斯基的第六交响曲的哲学。

在他的第五交响曲与D大调小提琴协奏曲中,既有同样的美丽的痛苦,又有一种才华的赤诚与迷醉,我觉得缔造着这样的音乐世界,呼吸着这样的乐曲,他会是满脸泪痕而又得意扬扬,烂漫天真而又矜持饱满。他缔造的世界悲从中来而又圆满无缺。你好像刚刚迎接到了黎明,重新看到了罪恶而又清爽,漫无边际而又栩栩如生的人世。你好像看到了一个含泪又含笑的中年妇人,她无可奈何却又是依依难舍地面对着你我的生存境遇。

是的,摇曳,柴可夫斯基最最令人着迷的是他的音乐的摇曳感。有多少悲哀也罢,有多少压抑也罢。他潇洒地摇曳着表现了出来,只剩下美了。

这就是才华,我坚信才华本身就是一种美。它是一种酒,饮了它一切悲哀的体验都成了诗的花朵,成了美的云霞。它是上苍给人类的,首先是给这个俄罗斯人的最珍贵的礼物。是上苍给匆匆来去的男女的慰安。拥有了这样的礼物,人们理应更加感激和平安。柴可夫斯基教给人的是珍惜,珍惜生命,珍惜艺术,珍惜才华,珍惜美丽,珍惜光明。珍惜的人才没有白活一辈子。而这样的美谁也消灭不了,在火里不会燃烧,在水里也不会下沉。这后两句话是一首苏联革命歌曲中的句子。原谅那些毫无美感但知道整人的可怜虫吧,他们已经够苦的了。

在我的惹祸的《组织部来了个年轻人》中,我描写了林震与赵慧文一起听《意大利随想曲》。《意大利随想曲》最动人之处就在于它的潮汐般的、波浪般的摇曳感与阳光灿烂的光明感。人生太多不幸也罢,浮生短促也罢,还是有了那么迷人,那么秀丽,那么刻骨,那么哀伤,有时候却又是那么光明的柴可夫斯基的音乐。那是永久的青春的感觉与记忆。这能够说是浪漫么? 据说行家们是把柴可夫斯基算作浪漫主义作曲家的。

一九八七年我在意大利的佛罗伦萨看到了柴可夫斯基的故居,在佛市郊区,在灌木丛下有一个白栅栏。可惜只是驱车而过罢了。缘止于此,有什么办法呢?

我宁愿说他是一个抒情作曲家。也许音乐都是抒情的。但是贝多芬的雍容华贵里包含着够多的理性和谐的光辉,莫扎特对于我来说则是青春的天籁,马勒在绝妙的神奇之中令我感到的是某种华美的陌生……只有柴可夫斯基,他抒的是我的情,他勾勒的是我的梦,他的酒使我如醍醐灌顶。他使我热爱生活热爱青春热爱文学,他使我不相信人类会总是像豺狼一样你吃掉我、我吃掉你。我相信美的强大，柴可夫斯基的强大。他是一个真正的催人泪下的作曲家。普希金、莱蒙托夫的抒情诗的传统和屠格涅夫、契诃夫的抒情小说的传统。我相信这与人类不可能完全灭绝的善良有关。这与冥冥中的上苍的意旨有关。

我喜欢——应该说是崇拜与沉醉于这种风格。特别是在我年轻的时候，只有在这种风格中，我才能体会到生活的滋味、爱情的滋味、痛苦的滋味、艺术的滋味。柴可夫斯基是一个浓缩了情感与滋味的作曲家，是一个极其投入极其多情的作曲家。

他的一些曲子很重视旋律，有些通俗一点的甚至人们可以跟着哼唱。其中最著名的应该算是第一弦乐四重奏第二乐章——如歌的行板了。循环往复，忧郁低沉，而又单纯如话，弥漫如深秋的夜雾。行板如歌云云虽然只是意大利语Andante　Cantabile的译文，但其汉语语词也是优美的，符合柴可夫斯基的风格。我写过一个中篇小说，题目就叫《如歌的行板》，这首乐曲是我的主人公的命运的一部分，也就是我的生命的一部分了。冯骥才说本来他准备用"如歌的行板"为题写一篇小说的，结果被我"抢"到了头里。有什么可说的呢！大冯！你与柴可夫斯基没有咱们这种缘分。我不知道有没有读者从这篇小说中听出柴可夫斯基的音乐来。还有一些其他的青年时代的作品，我把柴可夫斯基看作自己的偶像与寄托。

真正的深情是无价的。虽然年华老去，虽然我们已经不再单纯，虽然我们不得不时时停下来舔一舔自己的伤口，虽然我们自己对自己感到愈来愈多的不满……又有什么办法！如果夜阑人静，你谛听了柴可夫斯基的《如歌的行板》，你也许能够再次落下你青年时代落过的泪水。只要还在人间，你就不会完全麻木。

于是你感谢柴可夫斯基。

1995年

# 冬　季

一

我一步一步走向你。

我拒绝了飞行。我躲开了前呼后挤,我不要任何的轮子与我一起。在我们坦然相对的时候,只有我和你。

甚至,在接近你的时候我抛弃了名字和姓氏。

一切的争夺,一切的贪婪,一切的穷极无聊的阴谋诡计都来自于名姓。

而且,你就没有姓名。当你没有姓名的时候,我为什么要有呢?

多么愚蠢,一两个、两三个与你的生命没有任何关系的辅音和元音,赶不上鸟鸣,也赶不上马嘶乃至虫吟的收紧牙关和舌根的发音,和一两个、两三个这样那样的符号,人们绞尽了脑汁扬扬得意地幻想出来的本来毫无意义的圈圈画画,戕害了你一辈子。你为它而愤怒,你为它而弄脏了手,你为它而失去了你的丰姿,你为它而喋喋不休面红耳赤辗转反侧装腔作势花样翻新,你为你的符号而干脆失去了你自己。

幸福,幸福在哪里? 在符号里还是生命里? 取得里还是失却里？遐想里还是事实里？

而"你"不要符号。于是你的符号无穷无尽。粼粼的,叠叠的,鼓胀的,潦草的,舒展的,搏战的,紧张的以及悬殊的,变异的,最后是无形的,散失了的。

我一步一步地走近你。我听到了你的呼吸。我闻到了你的气味。我看到了你的边际。

当然,你也有你的边际,你的边际总是与同样苍茫的高天在一起。

在我走近你的时候,我看到了你的欢喜。

我的悲哀在于你的无所不在的微笑。由于我知道一些与我模样相似的人是多么粗鲁和卑鄙。他们到来的目的是为了污辱你与伤害你。他们渴望那种用乱石把一对相恋的少年男女活活砸死的古老风习,渴望品尝那种躲在人众后面的不受追究的尽情糟害他人的快意。他们害怕光明,害怕大度,渴望那种在享用以后把一切弄脏的成就感。

而你好像在说:"随——他——去。"

我为你伤心哭泣。

我倾听你的伟力,你的雷鸣,你的雪花,你的永不放弃。你本来完全可以扼住他们的喉咙,翻转他们的船只,把他们送到爪哇国去。而你宁愿闲置自己。

你照旧应许他们的索取,给他们以生命以营养以抚摸以洗涤以闪烁的光辉和清新的吐纳,你这要命的有求必许!

又能说什么呢？他们也是向着你来的,无论怎样的中伤也无法改变他们追求你的事实,他们无论如何害怕事实,也无法掩盖他们是靠着你和得益于你。他们无法损伤你的一点一滴。你注定了不会计较他们，正像他们自信不会放过你。一笑而已。

他们也奔向你。谁都可以奔向你。只此已经把一半罪恶赎去！

我又有什么权利要你拒绝？

不是吗，每个自己都要求拒绝旁人，每个旁人都要求拒绝自己。在我要求你拒绝的时候，在这一点上我与他们有什么相异？于是有了辩论，有了刺激，有了诽谤和花言巧语。而且旁人和自己是一样的真诚，一样的振振有词，一样的如诉如泣，一样的投入和动情——我要说有时候是相当感人地憎恶对方与爱恋自己。

请问，宇宙拒绝过什么呢？宇宙甚至没有拒绝过任何一双狼眼！

没有拒绝也就没有侵入。没有追求也就没有挫败。没有占有也就没有丢失。没有防御也就没有退却。没有处心积虑也就没有气急败坏。

要求拒绝也就是要求垄断，拒绝拒绝才是你的就里——你的恢宏，你的神秘，你的魅力。


二


我以为，你只属于夏季。我以为我已经离开了你。

那时在火热的蓝天与白云下面，我躺在你的心上。你的心托举着也戏弄着我，你的心跳令我谛听世界和爱情的最早的消息。随时都有沉没的威胁，随时都有容纳的慰藉，随时都有触摸的温柔，随时都有簇拥的忘我与富丽。

这时候，我会想，我是什么？我是谁？是一条鱼？一艘船？一朵浪花？一只海鸟？一簇转瞬即逝的泡沫？

我什么都不是，我只是那点迷迷蒙蒙，似有，如无，如烟雾，似闪烁，是一个愈远愈小直至于失去踪迹的小黑米粒。

我融合于一块木片，一只鸥鸟，一抹夕阳，一幢楼房的倒影，一只可怜的被儿童捉住的寄生蟹，一角失去了生命却仍然留存着生命的呜咽的海螺。

这时候我找寻风，风是你的臂膀，你是风的手掌。风是你的灵魂，你是风的流露。风是你的随意，你是风的深情。而我，我只是风里的一片树叶，你心里的一丝忧愁，白云下面的一粒灰尘。我过去不是今后也不是而且我讨厌是一面战旗一幅标语一头秃鹰一支火箭发射筒一枚曳光热核弹头；也不是一朵白玉兰一串雕花象牙项链一支天竺香一粒速效定魂丹一只不敲不响的木鱼。

我寻找雨，雨是你瞬间的麻面，雨是你布满的文身，雨是你无心的哭泣，雨是你一会儿就会过去的脾气。

我只是你怀里的一片小小的羽毛，一滴即将蒸发的水渍。

我会沉下去吗？沉下去有多惬意！

多么幸福的晕眩，旋转起伏，飘摇沉迷，轻如无物，飘洒如昨日星辰，如今日的陨石雨。

在你的心上——我不说身上——我得到的是多么危险的自由！为了自由必须脱离必须消受空虚！从小我就害怕自由，因为我害怕脱离，害怕空虚。而在你这里，我从容地前进、旋转、翻身、直立和匍匐，没入和离出，每个快乐都饱含着丢掉生命的危险，每一种快乐都像是你安排好了的陷阱，每一种自由都像是你的计谋，你已经决心把我吞噬下去。你每一刻都要成全我的自由和脱离，你随时准备赐予我饱满的空虚。这危险因为自由而变得甜美，这自由的解脱由于危险而变得更加诱惑，我快乐得也是恐惧得心慌意乱，气顺神怡。

你摆弄着我，你震荡着我，你好像忽然放弃，准备着把我投入深渊。我已经看到了那黑色的永恒，那冰冷的终结。我只能下沉再下沉，我甚至感到了一种激动，因为那是崭新的世界，又有谁到达过那永远的虚无？那是永远地归属于你。

"跟你逗着玩呢，玩着逗呢。"你说，一笑就把我高高地举起，使我如同在一个花腔高音里，被天才的激情和灵魂托举起来的音符。

我羞愧，因为我言行不一，我渴望沉下去，永远属于你，但是每到关键的时刻我就逃脱上来，离开了你，背弃了你——不如一条小鱼。

一、二、三、四、五、六、七、八……

一、一、一、一、一、一、一、一……

这就是我们的欢乐，这就是我们的行为，这就是我们的情感。一就是所有，一切都是一。永远一样的快乐，永远一样的危险，永远一样的短暂。一样的新鲜和一样的万古如旧。一样的平和与一样的气喘吁吁。一样的无限风光和永远的不十分满意。

我、不、愿、意、离、开、你！

这是危险的信号。你只有离开我才有你，你只有离开我才能再来,你只有离开我才能避免灾难,你只有离开我才不会留下永远的诅咒和恐惧。

而离开了你和没有遇到你的时候一样。我什么都没有长进,什么都没有学会。依然故我,乏善堪叙。仍然是一样的污浊,一样的沉重地下坠,一样的焦躁,一样地为无聊的名姓符号、为不值得理睬的人和事而陷入污泥,一样地向讨厌的人露出笑容,向愚蠢的人献出花束,向聋子侃侃而谈,向骗子举起茅台酒杯。

"祝您健康长寿!"

天呀,我说了"您"!

于是我也是骗子了。

于是,想起你来我觉得没有话说,于是我只想闭上嘴巴,于是我干脆不再想你。

季节已经过去,太阳已经完成,葱郁已经走到了底,便不再蓬勃,不再唤醒精力。早已没有了彩色,最近又落光了红、黄和绿。我们已经分手,已经把炎热的夏天忘记。你和我都瑟缩着颈项,浑身防了又防,有时候服一些白药片,然后咳嗽得像是吃了鸡毛。梦里你也不再惠顾。梦里也不见你。

我没有属于你,却属于云雾,属于电脑,属于关闭了的窗户,属于吃力的怀疑。

而在落下了第一次雪以后,我不再想起你。


三


其实你还在那里。

你没有怨忿。你有愤怒,你有警告,你有威严,你有毁灭的力量,你也确实毁灭过一些什么,然而你宁愿擦边而过,不留痕迹。

你也有叹息,快乐的和伤感的。唑……吁,哼……哼,飒……沥,如此而已,如此而已。

你也有万种风情,千般妩媚:鲜艳如桃花盛开,清丽如百合沐浴,变幻如白云苍狗,无奈如散场时落下的柔软的丝绒帷幕,激越如晴天霹雳。

然而我已经没有了你,在下一个夏日之前远离。你不再顾盼,不再与我低语。你从来不在乎谁知道你,谁不知道你,谁惦记你,谁忘记了你。

你什么都不在乎什么都不介意什么都不期盼什么都不留恋什么都不吝惜。

远隔千山,你还是你,远隔万壑,你还是你,远隔冰霜、阴风、蔽日的黄沙与老一套的无法鉴别的预报,你还是你。

而我们在没有想到的时候相见,在没有想到的地方重逢,在没有准备的场合碰到了一起。

是悲?

是喜?

是你?

是你!

别来无恙?

原来无异!

这一次你是明亮的,更白,更灰,更蓝,更淡也更强。你是一片光辉,鲜活而不刺目,纯净而不孤高,迫近而又遥远,散漫而不凌厉。你像一块丝绸,随意地展开和卷起。你像一支乐队,所有的提琴一起颤抖不已。你像一个梦境,愈是要清清楚楚地审视你,你就愈是晃动迷离。你不愿意人们看着你。为什么?你满眼都是泪迹,却不承认自己有任何的心曲。

我们重又亲近,你迷迷蒙蒙,我如醉如痴,你何时离开过我,我回到了上一个轮回、上一个世纪。那已经结束的缘分重又拾起。那重新拾起的缘分重将破碎满地。你本来悄悄寂寞?我本来长睡不已。

长睡片刻,突然又被唤起,睡眼惺忪间发现没有我世界仍然如故地光亮而又含蓄。你对我无须欢迎,也就没有斥拒,无须热情,也就没有陌生和别离,无所谓也无所忆。人生仍然荒谬而又甜蜜。生活仍然沉重而又难舍难离。只有你稍稍消瘦了一点点,他们不来了,以为你不那么红火了,也就删掉了那么多腥膻的多余。我赞美你夏季的汹涌,更赞美你冬天的清丽。冬天是减肥的好时光,没有冬天,万物会更加拥挤并且增加敌意。

而我在长睡后突然重新见到了你,我怎么能不哭泣。

你仍然无语。

你的迷人恰恰在于你的无语。

我爱你。

你无语。

我想你。

你无语。

想不到又见面了。

你仍然无语。

见了面也就要离开了。

你轻轻地叹息。

无语而又亲切谦和,默默地温柔,静静地倾听,微微地颔首,怅怅地回忆,轻轻地飘摇、拥抱、合而为一。淅沥,淅沥,嗒嘀,嗒嘀,唰啦,唰啦。不多也不少,不焦躁也不萎靡。

你只是一个巨大的存在,你只是一个巨大的慷慨,你是一个巨大的给予。你只是你自身,丝毫也不理会哪怕是沉迷爱恋的吟咏,哪怕是谬托知己的盟誓,哪怕是英勇豪迈的冲浪表演,哪怕是死而复生的荒唐与离奇……更不要说误解和抱怨,挑战和冲击,叽叽喳喳,喳喳叽叽。

你升腾也降落。你抚爱也冷漠。你呈现也隐藏。你微笑也冷淡。你抱住也放开,叫作撒手而去。

我又是你的了。经过了一段糊涂,经过了一段穷忙,经过了一段耽于耍戏。

我又成为你的一个转瞬即逝的旋涡,一道歪歪扭扭的纹路,一个天边的浪花,一个不会留下的、因而也就可以说是并没有过的记忆。

匆匆邂逅,匆匆别离,匆匆欢乐,匆匆青春的返照,匆匆的相约相违相避。然后是一片迷蒙,一片无垠的往事,一片永远的耐性,一片无所作为的愧疚,几行渐渐老去的文字:对于你的无言的存在的皈依,对于你的博大、沉着、静穆和随意的永远达不到的向往,也就是永远克服不了的距离。

1996年1月

# 晚钟剑桥

人总有这种时候，忽然，什么都忘了，什么都没了，剩下的是澄明，是快乐，似乎也是羞惭，更是一种消失。那个有时候是疲劳的、警惕的与懊恼的、絮叨的与做蠢事的自己不见了，那个患得患失的"人之大患"不见了，却仍然有一颗感动得无以复加的心。

说的是一九九六年五月二十三日，已经几天了，阴雨连绵。那天中午我与妻在伦敦英中中心与几个学者、研究生座谈中国当代文学。开完会，连忙赶往火车站。坐上郊区的支线车，经过一片片的绿树和田野，向剑桥方向驶去。

剑桥是一个小镇，在细雨中若有若无，如灰如绿。她的稀落静谧，不高不大不新的房子，不宽不大不拥挤的道路，我行我素，不事声张，好像和这阴霾的天气与寒冷的春天一道，打老年间就是这个样子。

下车先去会场。在中文系一间小办公室里换装，打好领带，人五人六地来到大课堂讨论教室。座无虚席。读准备好了的英文稿，并时时用不标准的英语即兴发挥一下，我不会放过这种"实习"英语的机会。遇到回答提问，就要请翻译帮忙了。英英中中、读读笑笑、问问答答，打成一片。活跃热闹的气氛，似乎给平静舒缓的剑桥大学的这个小角落带来了一点喜气。由于听众中有一半人是来自祖国大陆的留学生和教师，可以从他们的脸上读到一种关切和喜出望外的神情。他们提的问题也很在行，显然他们身在英伦而时时回眸祖国——那一片神奇的土地。

在一片真实的与礼貌的赞扬声中离开会场，去大学贵宾馆。经过古老的、上方是耶稣与圣母的浮雕的拱门，穿过这个砌满石条的院落，进入一座厚重的建筑。想不到这座楼房的底层是一个封闭的室内桥，桥下是小溪，桥的两侧是玻璃窗，其中一侧有四株大柳树的枝叶呈半月形地伸向我们。

陪同我们的先生告诉我们："徐志摩描写过这个桥，并命名为奈何桥。据说奈何桥是古代押解死囚去刑场的必经之路，要让犯人感到，这世界是多么美好，然而，由于犯下了大罪，他必须与世界告别。"

死刑犯的命运与行刑者的残酷，尤其是徐志摩的名字触动了我。我哦了一声，似乎一瞬间时间与空间的一切距离都缩小了、打破了，往事与逝者都靠近了。是的，"康桥再会吧"，康桥就是剑桥，有了逗留才有告别。徐志摩那时候是多么年轻，他是"资产阶级"，他写的都是"象牙之塔"里的诗……而我第一次踏上康桥的土地，已经是六十多岁了。犹谓偷闲学少年？一九八七年首次造访英国，去过牛津没到过康桥。

贵宾馆在另一所古老的楼房里，木板楼梯窄狭弯曲，走在上面吱吱扭扭，令人发思古之幽情。一直爬到四楼，打开一扇厚重的门,是一个幽暗的小过厅,按动墙上的开关,高高地亮起了昏黄的灯。再用那笨重的铜钥匙开开房门,一间宽阔方正的老客厅出现在我们面前。褐黑色调,古朴的大写字台,曲背软椅,式样老旧的硬背沙发,墙上悬挂着一张带镜框的风景水彩画。更多的则是空白,以无胜有,以无用有,这种风格自然与矮小的充满各种物品的旅馆房间不同。

就在这个时候钟声响了。教堂的钟声悠远肃穆,像是来自苍穹,去向大海。我一时停在了那里,等待着,倾听着,安静着。

放下随身携带的物品就去圣约翰书院晚餐。进入书院,先去"派对"大厅。人们介绍说这间大厅保持着三百多年前的习惯,厅内只点蜡烛,不设电灯。人们又说,第二次世界大战当中盟军最高司令部诺曼底登陆的计划,就是在这间大厅里制订的,因为有一张特大的军事地图,只有在这间大厅才能把整个图展开,而且这间大厅的遮光效果比较好。我唯唯,历史是我们的近亲,历史就在我们手边,就在我们呼吸着的空气与我们被照耀着的烛光里。

所有前来饮酒并接着去吃饭的人都穿着为在本院获得过博士学位的人特制的黑"道袍",十分庄严郑重。英式发音优雅做作,每人脸上的笑容都合乎标准。千篇一律的,数百年无变化的餐前饮酒的"过场"飞快地走完了。人们进入餐室,我们与一位来自美国的生物学家算是今晚晚餐的贵宾,被让到了首桌。每张桌子上都放着参加晚餐的全体人员名单和印刷精美的菜单——当然我们也从中验证了自己的存在,从而得到了些微虚空的满足。众人各就各位,首先由书院院长带领做祈祷，然后进餐。服务人员也都有一把年纪。主人解释说，由于"疯牛症"的威胁，今天没有牛肉可吃，改吃羊肉。其实头三天我已经吃过牛肉了，如果该染上，恐怕本人已经是潜在的疯牛症患者了。羊肉的味道乏善可陈，我没有吃多少，倒是多吃了一点甜食。晚饭结束后再去"派对"大厅喝咖啡。一切陶冶情性的程序认真完成，并没有用多少时间。远远比参加一次正式宴请简单迅速得多，难得的是这种数百年不更易的坚持。这与其说是吃饭不如说是吃饭的仪式，也许真是一种展现和怀念剑桥以及整个英国的历史、保持（为什么不呢？）和炫耀剑桥及英国的光荣传统的典礼——如果不说是例行公事的话。我甚至猜想，与餐的一些人饭后很可能有约去进行另一顿晚餐，更美味更轻松更富有生活气息的一餐。历史的必须之后肯定还有现实的快乐，当然。这种保守的庄严与珍惜的认真劲儿也令人感动，没有这就没有剑桥，没有英国，再引申一步，就没有欧洲，并且（对不起），这本身就有观光价值。什么时候我们中国也有这种古色古香的演示与咀嚼呢？为什么有时候我们是那样气冲冲恶狠狠地对待历史呢？

　　从圣约翰书院出来，天时尚早，刹那的夕阳余晖一闪，阴云迅速地重新遮盖了天空。我很庆幸，可以早早地与校方的人员告别，享受一个晚上的自由独处。重新走过大院落，走上室内的奈何桥，想着死囚与徐志摩，想着《再别康桥》，轻轻的来与去，和《我所知道的康桥》。想着中外的历史、第二次世界大战与战前战后的和平时光，在剑桥获得学位的那种庄严与不无做作的盛典，"故国"神游，多情应笑我早生华发……然后，来到了那块大草坪上。

雨后的绿草如油，映衬于四面的苍茫的建筑，显现出一种生命的滋润与新鲜。我看到了我们下榻的那间房屋的窗子，也看到了房后的教堂尖顶十字架。我想起了幼年时读过的有关欧洲的一切，比如《茵梦湖》。我知道茵梦只是音译，但是茵这个字还是使我立即把它与眼前的这片绿草联系起来。我假定绿草坪是欧洲的一道经久不移的风景。我假定不论是《傲慢与偏见》还是《简·爱》的故事乃至福尔摩斯的案件都发生在如此的绿草地上。走在这样的草地上我觉得说不出的感动。我的感动是一种不胜其美，不胜其静，不胜其古老，不胜其空空如也，不胜其平凡而又妩媚的风格的感觉。按照徐志摩的描写，也许这里是应该有几条牛的，但我没有注意到牛。我说没有注意到，是因为我是如此地融化于这剑河边的草地的静谧之美，我似乎已经丧失了旁的能力。

251

又下起了雨，小风相当凉。妻说快进屋吧，这才依依不舍地进了楼。

天也就这样黑下来了。楼里照旧杳无人迹。绝了。今夕何夕，此地何地？虽说已是五月下旬，阴雨天仍然寒冷。好在房间里的暖气可以调节，拧一拧螺旋开关，发出咔咔的响动，一股子温暖就过来了。洗洗脸，用电壶烧开水沏上一杯红茶。晚间，一面说闲话交换我们对剑桥的印象，一面找出了头几天这次访英的另一个东道主陈小滢女士送的她的双亲凌叔华与陈西滢的作品集翻阅。这才注意到客厅里靠墙摆着一排大书柜，书柜里码着的都是棕色皮面的精装旧书。时光似乎倒退回去了不少，我们与世界也两相遗忘，一种少有的随意与松弛抚慰着我们的心。

这时钟声又清纯亮丽地响了起来。满屋都是钟声,满身都是钟响。咚咚当当,颤颤悠悠,铺天盖地,渐行渐远,铿锵的钟声与一波未平一波又起的嗡嗡余韵互为映衬,组成了晚钟的叠层堂室。我们放下手中书,我们谛听着饱含着爱恋与关怀、雍容与悲戚的钟声。我们的心我们的身随着这钟声而颤抖而飞翔而化解。我重又浸沉到那种喜不自胜悲不自胜爱不自胜愧不自胜的心情中。我感动于钟声的悠久而惭愧于自己的匆促,我感动于钟声的慷慨而反省于自己的渺小,我感动于钟声的清洁而更产生了沐浴精神的渴望,我感动于钟鸣的深远而更急切于告别那些无聊的故事。

钟声至今仍然鸣响在我们的心里。

第二天按计划应是乘舟游览。无奈雨愈加大了,无法"撑一支长篙"去"寻梦",去"向青草更青处漫溯"——只好取消这本会沉醉销魂的旅程。打着伞在剑河边站立了一会儿,分不清树、草、桥、河、栅栏和雨。想着,如果天气好一点是多么好啊——事情总不能太完美。谁能呢?到图书馆里看了看,找出了一九五八年收了我的作品译文的书——那时可把我吓坏了,然后提前离开了这座大学,这座城镇。

留下一些项目以待来日吧,我们都这样说,自慰着,就像来日永远与我们同在。

1997年4月

# 安憩的家园

也许你想不到,在我们的一九九六年欧洲之旅中,一种温馨的经验,乃是徜徉在一些墓地里。

第一次是六月二日,小雨中,波恩大学顾彬教授带我们去波恩著名的老公墓。公墓离市中心不远。在树木中,我们进入了以黑色的高铁栅栏围圈起来的墓地,每人举着一把雨伞,承接着从天上和树冠上落下来的水珠,滴滴答答。这里不仅有庄严肃穆的松柏,也有葳蕤繁茂的阔叶树,更有许多花木灌木。用各种建筑石料修起的墓地十分清洁整齐,肃穆中不无舒适和谐与美丽,不像严肃的中国墓地给人一种压迫感。同行的正在波恩客座任教的复旦大学袁志英教授告诉我,那一个普通的坟墓里埋葬着叔本华的妹妹。那是一个聪明但不够美貌的女子,对她的哥哥的一生与学术事业起过巨大的作用,然而她自己在爱情生活上十分不幸。我注意到她的墓前有一枝艳红的玫瑰化,看样子放上去不久。哲学家的妹妹有知,也许会为她在百年后仍然为人们所怀念所同情而感安慰。而我也有另一面的感动,这不是祭陵,不是典礼,没有"目的"和表演性,这只是一个私人的关爱,对丁挣扎在战争、掠夺、压迫中的人们来说，也许这只是一种闲情逸致。一个无名人悄悄地为一个并非伟人的死者献花，一种超越生死时空界限的精神联结，中文叫作神交。多么仁爱，多么善良！

　　每个坟墓的造型都不相同，既有宗教性也有人间性，永恒而又和平。有的坟墓上方像是一座小凯旋门。有的坟墓像一个奖杯。有的像是盾牌。有的像是花圈。这里是建筑艺术与雕塑艺术的结合，是人对于生与死，对于永恒的终极的感受与思考。我愈来愈相信，坟墓其实是人类反思自身安慰自身提升自身的地方。也许形容墓地的风光用琳琅满目四个字是太轻薄了，反正这里并不仅是沉重的千篇一律。与其说在这里感到的是死神的压迫，不如说是生命的温暖辉煌。

　　这里的文化名人多。一个是德国著名的哲学家、文学家、浪漫主义理论的代表人物奥古斯·施莱格。一个是在与拿破仑的战争中以爱国行为而名声大噪的诗人安特。顾彬说，由于希特勒的教训，第二次大战后德国人不喜欢讲什么爱国主义，结果也影响了对安特的评价，人们不那么喜欢他了。前人受后人的"株连"，德国也是如此。

　　这里还有席勒的儿子、贝多芬的母亲等人的安息地。我已经记不完全了。

　　最大的坟墓是音乐家舒曼的。他的墓前有三个儿童的镀金雕像，三个天使一样的儿童持着弓拉小提琴。可恨的是前不久有一个儿童的"手臂"被偷儿偷走了。正像到处都有艺术一样，罪恶也无处不在。然而让人感动的东西更多，这里有整篮的鲜花，有簇簇的花束，有写着不同文字的缎带，更有一个精致的小鸭玩具，相信它是一个小孩子献给舒曼的在天之灵的——他把他认为最好最可爱的东西给了舒曼，他把自己的天真的心给了舒曼。

提起舒曼来我立刻想起了我国的著名话剧《霓虹灯下的哨兵》，那里边有一个"小资产阶级知识分子"林媛媛，在大军解放上海，全市掀起了改天换地的革命高潮的时刻，她把自己关在家里听舒曼的音乐。当男友问她在听什么，她回答是《梦幻曲》，全场观众哄堂大笑。是的，在那个场合还说什么梦幻，是多么可笑多么不合时宜。也许某个时候我们有充足的理由去嘲笑梦幻与孤独的灵魂，然而对舒曼还是不嘲笑的好。后来的历史证明了即使是事出有因地嘲笑一个似乎与中国人民大众不相干的乐曲，也不是没有让我们付出代价。

我也想起了一九八四年我访问苏联时的情景。在塔什干，我们去参观无名烈士公墓。在那里，我们看到了象征苏联卫国战争烈士的精神的永不熄灭的火焰，还听到了女声无伴奏无字合唱，她们庄严地吟歌着的正是舒曼的《梦幻曲》旋律。多么有意思呀，表达对在抗击德国法西斯中英勇牺牲了的烈士的怀念，却用的是德国作曲家的作品。

因为这里有一种极致，悲哀与眷恋、寻找与赞叹的极致。这种极致属于全人类，属于德国、独联体各国也属于中国。谁能在听了这个曲子以后不悠悠神往呢？

我也想起过去的民主德国拍摄的描写舒曼的青年时代与他和克拉拉的爱情的影片。舒曼是神经质的，克拉拉年轻而又美丽。出身寒微的舒曼爱上了门第高于他的克拉拉，一个终于成功了又终于没有成功的爱情——音乐故事。他们生了许多孩子。但是舒曼最后是作为精神病患者过早地死去的。从舒曼身上也许会让我们想到不仅是文章,艺术也"憎命达"的残酷的真理。

离舒曼不远,是克拉拉的坟墓。克拉拉也是一个很好的音乐家,创作了大批音乐作品,而且专家们相信,有相当一部分署名舒曼的乐曲其实是克拉拉创作的。

一九九六年恰逢克拉拉逝世一百周年。我们在雨中散步,离开老坟墓,经过贝多芬纪念雕像,走到市区奥古斯·施莱格故居,参观了在这个故居里举行的克拉拉生平与创作展览。就是说我们在那里的参观包括了对两个文化名人的纪念。克拉拉的画像端庄美丽,展室里轻声播送着她作曲的音乐,令你感到克拉拉——舒曼的永生,你觉得克拉拉、舒曼以及贝多芬、马勒、门德尔松等人就活在你身边。似乎他们不仅作了曲而且正在为你演奏——所有的后来演奏者都是他们的生命的延伸。参观者们屏神静息,蹑手蹑脚,若有所悟,唏嘘不已。

第二次进墓地是我们住在科隆附近的农村,朗根布鲁希的海因里希·伯尔的别墅的时候。一天傍晚,邻居、退休教师路德维希太太带我们去参观附近的霍特根村第二次世界大战时期的老战场。我们先在路边的开阔地看落日,看附近的克瑞佐镇与北莱茵州首府杜林市的风光。杜林的电视塔与教堂尖顶历历在目,往远看还可以看到德、比、荷交界处的亚琛市的电厂与消防塔。四周一片光明平静,大片菜花地金光耀眼,起伏的绿草如波如浪。你觉得空阔而又舒适——你无法想象当时的枪林弹雨。

路德维希太太说，海明威的《丧钟为谁而鸣》描写的就是此地的战役，第二次世界大战中德军与美军在这里展开过拉锯战，阵地易手四十多次，美军死伤达五万人。战场边修起了美军阵亡战士的墓地，记载着当年的鏖战。于是你感到了和平和生活的分量。

我们来到了美军阵亡者的墓地。在一片树林里，一个石碑记载了战争也刻下了死者的姓名，然后是排排的十字架。这里天地无语，一片森然。我们不由得低下了头。

然后退休女教师又带我们去看一个犹太人的公墓。有特点的是许多坟墓上摆着石头。路德维希太太说，犹太人的习惯是出远门前，到自己祖先的墓地来，放上一块石头。这也是一种乡情，一种远行千里不忘桑梓、不忘祖宗的情思吧。于是，我一面看着众多的石头，一面遐想有多少人远行在外。我们现在不也是来自遥远的亚洲的游子吗？我们故乡的"石头"别来无恙？

第三次去墓地则是在六月二十六日，也是一个晴朗的天气，我们刚刚在海德堡、德累斯顿、魏玛、柏林之行后回到朗根布鲁希。我们散步去三公里外的克瑞佐。先经过一个小村，再穿行于树林，经过碧绿的雷雅河，然后到达克瑞佐镇的"郊区"小村庄。这个村庄靠近公路的外缘是两排坟墓，小巧精致，几乎每个坟头上都放着鲜花，墓与墓间也长满了近乎野生的小花小草。有一个坟头上镶着死者的照片，那是一个年轻美丽的女性，坟前放置着一盏长明的桅灯。她为什么那么早就离开了人世？你于是凄然悚然。这时有一个驼背的老年妇女从村边的一间房子里走出,她已经高龄,瘦弱不堪,白发也已经秃得所余无几。她举步维艰地走到坟墓这边。她在一个坟头上放下鲜花,放下一盘点心一壶咖啡,脸上有无限的怀念与温情。她坐下来,低头不语。不,那不是默哀,她是在享受与死者的交流与互相祝福。她的脸上的表情是幸福的沉醉的与感激的。死者是她的丈夫抑或儿子?然后站起身,躬着腰,颤颤巍巍地走了。

她大概每天上午都要来这个墓地的。她的家不远。这个墓应该说也是她的家她的生命的一部分。

我和妻惊呆了,我们只觉得坟墓里的人是活着的,死者不孤单。他们与生者、与他们的亲属他们的乡亲居住在一起,活着的人随时和死者亲近和死者交谈向死者表达无尽的关爱。人生在世,谁能无死?一般情况下,谁又不畏死?谁不为人世的无常与生命的短促而长太息以掩涕?谁能不过墓地而垂下自己的有时未尝不是愚蠢与自负的头颅?

然而有爱,爱比生命长久,爱不分阴阳界,爱滋养着灵魂。死并没有结束爱而是使爱更亲切深沉。每个好人都爱许多人,每个好人都遗爱人间。在这个小村边上,小小的墓地是爱的家园,是亲人和乡亲们的爱的载体,是鲜花、灯火、十字架、绿树和人间的许多美丽的汇集。如果你度过了勤劳、正直、善良的一生,如果你爱过了也被爱过和爱着,你将觉得不是白走人间这一遭,你将觉得安憩在村边小小的墓地里是一种幸福。所有的在天之灵将仍然感受到爱的关怀,所有的有过的、正在有的和将要有的生命,将因了爱的沐浴而愿意和能够忍受和克服一切艰难、不义和悲哀。

　　然而，在这个粗糙而且不无危险的世界上，我的关于爱的陈词滥调，说不定只是自作多情的"梦幻曲"罢了，谁知道呢？

1997年5月

# 靛蓝的耶稣

当然,在欧洲旅行的时候,你到处都会看到教堂,看到圣母和耶稣的画像、雕像,看到早已经成为信仰与终极关怀的象征的十字架。教堂的气氛永远是肃穆、安详的,圣像的情致永远是高贵、清洁的,进出教堂的人们的表情永远是虔诚、良善的,而教士们的仪容永远是慈祥、谦逊的。也许这样的教堂对于极其世俗化物欲化的生活是一个很好的补充和调节?如果没有这样的教堂,会不会增加许多罪犯与疯子呢?

教堂的主要英雄是耶稣,耶稣由于被钉在了十字架上而至今令人感动不已。一九九四年我在当时旅居美国的儿子那里听过一个教士复活节那天上门讲道。他用夸张的与浑厚的声音问道:"耶稣是为了谁死的?"然后他扫视了一下众人,大喝一声:"为了你!为了我!为了他!为了她!为了我们大家!"然后他开始募捐,他说是他要到捷克与斯洛伐克去,拯救那边的人众的灵魂。

各教堂里的耶稣像有"衪"在马厩里诞生的场面,有在圣母怀里的场面,有到处传教与呈现奇迹的故事场面,有"最后的晚餐"等等。但更多的最具代表性的是钉在十字架上的图

260

景:残酷,痛苦,悲哀,升华,超凡入圣。这里,被残忍地钉死的耶稣的神态是非人间非世俗的,他的脸上有一种平静和超脱的凝结,他的身体有一种伸展和奉献的大度,他的胡须有一种化解和顺通的引导。耶稣的样子与其说是一个被屠杀者受毒刑者,不如说是一个拯救者升腾者。我们现在常常讲超越自我,耶稣的形象是典型的超越自我的形象。那里具有的是拯救的使命与怜悯,回归天父那边去的安宁与自然,是一种拯救世人的必然、伟大牺牲的广阔与挚爱,是求仁得仁、足慰吾生、得其所终的最后的归宿。耶稣在被钉上十字架以后,便上升到了永恒的天国,便离开了尘凡,进入了另一个境界。这样的十字架上的耶稣总会吸引你驻足皱眉,低头默哀,思索叹息,追寻基督教的奥秘、生与死的疑问、十字架的内涵……哪怕你并非教徒也罢。无神也有生死,有追问,有战栗,有盈眶的热泪。

然而,在柏林西部的著名大教堂里,你看到了另一个耶稣,"祂"被孤悬在迎面的蓝色镶拼玻璃墙上,在一片靛蓝的幽光映衬下,他低垂着再没有任何力量与情感,再不能发生任何风息与波澜的头颅;树全静,风不起,他的身体松弛瘫痪,再没有任何痉挛反射哪怕是本能反应的遗迹,没有任何挣扎奋斗最后一搏或些微的痛楚;十字架上的耶稣在这里如同一个空荡的口袋,悬挂在万有已经寂灭坏死的空洞里。他表现为绝对的悲哀,故而不再悲哀,再不悲哀;表现为对人类的彻底失望,故而不再失望,再不失望;他表现为刺身刺心的疼痛,故而不再疼痛,再不疼痛。他没有神性,没有使命,没有信念,没有博爱,没有牧羊人对羔羊的怜惜,没有拯救的责任与可能,没有复活的力量,没有天国的憧憬慰安,没有献身的充实的悲剧感,没有天父的倚仗和盼头。总之,除了悲哀除了痛苦,除了失望除了绝望,他已经什么都没有,于是连失望绝望悲哀痛苦也已经蒸发净尽。

你从来没有见过这样悲痛或不悲痛的耶稣。这是一个被打倒了的被战败了的被消灭了的耶稣。耶稣还有遗体,还有躯壳,但已经没有了前途没有了目标没有了大愿(天主教用语,略同誓言)没有了能力。耶稣已经不是耶稣。那么,请问是哪一个撒旦把耶稣毁成了这个样子? 可惜,耶稣的敌人不是魔鬼,不是犹大,不是法利赛人,不是邪教徒异教徒,而是人。

这样的耶稣是耶稣对人类的控诉,这样的耶稣是耶稣对人类的辞别文书。你无法不为这耶稣的痛苦而痛苦,你想到人类的罪孽,人类的不知自爱,人类的互相残杀,人类的贪欲、自我膨胀、自欺欺人、冥顽不灵、丑恶下流,人类自己制造了而且继续制造着正在使自己灭种使世界毁灭的奇灾大劫。你想到这个教堂是建造在柏林,建造在第二次世界大战结束不久的战败国德国,建造在给人类带来罪恶的屠杀的法西斯的故乡,建造在第二次世界大战的废墟里。它理应是这样,它只能是这样! 就在隔壁,是战争中毁于轰炸的原柏林教堂遗址,德国人正确地决定不拆迁也不修复这个遗址,他们称这个残破的旧教堂为"纪念教堂",让它的断垣残壁,让它的硝烟留下的黑色,让它的尸体的气息永远矗立在新教堂毗邻。

然而,我仍然没有说完全,你再仔细看看这里的耶稣,你会发现，"祂"不仅是悲哀不仅是痛苦，不仅是失望和绝望，还有一层，耶稣在为了人类而羞愧，而自责，而叹息，欲哭无泪，欲叹无声，欲恨无力，欲爱则已经不能。呵，我终于找到了你，西柏林教堂的耶稣！我曾想说你是悲哀的，我曾想说你是痛苦的，但是又有哪个钉上了十字架的耶稣是不悲哀不痛苦的呢？难道耶稣能够是快乐的或幸福的么？这个耶稣像最冲击我的一点、最使我震动惊愕的一点，也许应该说是那种已经不能再爱的决绝的放弃吧。

人啊，听着，不要再撒娇和任性、放肆和骄纵、逞能和自以为得计了吧，上帝已经不再爱你！上帝已经决定放弃你了！

也是在一九九六年的旅行中，我更多地听到了德国人谈他们在战争中的经验。这样的经验十分重要，不仅对于发动战争而又战败了的德国人。

陪同我们在德累斯顿、魏玛、柏林参观访问的海佩春女士告诉我们，战争后期，那时她尚未出世，她的全家从德国东部向西撤退，带着一个哺乳期的婴儿——她的姐姐。由于在火车上把携带的牛奶瓶子打翻了，她的父母只好中途下车为婴儿另寻牛奶。那辆她全家乘坐而中途离开的火车在到达德累斯顿的时候遭到了英国空军的轰炸——英国空军错以为那是一列载满东撤的德军的运兵车——全车的人都被炸死了。我们在德累斯顿的时候看到过那次轰炸后满车厢死尸累累的照片。

我们也还听到过一个英籍女士的诉说。她曾经与一个英德混血儿同居。那个青年的母亲坚守自己的德国人立场，战争爆发前就带着他回到德国去了——那时候有多少德国人上了希特勒的纳粹民族主义迅速使德国欣欣向荣面貌一新的当。他十五岁的时候即参加了法西斯的冲锋队，战后他受到了英国军事法庭的审判，由于他有英国国籍，因此被判犯有叛国罪，服刑很长一段时间。（我联想到李香兰，如果她没有找到证明自己的日本籍的文书，恐怕早已以汉奸罪被枪决了。）成为"自由"人后，这位英德人的精神仍然极端不正常，他一生都生活在战争和屠杀的记忆里，酗酒，斗殴，年轻轻的就毁掉了。

我们在德国看过战争阵亡者的坟墓：矗立的一个个一排排十字架，文字说明，还有他们永远年轻的照片……

前些时候一个法国朋友与我谈到波黑地区的武装冲突，他说："一百年过去了，欧洲似乎没有什么进步，巴尔干地区仍然是欧洲的火药库……"

就在追记这篇小文的时候，传来北大西洋的意欲东扩、俄罗斯反对以及阿尔巴尼亚动荡不安的消息。更不要说德国近年来不断发生的排斥异民族事件了，这样的事件使德国也使世界十分警惕。

一家一本难念的经，近百年的世界上，不只是中国多灾多难。欧洲的战乱和屠杀的规模也许丝毫不逊于乃至大大超过了我们这里。

所以，西柏林这座教堂的靛蓝的光照下，耶稣已经无能为力，耶稣只有垂下头来，耶稣只有听任欧洲还有人类自己尽情地起劲地毫不让步地毁灭自己。与过去相比，人类自我毁灭的力量大为增强了。

一九九六年六月二十二日,我是第三次而妻是第一次到柏林西部的这个玻璃钢梁结构的现代风格的教堂。我们都为这悲恸欲绝的耶稣像而感动。我们在教堂里还谛听了巴赫的管风琴作品演奏。虽然我喜欢巴赫也喜欢管风琴,听音乐的时候我还是目不转睛地注视着耶稣。

出得教堂则是另一幅景象,难得的是瞬间阳光晴丽。喷泉,喷泉池沿上有各种文字,其中有一汉字:"春"。喷泉旁是一个商场,这一天是星期六,本来德国法律规定这一天与星期日各商店是必须休息的,否则就是违反了劳动法,不知道为什么这边有几家小店照常营业,只是货物价钱奇贵。

教堂前有一个小小的广场,有一些要把戏的人在这里做街头表演。其中有一个须发已经灰白的男子,不停地通过操纵面部肌肉变脸,这边凹进去那边又凸出来。他的脸做出各种怪相,说小丑不是小丑,说妖怪不是妖怪,让人看着既佩服又难受。就这样一辈子? 我不能不为之痛惜。海佩春说,他在这里做这样的表演已经很久很久。我也恍惚记得一九八〇年第一次与一九八五年第二次访问西柏林时可能都见过这个可怜的人和他的怪样子——人老了就觉得什么都可能见过也可能忘记了。他用这种办法换取一点糊口的赏钱,其种种形态令人鼻酸。

广场边上的路边有一批摆地摊的炎黄同胞,他们都很年轻,有男有女,都拿着画笔画纸招揽生意为行人画像,看来他们都受过专门的训练,大都是国内的美术院校、专科或附中的毕业生,也许还有高才生吧,不然他们怎么会心比天高身为低下地闯荡到这里? 一路走过去,并没有看见一个德国人停下来问津。他们会不会白白地坐一天而并无所获呢？他们的表情是淡漠的。他们也曾抱着极大的天真的希望来到欧洲寻找人间天国的吧？自由，发达，欧洲是多么的诱人！然后是马克，马克呀马克，你在哪里？我的亲爱的同胞，你们没有去看看近在咫尺的耶稣像吗？

另一端是一个俄国人在手风琴伴奏下唱俄罗斯抒情歌曲，那歌曲的旋律我们是熟悉的，他的声音也还过得去，他曾是歌剧院的演员？他来自伟大十月革命的故乡？如果是四十五年前，他这样的歌唱家会不会以伟大苏维埃人的名义去访问兄弟的中华人民共和国，在怀仁堂赢得暴风雨般的经久不息的掌声呢？

再一头是马路画家，是一个本地青年。他专心致志地在马路上画"蒙娜丽莎"，细细地涂着艳丽的彩色，有一种类似镶嵌艺术的工艺美。据说，他的目的仍然是为了向行人乞讨一点钱：以他的路面彩画，显示他的才能，提供行人的一眼愉悦，一眼惊喜，一眼怜悯；希冀得到一丝赏识或者同情，最后落实为一星半点马克芬尼。柏林这个教堂边的广场真是个有意思的地方。

我觉得这样的路面作画我也是曾经看过的。

天很快又阴了，风吹过带着凉意。晚上我们到一个中国青年开的"太极"中餐馆去用餐，那个年轻老板好不容易在德国读下了学位，他学的是艺术史。读这个专业，又是华人，他很难找到学有所用的职业。比较起来，他的餐馆还是经营得成功的，他弄了一些中国字画点缀气氛，挂了一些剪纸之类的中国民间工艺品。他又开辟了餐厅的一角饮茶，挂着一个大茶壶的模型。我们在这里叫了所谓樟茶鸭与鱼香肉丝。饭后老板请我们去那清雅的角落喝茶,墙上的书法似乎写着唐诗之类。老板奉送台湾名茶,并且从账单中划去了饭桌上用的茶价。有两桌各有一个单身饮茶者,他和她都向我们微笑。我们谈论了中国文坛的一些近话,艺术史硕士对国内诸事倒也门儿清。远远谈起,觉得可笑的比可惊可叹的要多——不失为合适的佐茶小菜。也议论了东德与西德合并以来的德国局势。说是拆毁柏林墙的时候人们曾经激动万分,哭的哭,叫的叫,抱的抱,跳的跳。一年过去了,又一年过去了,无形的墙依然存在着,各种鸿沟,未见填平。东德的企业垮了,原东德人觉得自己成了二等公民;而西德的税收愈来愈高,政府说是为了帮助原东德,这又让西部的人不平衡。尤其是墙拆掉以后,西柏林原来享受的"优待"没有了。

过去西柏林是西方势力在东欧阵营中安放的一颗钉子,一个孤岛,又是西方意识形态生活方式与"民主自由"的一个橱窗,那时西柏林是不向联邦政府缴纳一点税的,居民纳税也很少,联邦政府每年还要给西柏林大量的财政补贴,以维持西柏林的繁荣美好,得天独厚。那时候,西柏林是"自由世界"里更自由的地方,奇装异服奇头怪发的朋克在西柏林最多。六十年代响应毛主席的号召闹红卫兵,在西德也数西柏林最热烈。现在,就用不着照老样子对西柏林东柏林整个柏林娇生惯养了,于是好口了也就没啦……你也埋怨我也埋怨,你也不快乐我也不快乐。再就是柏林愈来愈脏,社会秩序也是愈来愈坏……老板有点愤世嫉俗,嫉人家的俗,因为生意走的不是上坡路,在外国挣钱谈何容易!经济并不景气世道也不见佳妙。一起用餐的还有我们的一位老朋友,她的父亲是老一辈的汉学家,她的父亲曾经是我父亲的朋友。我们可以算是世交。她现在靠失业救济金生活,又患了白癜风。她的老父告诉过我她的一句名言:"我不知道我想做什么,但是我知道我不想做什么。"如此这般,一言难尽。

只是回到格兰德大饭店之后感觉良好。这里的崭新敞亮的套间与花篮里的鲜花当然既能带来居住的快乐也能满足虚荣。周六的德国电视节目最为有趣,叫作《匪夷所思》。我复习了这一天学到的几个德语单词,复习了这一天中午初到柏林之后在德瑞丽河泛舟的印象。许多教堂,许多古老的建筑,许多古老的石桥和街头雕像都令人神往,给我以过去单单游访西柏林时所没有的感受。两极对立的世界和柏林至少令人知道这一部分人与那一部分人在做些什么。敌人或假想敌人的存在使人充实至少是假想的充实。后来呢?人们能不能学会不在这种对立和厮杀中过日子?人们能找回耶稣么?

1997年7月

# 茶魂与茶韵

小时候不懂得喝茶,甚至以为喝茶是一种奢侈浪费,说明我那时的生活水准够惨的。

但我有一个家境较好的小学同学,我在他家喝过龙井,龙井的涩味尤令我受用,世上怎么有这样好的感觉?

应该是一九五四年以后吧,供给制改成了薪金制,我开始喝北京人爱喝的茉莉花茶,可喝可不喝,并未进入角色。

到了一九五八年了,下乡劳动,不准在供销社购买一切糕点食品,只开放两样,白糖与茶。那时的一级茉莉花茶,每一纸袋七角钱多一点。我乃极其珍贵地购买之饮用之,有时还放上白糖喝甜的,与欧洲和阿拉伯世界风习暗合。我体会到了香与味,体会到了一种慰安。与其说是一种兴奋作用,不如说是一种调理作用:处境恶劣也罢,食不果腹也罢,劳动繁重也罢,孤独想家也罢,喝一杯一级花茶,总算找到了一点舒适,一点清澈,一点遐想,一点并非完全糟透了的尚好的感觉。说得严重一点,似乎从微甜的或免糖的茶水中保留了自己的一点优越和尊严,我毕竟是一个买得起茶、品得出茶味也还保留着饮茶的自由自在与慧根的天之骄子。我没有理由沮丧悲观。

在五十年代末六十年代初的逆境中,我始终保留着一个难得的享受,休息日与妻到北海公园前门附近的茶座泡上一壶茶,要一点瓜子之类的小食品,且饮且聊,自我安慰,自我鼓舞,互相交流,互相劝勉。有此一乐,当能承担百苦。茶是我厄运中的天使,茶是我病痛灾难中的一点杨枝净水,茶是我半生多事中的一点平安、稀释与单纯。

在新疆,我学会了喝砖茶特别是奶茶。砖茶的品种也很多,不发酵的称为青茶,多出自江西。发过酵的称之为茯茶,维吾尔人称之为黑茶,出自湖南。还有一种香味比较刺激的叫米星茶,产地忘了。维吾尔人喜用的是茯茶,或稍稍一煮,喝清茶,发音是"森茶叶",与日语的清茶或青茶发音一致。奶茶则是在熬好的茯茶上加上奶皮与部分鲜奶,加盐。这些茶至今我仍然时有饮用,它含的单宁似较多,助消化作用明显。每年春节假日,鸡鸭鱼肉吃得较多时,我就大喝这种新疆风味的茶。我至今记得维吾尔农民向我提的问题,茶是哪里产的?答曰内地,主要是南方。内地怎么会有这么好的东西?茶怎么这么好喝?茶的存在感动了边疆兄弟民族,茶是中原的一个亮点。

"文革"后操旧业拿出了笔,我的特点是要利用一切时间写作,全天候写作。我的社会活动外事活动极多,但是我的主业是写作。全靠一茶。例如出差,两三个小时的飞行后到了目的地,我入住宾馆,至少两三个小时内谢绝来访,写。怎么个写法呢?先饮一杯浓茶,立即尘念全消,若有所思,悲从中来,味自茶起,此身若隐,进入了另一个文学的世界。摊开稿纸,拿出钢笔,唰唰唰,一行字已经落到了纸上。茶助文思,茶助神宁气定,茶撩心绪,茶也使你念之忆之咏之叹之,茶甚至于使你有那么点自我欣赏自我嗟叹自我作态,返求诸心了,写吧,写吧,再写吧。我是为了写与饮茶而来到这个世界上的。

一杯热茶,是我灵感的源泉,是现实的世界与文学的世界之间的桥梁,却也是一道"防火墙"。与一杯茶一本书几页稿纸相比,那些俗事,那些争斗,那些计较又算得了什么? 茶是一个诱惑:有了这么好的茶,你该找到真正的文学感觉啦。

这里还有一个趣话。在我社会政治活动的高潮时期,常到中南海勤政殿开会,八十年代,规定与会者必须自费购买小包茶叶,才喝得上茶,没带钱便只能喝白开水。一次我喝白水,被广播影视部长艾知生看到,他哈哈大笑,给了我五角钱,才喝上了龙井。如今,艾部长已作古多年,自费购茶的规定也有了改变,逝者如斯夫,不舍昼夜!

我对各种茶的兴趣始终盎然。出国我喜欢喝红茶。疲劳的时候,"时差"倒不过来的时候我喜欢往红茶里加上鲜柠檬。吃多了喝新疆风味的茶。夏天喝龙井、碧螺春、崂山绿茶,河南、安徽的各种名牌绿茶。我还购买过堪称天价的君山银针、洞庭银毫:这类茶更适合观赏,因为泡好茶,它的所有茶梗都竖立在杯中水中,像一片小树林。宴请或被宴请时,喝铁观音、大红袍、乌龙茶。近年受风尚影响大喝起普洱来了。一年四季,也都喝一点茉莉花茶,以不忘记自己北方佬这个本。在云南,我喝过他们的三道茶。在台湾,我喝过阳明山的极讲究的、异香满口的冻顶乌龙。在西北地区或西北省份风味的餐馆里,我喝过回族式的八珍盖碗茶。在杭州,西湖边上的湖畔茶楼(?)令人有仙界不过如此的满足感。在宜兴,我有幸欣赏了他们的紫砂绝技。当然,日本的茶道也很好,它赋予饮茶以宗教式的庄重与虔诚。我在陕西扶风县法门寺的文物中看到了唐代的茶具,大体上与日本茶道用具无异。

得天下之佳茗而品之,其乐何如?夫复何求?你还想干什么?

我以为,对于人来说,粮是根,肉是力,酒是情、是热、是激扬生发,是熊熊燃烧。而茶是魂,是韵,是趣味,是机智,也是微笑与飘移,舞蹈与飞升。嗜茶者多半是好相处的人。祝友人茶运亨通,愿饮者平安永远。人生一世,中国人一世,喝茶的年头肯定比喝酒长远,比任职任教长远,比拼搏追逐长远。茶心淡淡,茶心久长,茶心弥漫,茶心终生相伴。

四川友人周啸天有诗曰《将进茶》,诗曰:

> 世事总无常,吾人须识趣。
> 空持烦与恼,不如吃茶去……
> 佳境恰如初吻余,清香定在二开后……
> 诸公休恃无尽藏,珍重青山与绿水。

2007年2月

# 华老师，你在哪儿？

在我快要满七周岁的时候，升入当时的北平师范学校附属小学二年级，那是一九四一年，日伪统治时期。

我至今记得北师附小的校歌：

> 北师附小是乐园，
> 汉清百岁传。
> …………
> 向前，向前，
> 携手同登最高巅。

第二句的"汉清"两个字恐怕有误，如果这个学校是从汉朝办起的，那就不是"百岁传"，而是一千几百年了，大概目前世界上还没有那么古老的学校。

在小学一年级，我们的级任老师（犹今之班主任）姓葛，葛老师对学生是采取"放羊"政策的，不大管。遇到天气冷，学校又没有经费买煤生火炉，以致有的小同学冻得尿了裤子（我也有一次这样的并不觉得不光荣的经历），葛老师便干脆宣布提前散学。

二年级换了一位老师叫华霞菱，女，刚从北平师范学校（简称北师）毕业，二十岁左右，个子比较高，脸挺大，还长了些麻子，校长介绍说，她是"北师"的高才生，将担任我们班的级任老师。

她口齿清楚，态度严肃，教学认真，与葛老师那股松垮垮的劲头完全相反。首先是语音，她用当时的"国语注音符号"（即ㄅ、ㄆ、ㄇ、ㄈ）一个字一个字地校正我们的发音，一丝不苟。我至今说话的发音，还是遵循华老师所教授的，因此，有些字的读音与当代普通话有别。例如"伯伯"，我读"bāi bai"，而不肯读"bó bo"，侦察的"侦"，我读"蒸"而不是"真"，教室的"室"，我读上声而不肯读去声等等。为"伯""磨"之类的字的读法我还请教过王力教授，他对我的读音表示惊异。其实我出生就在北京，如果和真正的老北京在一起，我也会说一些油腔滑调的北京土话的，但只要一认真发言，就一切按照华老师四十多年前教导的了，这童年的教育可真重要。

华老师对学生非常严格，经常对一些"坏学生"训诫体罚（站壁角、不准回家吃饭），我们都认为这个老师很厉害，怕她。但她教课、改作业实在是认真极了，所以，包括被处罚得哭了个死去活来的同学，也一致认为这是一个比葛老师强百倍的老师。谁说小孩子不会判断呢？

小学二年级，平生第一次造句，第一题是"因为"。我造了一个大长句，其中有些字不会写，是用注音符号拼的。那句子是："下学以后，看到妹妹正在浇花呢，我很高兴，因为她从小就勤劳，她不懒惰。"

华老师在全班念了我这个句子,从此,我受到了华老师的"激赏"。

但是,有一次我出了个"难题",实在有负华老师的希望。华老师规定,写字课必须携带毛笔、墨盒和红模字纸,但经常有同学忘带而使写字课无法进行。华老师火了,宣布说再有人不带上述文具来上写字课,便到教室外面站壁角去。

偏偏刚宣布完我就犯了规,等想起这一节是写字课时,课前预备铃已经打了,回家取已经不可能。

我心乱跳,面如土色。华老师来到讲台上,先问:"都带了笔墨纸了吗?"

我和一个瘦小贫苦的女生低着头站了起来。

华老师皱着眉看着我们,她问:"你们说怎么办?"

我流出了眼泪。最可怕的是我姐姐也在这个学校,如果我在教室外面站了壁角,这种奇耻大辱就会被她报告给父母……天啊,我完了。

全班都沉默着,大家感到了问题的严重性。

那个瘦小的女同学说话了:"我出去站着去吧,王蒙就甭去了,他是好学生,从来没犯过规。"

听了这个话我真是绝处逢生,我喊道:"同意!"

华老师看了我一眼,摇摇头,叹了口气,厉声说了句:"坐下!"

事后她把我找到她的宿舍,问道:"当×××(那个女生的名字)说她出去罚站而你不用去的时候,你说什么来着?"

我脸一下子就红了,我无地自容。

这是我平生受到的第一次最深刻的品德教育。我现在写到这儿的时候,心里仍怦怦然:不受教育,一个人会成为什么样呢?

又有一次修身课考试,其中一道答题需有一个"育"字,我头一天晚上还练习了好几次这个"育"字,临考时却怎么也想不起来了,觉得实在冤枉,便悄悄打开书桌,悄悄翻开了书,找到了这个字,还自以为无人知晓呢。

发试卷时,华老师说:"这次考试,本来有一个同学考得很好,但因为一些原因,他的成绩不能算数。"

我一下子又两眼漆黑了。

又是一次促膝谈心,个别谈话,我承认了自己的错误,华老师扣了我十分,但还是照顾了我的面子,没有在班上公布我考试作弊的不良行为。

华老师有一次带我去先农坛参加全市中小学生运动会,会前,还带我去一个糕点铺吃了一碗油茶、一块点心,这是我平生第一次下馆子。这种在糕点铺吃油茶的经验,我借用了写到《青春万岁》里苏君和杨蔷云身上。

运动会开完,天黑了,挤有轨电车时,我与华老师失散了,真挤呀,挤得我脚不沾地。结果,我上错了车,我家本来在西四牌楼附近,我却坐了去东四牌楼的车。到了东四,我仍然下不来车,一直坐到了北新桥终点站……后来我还是找回了家,从此,我反而与华老师更亲了。

那时候的小学,每逢升级级任老师就要换的,因此,一九四二年以后,华老师就不再教我们了。此后也有许多好老师,但没有一个像华老师那样细致地教育过我。

一九四五年抗日战争胜利以后,国民党政府在北平号召一部分教师去台湾任教以推广"国语",华老师自愿报名去了,据说从此她一直在台北。

日前我得知北京师大附小的特级教师关敏卿是当年北师附小的"唱游"教师,教过我的。我去看望了关老师,与关老师谈了很多华老师的事。关老师在北师时便与华老师同学。后来,关老师还找出了华老师的照片寄给我。

华老师,您能得知我这篇文章的一点信息吗?您现在可好?您还记得我的第一次造句(这是我的"写作"的开始呀)吗?您还记得我的两次犯错误吗?还有我们一起喝油茶的那个铺子,那是在前门、珠市口一带吧?对不对?我真想念您,真想见一见您啊!

1983年5月

# 满面春风的克里木·霍加

在一九六三年底我举家西迁新疆的时候,我以为克里木·霍加正"红"得可以,他的歌颂祖国的《柔巴依》被一些报刊转载,长篇的评论文章称颂他的诗歌创作。

我是怀着崇拜而且羡慕的心情来见他的,却发现他活得正狼狈,里里外外传播着他的"问题"。越是知名度高的作家诗人就越要成为众口所铄的对象,毁损比自己高明的人可能会带来一种特殊的快感,向大诗人发威风当然证明自己比一切诗人更高大,这大概也是"踩在巨人肩上"的新解吧!那样的年月给各族诗人留下了一条光明大道,叫作坦白从宽,叫作低头认罪,克里木·霍加还当众被宣布过一次"宽大"呢。

克里木·霍加长着宽宽的脸庞,自来弯曲的绝妙的头发,眼珠亮亮的,透着聪明。他幼年生活在甘肃酒泉,汉语汉文与维语维文一样好。他能用两种语言文字写诗,当然,就是说能用两种文字写检讨和"交代材料"。他的妻子高合丽娅是金发的塔塔尔美人,好客又好花钱,从来都是满面春风。他们有好几个孩子,给人印象最深的是大女儿的名字:Dildar,"心上人"的意思,它的发音使我想起北京人形容不稳定的悬垂物体的土话:dilerdaler。这一家子对于我来说有一种特殊的友好的魅力。也许是惺惺惜惺惺的缘故吧。

后来我去伊犁的公社劳动锻炼。他从六十年代中期就被挂到那里,"文化革命"一开始,便成了真正的"黑帮"。在批判他的传单上说,他写过一首诗叫《白天鹅飞去了》,革命小将们据理力批道,白天鹅飞到哪里去了?是不是叛国投敌了?批得真地道。

这样,到了七十年代初期我们一起去乌拉泊"五七干校"的盐碱地上浇水的时候,我发现他仍然那样魁梧健壮、健谈幽默,不免喜出望外。当然,经过"洗礼",他的眼珠更善于左顾右盼了,他的口头禅里多了一些"罪行""丑恶面目""臭知识分子""要害""恶毒""牛鬼蛇神""放毒""腐烂透顶"之类的美妙词眼。他用这些词眼装扮自己,也用这些词眼与同命运的诗人作家——如铁依甫江等相互赠答酬谢,一唱一和,投桃报李,投"恶"报"臭",你说我是"恶毒攻击",我说你是"丑恶面目",你说我是"罪该万死",我说你是"罪恶滔天",你说我是"老狐狸",我说你是"翘尾巴",倒也轻车熟路,热烈友好,有来有往,如鱼得水。而且无时无刻不做认罪状,永恒低头,无懈可击。令人惊异的适应能力与生存能力,同样令人惊异的是个别说来足以吓死活人的那些"美好"词眼,织成一个网后竟如白云轻纱、霓裳羽衣,穿起来飘飘欲仙,笑声不断,真是一种不露痕迹的、令人一恸史令人拊掌大笑的嘲弄。

这样,我就完全明白"四人帮"的倒台在诗人心里掀起怎样的浩荡东风!他对"四人帮"的一套进行了政治的、道德的、艺术的批判,他的忧愤是深广的。他歌唱第二次解放,歌唱新时代的春天,他的歌声是真诚的。

就在他重新引吭高歌的时候,传来他得了癌症的消息。文章憎命达一至于斯,天将绝斯文乎?然而,这一关他也闯过来了。我又见到了他,病后,他清瘦一点了,然而手术是成功的,然而他精神奕奕,情绪高涨,满面春风。病后他还出访了欧洲和阿尔及利亚,这几年,更是走在康复的大道上了。

由于他的汉语水平高,他还做过大量翻译工作,择其要者有毛主席诗词、周总理的诗,还有值得大书特书的将《红楼梦》译成维吾尔文,当然,都是与其他同志合作。我祝贺他的诗集汉译本出版。我祝愿他越活越健康越多产。人无完人,此兄或有细病,但只要我们从国家从民族从文学从团结的大处着眼,我们不难看出他是个可爱的好人,好诗人。

1988年3月26日

# 哭 老 铁

## ——并哭鲍昌、莫应丰

我没有想到这一个蛇年开始得这样凶险，死神突然不容分说地降临到一批正在英年的作家身上。

铁依甫江是我所知道的第一个维吾尔大诗人。他写的歌颂朝鲜人民的诗《当我看见山》感人至深。还听说早在十六岁，他的第一本诗集即在苏联的中亚地区的一个加盟共和国出版了。我是怀着羡慕和崇敬的心情来面对铁依甫江这个名字的。以至于凡是遇到我喜爱的维吾尔族歌曲，例如《伟大的园丁》《迎春舞曲》……我都认为是铁依甫江作的，为老铁争著作权而和别人辩论。当别人以确凿的证据证明某个歌词并非老铁所作时，我则怅然若失。

六十年代初期命运使我成为新疆文联铁依甫江的同事，当时的老铁有不低的级别待遇，却又在政治上极不受信任。先是不停地让他去学习，接着便进行相当规模的批评。有一次批评他的一首未发表的诗《基本上的控诉》。老铁在诗里说，"基本上"三个字被滥用了，明明把事情搞糟了，偏偏说什么"基本上"是成功的啦什么的。诗里还有一句话，讽刺吹牛皮放大炮的人，说他们是"用舌头攻占城池的勇士"。这句话被认为非常"恶毒"（或者说是非常精彩），说老铁攻击了"大跃进"，"罪该万死"。

老铁是名诗人。更是名"运动员"。从五十年代后期以来，一搞政治运动就要批评他，来头很大，人人得而攻之得而侮之。确实许多人是响应号召来批他的，但确实也有几个人通过毁损比自己智商高许多成就大许多的名人感到一种特殊的快意，以弥补自己卑琐的生命与愚鲁的头脑带来的自惭形秽的空虚。我到新疆以后才知道，铁依甫江是打入"另册"的人，是人们嘲笑和贬斥的对象。

老铁学会了做检讨，所以每次运动都能化险为夷，又因为诗名赫赫，运动了半天还是著名诗人、十三级干部老铁。

而不管怎么运动怎么检讨怎么贬斥，铁依甫江始终是二目炯炯，面带笑容，身强力壮，谈笑风生。他的笑话永远被传诵，他的笑话集中起来又成为运动中的"罪行"。承认并批判了"罪行"之后他被宽大，宽大之后再说新的笑话。幽默感是老铁的基本功能与基本品质。没有幽默感老铁不可能活到今天。没有经历过老铁的坎坷的人无权对老铁的善检讨与多幽默进行非议。

"文化大革命"中老铁过不去了，被说成敌我矛盾，下到农村当农民。据说老铁仍然活得不错。他小时候读过伊斯兰教的经文学校，懂经文——阿拉伯文，也懂一些波斯文与俄文。据说在农村他成了衣麻穆——经师，到处念经，并受到农民宰羊屠牛的招待，不知是不是事实。

旋即老铁被落实政策召回，旋即成了受宠的人物。于是又有人侧目而视。我在一九七三年以后也通过铁依甫江的美言争取了自己的处境的些微改善：如可以不去坐班，可以更多地读书、翻译与写作，虽然没有写成什么，但是老铁没有拒绝向我伸出援助之手。这也算惺惺惜惺惺吧，谢谢你，老铁哥！

"受宠"以后便要写一些应时的诗。我还译过几首他的这种无价值的诗。后来情况又变了，老铁又不那么"受宠"了。后来"四人帮"就倒了。

老铁和我都为他写我译的竟是那种口号诗而遗憾。"四人帮"倒台以后我向他建议，写十首真正有感情的诗吧，最好是爱情诗，我给你译。他很赞成，但终于没有写出来。青年诗人——天才——可疑分子——运动员——敌我矛盾——落实政策——宠臣——非宠臣……走完一遍这样的路，还写得出爱情诗吗？

写不出爱情诗他也不能死！他幽默，健康，坚强，大度，他死不了！在乌拉泊"五七干校"的碱地上，他干起活儿来像一头牛一样，打土坯，打馕，盖房，浇水，收割，他一个人顶三个人，可不像后来的某些诗人那么娇嫩自怜。所以，当一九八七年听说他也得了克里木·霍加一样的病的时候，我不能相信。一九八八年夏天我去新疆驻京办事处看他，他刚动完手术，他清瘦了一点，又掉了许多头发，是因为放疗化疗的缘故，但他仍然不停地说着打趣的话。

其至一九八九年一月的最后诀别，在301医院，即将回疆度过自己的最后的屈指可数的日子的衰弱的老铁仍然不忘开玩笑。老铁向赛福鼎同志介绍一九八○年我们在一起时开的玩笑。那年我们同车去鄯善县,铁依甫江受到农民的热烈欢迎。农民们不仅用吃喝,而且用朗诵自己的诗作来欢迎他,他也用诵诗答谢农民。维吾尔民族是一个诗的民族。老铁这样的诗人精英并没有用疏远乃至敌视大众作为自己"确属精英"的标志或代价或证明,这使我非常佩服,也羡慕。老铁访问一位大嫂时,大嫂送给他几棵白菜。我调侃说:"真是人民的诗人啊,所以要吃人民的白菜!"老铁为之喷饭,并引用转述这个故事来作为他与他的在京的故人们的诀别……

而这样的诗人死了,克里木·霍加也死了,两个人同样的命运,同样的病。这是真主给维吾尔的最有才华的诗人的安排吗?我离开新疆十年,哈萨克族作家郝斯力汗、马合坦死了,维吾尔族评论家帕塔尔江死了。然后是这两位出色的诗人。所有这些人都是刚刚五十多岁就凋谢了。遥望天山,欲哭无泪!让我们再回到"五七干校"去吧,我们一起夜班浇水——当然,是你们帮我干了许多活,我们轮流抽莫合烟与阿尔巴尼亚香烟。我们用各种警语妙语谐语来互相安慰解脱,曲折地表达我们的心意。那样的生活,不是很幸福吗?只要人平安,只要人长久!

打击还不仅是这呢。莫应丰,五十一岁逝世。就在铁依甫江逝世后的当天十几个小时以后,千不该万不该,鲍昌也走了。这些历经坎坷的中年作家!这些刚刚过了三天半好日子正要大展宏图的中年作家!这些两肩挑着重担的中年作家!这是怎么了啊?

春节中接到身患偏瘫、已有好转的刘绍棠的来信,信中说:"惊悉鲍昌突患恶疾,更为心冷。难道吾辈兄弟气数将尽乎？比我们老的活得寿长，比我们小的活得自在，羡煞人也……"

现在还能说什么？天啊，真主啊，叫也白叫吗？

1989年3月4日

# 夏衍的魅力

在大六部口那个漂亮的四合院和陈设简陋乃至寒酸的房间里，我们从来只谈国家、世界、文艺大事。我说："上星期三，报纸上有一篇重要的报道……"

他说："噢，不是星期三，是星期四。"

我为他的水晶般的清晰吓了一跳。因为他是夏衍，比我大三十四岁，他加入中国共产党的时候距离我出生人世还有七年。

他永远是那么敏捷，条理，言简意赅，不打磕巴儿，不模糊吞吐，不哼哼哈哈，节奏分明而又迅疾，应对及时而又一针见血。他的这些特点使你不相信他是一个九十多岁的人。

如果是第一次见面，你也许会为他的瘦削而吃惊。他这个人也像他的思想、语言一样，删除了一切枝蔓铺排，只留下提炼到最后的精粹。据说他从来没有达到过五十公斤，在他的生命晚期，他大概只有三十公斤体重。

然而，他总是明白透彻，一清见底。

他当然是绝对的前辈，然而他从来不摆前辈的谱。他早就担任高级领导职务了，然而他从来不拿哪怕是一点点官架子。说起待遇，他说五十年代有一回他出差到某市，当地按照他的级别给他安排了房间，"那房间大得太可怕。"他说的时候似乎还"心有余悸"。八十年代初期，有一次邓友梅同志称他与另一位担任领导职务的老作家为"首长"，他立即打断，说："不要叫首长。"

他真诚待人，渴望吸收新的信息，对一切新的知识新的动向感兴趣，而且像青年人一样的幽默，在这方面，他永远不老。

我第一次听他讲话是他在第四次文代会上致闭幕词。与一些官样文章不同，夏老语重心长地讲了反封建与学科学，字字出自肺腑，字字是毕生奋斗经验的结晶，寄大希望于年轻人，令人感奋不已。

对各种问题他常有独具慧眼的卓识，例如他说过，建国后前三十年的最大失误是没有搞计划生育。你听了会一怔，再一想实在是深刻；甚至连"文化大革命"这样的骇人听闻的错误也是可以事后在某种程度上予以弥补和纠正的，人一下子多出来了好几亿，谁有本事予以"纠正"呢？从此，世世代代，后人们就得永久地背起这多出的几亿人口的包袱——后果了。

华艺出版社一九九〇年出版了一个《当代名家新作大系》。出版社领导要我求夏公给写个序。考虑到夏公的高龄，我起草了一个提纲供他参考。夏公给我写了一封信，说是各人文章写起来风格不同，捉刀的效果往往不好，他无法使用我代为起草的提纲，他自己一笔一画地另外写了颇有见地而又清澈见底的序言。他还对一个我们都很熟悉的朋友说:"按王蒙的那个提纲去写,人家一看,就是王蒙的文章么,怎么会是夏衍写的呢!"就这样,他老人家把我的提纲"枪毙"了。但可能是为了"安慰"我,他声称他的序言里已经吸收了我的提纲。我也就假装得到了安慰和鼓励,心中暗暗为老人喝彩叫绝。

提起文艺界某些小圈子现象,夏公不火不怒地笑着说:"我看他们一个是'鲁太愚',一个是'全都换'。"他用了韩国两位政治家的名字的谐音,令人忍俊不禁。当然,请韩国朋友们原谅,这里绝对没有对韩国政治家不敬的意思。

然后他又俏皮地说:"有些人现在是分田分地真忙了,但是谁知道分了地后长不长庄稼?"

他莞尔一笑,觉得有趣。

他的话传出去了,其实挺厉害。

但我从没有看到过他为了小人得志的事儿发怒,他也从来不向我抱怨诉苦,哪怕是老年人的生理上的病痛。他也从不炫耀自夸什么,从无得意扬扬之态,正如从无怨天尤人之语。他从不谈个人,也不说任何个人的坏话。对于个人之间的亲疏远近恩怨,他一贯认为是小问题,这样我也就不好意思向他抱怨任何人,包括被抱怨了绝对不会冤枉的人。同样,我也从不与他谈我个人处境上的风波,不管风波已经到了什么程度。在我们的频繁接触中,从来没有为个人的事互相关照或者求助。"稀粥事件"他也略表关心,他当然有他的倾向,但是他坚持认为,这只是小事一桩,不足挂齿。上述的"夏味幽默"中的讥讽意味,对于他来说,也就算是到了顶了。他自己还是高高兴兴地过日子。每天他细细地看书看报听广播,只关心大事。

小事当然也有,例如养猫与观看世界杯足球比赛实况转播。七十年代初期,与世纪同龄的他居然半夜里起床看球并如数家珍地有所评论,这真是一绝。

在大六部口住所的院落里,有两棵丁香树,一紫一白。一九九〇年开花时节,我去赏花,打从年轻时候我就喜欢丁香。夏老那天也高兴,扶着拐杖出来看花,看小猫在房上跑,他还兴致勃勃地说是它也喜欢石榴花。那场面很像是一幅水墨"新春行乐图"。

人老到一定程度,会有一种特殊的美:那是无限好的夕阳,个性已经完成,是非了如指掌,经验与学识博大精深,知止有定,历尽沧桑,个人再无所求,无欲则刚,刀枪不入,超脱俗凡,关注人生,原谅一切可以原谅的人和事,洞悉一切花拳绣腿,既带棱带角,又含蓄和解,一语中的,入木八分,一言一笑都那么有锋芒,有智慧,有分量有原则有趣味而又适可而止。

今年元月初,我最后一次在他清醒的时候看望他。我们谈论的是社会治安问题与《人民日报》刊登的胡绳同志的文章:《马克思主义是发展的》。那天他精神很好,坐在椅子上谈笑风生。说曹操曹操就到,说着说着胡绳同志进病房来看望夏公来了。据说那是夏公去夏病情不好住院以来情况最好的一天。

倒数第二次与夏公(昏迷前)的见面是一九九四年十一月底。他那天十分疲劳,静卧在病床上。他已经卧床数日了。见此情况我稍事问候便起身告辞,以免打搅。夏公平躺着衰弱地说：

"有一个担心……"

我连忙凑过去，以为他有什么话要告诉我。

他继续说："现在从计划经济转变成为市场经济，而我们的青年作家太不熟悉市场经济了。他们懂得市场么？如果不懂，他们又怎么能写出反映现实的好作品来呢？"

我感到惊讶。在卧床不起的情况下，夏公关心的仍然是中国的文学事业。

他的离去也是颇有自己的独特风格。一九九五年一月二十一日，他清晨起来吃早饭的时候就感觉不好，发了点脾气，摔了一样器皿。于是他自觉不对头，找了子女来，从容地、周到地、得体地吩咐了后事。他说，在他九十五岁生日的时候有关方面搞的活动，对于他有一个评价，除去溢美的水分，他自己还是满意的。他希望自己走了以后，不搞什么活动，把骨灰撒到他的家乡——浙江——钱塘江里。谈到料理后事的时候，他还提到了陈荒煤与王蒙的名字。两个小时以后，他昏迷过去，从此再没有苏醒过来，直到春节休假过后上班的第二天，他溘然长逝。他一辈子清清白白，走也是清清白白地走的。

不知道这里有什么缘分，以阴历计算，我与夏老出生在同一天，即重阳节的前一天——阴历九月八日。我现在住的房子，是夏老住过的。他在九十年代初期还特意来他的旧居——我的也已经不算新的房子来看了看。

也许在他走了以后，人们会愈来愈感到他的可贵。中央领导，各部门领导，文艺界，各省市各地方，人们一次又一次地由衷地缅怀夏公,真情流露,涕泪交加,使你觉得人心不死,民气昂奋,冥冥中有大道大义存焉。中国人,中国的知识分子远远不是全部掉进了钱眼里。中国的事业正是大有希望。

许多年轻的与不年轻的文艺家都喜欢到夏公那里去,与他交往令人心旷神怡,温馨而又超拔,光明而又通达,锐利而又沉稳。特别是对年轻人,他是那么充满爱心。我们常常讲营造如坐春风的气氛,在夏老那里,才真是如坐春风呢!环顾四周,常有老、中、青的"代"的隔膜,包括我个人有时也为之所苦,不承认隔膜也许更说明隔膜之深。但是想一想夏公,关键还是看自己的思想境界与是否具备应有的长者风范。没有什么可烦恼的了。是的,他聪明而又宽厚,德高望重而又平等待人,洞察世事而又不失趣味乃至天真,直面真实而又从容幽默,我行我素而又境界高蹈,永葆本色而又绝不任性,不苟同更不知道什么叫迎合讨好,不自得也不会被什么大话牛皮吓住。他是铮铮铁骨,拳拳慈心,于亲切中见极高的质地。毛泽东有所谓"脱离了低级趣味的人"一说,说是说了,真正脱离低级趣味的人实在是凤毛麟角。我谓夏公是真正脱离了低级趣味的人。夏公的性格是一种美,夏公的人品与智慧实在是充满了魅力。他的去世令我万分悲伤,但是一旦回忆起他的音容笑貌谈吐识见,我不能不发出会心的满意的微笑。

1995年1月

# 别 荒 煤

说是这几年老天爷收作家。短短的一年,冯牧走了,艾青走了,端木蕻良走了,汪静之走了,这不,荒煤又走了。

八月底,我到医院去看望荒煤老,他已经相当衰弱,还是让人把床折叠成四十五度角,坐起身,然后为戴助听器又忙活了一阵,开始用低沉的声音与我说话。他说:"关于电影,上次×××同志来看我,我就对他说,几十年的经验,搞电影最怕的是一窝蜂,提倡上什么就都上什么……"

我只能说:"您多休息,您多休息……"他已经身患绝症,他自己还不知道——我怀疑他不可能一直不知道,但是既然别人瞒着他,他也就不说破——他挂念的仍然是文学、文艺、文化事业。

他的女儿不太满意,嚷道:"还说这些呢,烦人不烦人呀,地球离了你就不转了吗?"她说话的声音很大,不怕荒煤听见。当然,亲人自有亲人的语言和情绪,女儿是心疼父亲,病成那个样儿了,还是文学文学,作家作家……

我也觉得荒煤未免太爱谈工作了。据说十月份他昏迷后又苏醒,刚一认人又谈上工作了。您就不知道歇息歇息么？您就不知道您早已退居二线，现在又身患重症了么？

可是我又想，不说这些又说什么呢？你让他谈最近的股票行情？谈吃食？谈天气？谈养生之道？谈饮酒的新顺口溜？谈哪里抢了银行，哪里争风毁容？还是谈商场商品，意大利皮夹克、十八K金手链、青岛海尔热水器和火得不得了的餐饮业的"烧鹅仔"？不可能，荒煤老他见了我不可能谈这些。他一辈子只知道谈文学、文艺、文化，只知道探讨总结党对文艺事业领导的经验教训。

我想起了十五年前，当时正在讨论一部电影的问题，在一个层次很高的学习会上荒煤发言，他老老实实地承认"我就是心有余悸"，然后他替中青年作家说了许多话，一直说到稿费与所得税，力图证明现在的中青年作家并没有过几天好日子……他的发言给我留下了深刻的印象。我感到了他的天真和迂直，因为他的话不合时宜。

然后我又想到七十年代末期，他在社科院文学所时热情洋溢地召开的为新时期文学呐喊的一些座谈会。我那时刚刚从新疆回来，许多当时的与后来的文学界的活跃人物我都不认识，倒是在他老召开的会上认识了不少人，也开了眼界。我并不绝对地同意他说的每一句话，但我知道他是自觉地为文学界的新人新事物鸣锣开道的。他认准了什么就去干就去说，几乎不设什么防。

我也想起我在文化部工作期间，他写来的密密麻麻的小字信，通篇都是为了文化工作的管理更加有效、文化市场的方向得到正确引导、文艺思潮上的一些偏向能够得到纠正……总之都是忧国忧民、忧文忧艺的，都是强调正确方向、马列主义的指导的,都是坚持党的文艺方针的。我想起他怎样热情地编辑《周总理与艺术家们》一书的事来了,可以说,没有荒煤是不会有这本书的。

他病重以后,还常常写这种密密麻麻的小字信。例如,他就给袁鹰同志和我写过"表扬"我们主编的《忆夏公》一书的信。

荒煤重感情,热心肠,常为受到谁的托付而给这里那里写信。他也写过一些其实不必由他出面或由他出面并不合适的信,即他帮了不该帮的人。他的助人为乐有时候为他自己找了啰唆。但他还是写了,差不多是有求必应。他脸皮薄,不好意思拒绝人,包括绝对应该拒绝的人。这也不像多年"仕途"的人——年轻人把担任领导工作的人说成是走上了仕途,这也是荒煤等人始料未及的吧。

第一次见荒煤当然是老早老早以前,那是一九五六年开第一次全国青年创作积极分子会议——为了防止与会者骄傲自大,不叫青年作家会议——的时候,荒煤那时在文化部电影局工作,他在大会上讲话,号召青年创作积极分子多写电影剧本。他高高的个子,儒雅俊秀,一表人才。

时间不宽容任何人。他去世后一个多小时我在北京医院的病房里见到了他的遗体,他是安详的,然而,已经老、病得不成样子了。

我从来不会写挽联,但还是应约为荒煤写了一联:

一腔挚爱牛俯首　满腹沧桑马识途

他是孺子之牛,他是党和人民的一匹老马。如果再加一个横批呢,我想应该是:"善良荒煤"。在这种类型的人已经不太多的时候,在人们日益老练而又实惠起来的时候,荒煤去了,一个风度翩翩、和蔼可亲、随时准备向任何求助的人伸出手来的荒煤去了。今后,我们的文艺工作者将怎样面对和解决荒煤至终了还在念念不忘的那些问题? 谁能不为之唏嘘落泪?

1996年11月

# 难 忘 冯 牧

冯牧去世了,这有点令人难以置信。因为他比起一些前辈来,并不算老。因为他确是常常生病,病了也就好了,好了,然后他总是热心地、滔滔不绝地谈着对文学现状的看法,一半欢欣鼓舞,一半忧心忡忡,思绪连贯,层次分明,不停地接待来访者,接电话,接收邮件,忙忙碌碌,日理千机,好像没有病过,好像他住院时对自己的病情的描述言过其实——都知道他胆子小。本来大家以为这次也与过去一样,病上一段,又会在一个什么研讨会上见到他,听到他的一以贯之的论述见解,看到他的孜孜不倦的身影。

冯牧有一种重要性,至少是在最近十余年以来,他的意见受到文学界也受到各个方面的尊重。谁都不会忘记党的十一届三中全会前后,他为"伤痕文学"呐喊呼号,为思想解放运动披荆斩棘的情景。长时期以来,他是中国作协的一个虽然行政职务并非最高,却是读作品最多,联系作家最广,关心文学事业的发展最热烈专注,陷入各种矛盾最多,被致敬与被骂差不多也是最多,对于文学事业的责任心最强,发表意见最多,或者可以从某种意义上说,他是最专职、最恪守岗位、最受罪也最风光、最尽作家的朋友与领导责任、最容易兴奋也最容易紧张的评论家、组织家、领导人。

最令我感动的是他那样大量地阅读作品,他的那个阅读量也许会使常人发疯至少是病倒。他每天读各种新作到深夜。他把领导的职责、朋友的关注以及与人为善的评论家的兴趣统一在自己身上。对比一下那种看看简报就把文艺界看成一塌糊涂,就连批带唬的文艺家,那种从概念到概念的拉大旗的捍卫者或趸入——批发者,我每每不能不产生一个疑问,一个基本上没有读过"时文"的人,他究竟是怎么评价怎么导向怎么研究怎么大话连篇又砍又杀又抢又夺的呢?

我第一次见冯牧是一九六二年,那时随着形势的某种松动,随着"文艺八条""文艺十条"等的制定,空气似乎有一点缓和,中国青年出版社考虑出版我的处女作《青春万岁》,又拿不准,于是出版社请冯牧帮助审稿。冯牧读完早已在一九五六年排出来的校样,找我面谈,于是我看到了这位一脸书卷气,异常忙碌,说起话来口齿清晰,神态专注,完全没有官腔官调,也没有虚饰应付之词的评论家。他说他完全不明白那些认为这部书还需要做较大的修改的人所提的那些"问题",他相当热情地肯定了这部书稿。似乎就在这一次,冯牧与另一位来访的同志谈起了刚刚结束的八届十中全会,提到了毛主席关于"千万不要忘记阶级斗争"的警告。冯牧现出了忧心忡忡而又心存侥幸的心态,嘴里发出一种咝咝的声音,显得紧张不安。此后许多年,遇有风吹草动,冯牧就会咝咝一番,咝咝完了他还是勉为其难地支撑着,维持着,执行着,维护着,力争多保护一点文学的生机。

后来与冯牧见面就是好时候了。在八十年代,他为"伤痕文学"鸣锣开道的时候,我听到了他的那些雄辩的发言。他特别热情地帮助青年作家,而一些青年作家确实是常常把冯牧看作自己的靠山。他的家总是宾朋满座,熙熙攘攘,大家的话题只有一个,怎么避开各种干扰,怎么样为文学争取一个更大的艺术空间,更好的创作气氛,怎么样让作家得到更好的发挥。

对于文坛,一种人是蝇营狗苟,自己没有真才实学却又勤钻营,多活动,能捞就捞一把。这样的人当然为大多数作家所不齿。另一种人则是我行我素,井水不犯河水,靠实力让文坛追求我,有好处我不拒绝,有麻烦没我的事。这也不失明智乃至伟大。还有更伟大的,就是对文坛,对同行,基本上采取深恶痛绝的态度,张口就骂,众人皆浊我独清,这样做也是完全有根据有收益也有代价的。这样骂文友,既出了气又比骂任何旁人都更安全,对此我也不持太多异议。但也有一种态度,我指的是冯牧,他一直对于文学充满了责任感,一直低着头浇花耕耘,挨着上下左右的骂,也享有上下左右的友谊与尊重,一直硬着头皮做他认为是有益于中国文学事业的工作。即使在人人都有自认为正当的原因对文坛绝望对作协撂挑子的时候,还会有一个冯牧在那里窝着火,忍着气,支撑着,维持着。

冯牧怕"左",也或有顶一顶"左"。为了文学,冯牧确实是谈"左"色变。冯牧最头疼的是那些不读作品就批一通的同志们。冯牧其实也怕"右爷"的目空一切、大话连篇,到处拉了稀屎却要让冯牧等去擦屁股处理善后。谈到那些句句话如匕首投枪刺刀见红的"右爷"狂爷，冯牧也是只剩下了嗞嗞的份儿。只有一次，当站着说话不腰疼的朋友指手画脚地要求冯牧像他们一样风凉着骂人的时候，冯牧与我咕哝过："真正到了时候，还不是得靠我们，靠荒煤我们去说去争取……"大意如此，底下就尽在不言中了。

上边有人对冯牧有意见，觉得他不够铁腕，就是说还是一手软了吧。作家里有人对冯牧有意见，觉得他太胆小，太委曲求全。新生代们对冯牧其实也不大买账，觉得他的文风啊名词都已落伍了。但同时，所有这些对他或有某种不满意的人们又都承认，他真是个好人呀！

也许在他走了以后，人们才会痛感到他的不可或缺。从领导方面来说，上哪里再找一个这样顾全大局、循规蹈矩、敬业勤"政"而又切切实实地联系着广大作家的文艺组织工作者去？从作家们来说，上哪里再找一个这样的良师益友去？就是那些大话吹破天的爷们儿，冯牧同志走了以后，谁还替他们兜着顶着应付着？站着说话不腰疼的主儿啊，冯牧去了，你们以后还有没有站着说话专骂旁人的福气呢？你们保重了。

而今后三十年五十年的文学事业的一切成就和光荣，一切痛苦和艰辛当中，你都会发现冯牧的心血、冯牧的对革命的文学的一往情深、冯牧的奔走与呼号、冯牧的带病操劳、冯牧的忍辱负重、冯牧的嗞嗞与微笑。冯牧活在中国的当代文学里。我们不会忘记冯牧。

1996年

# 独一无二的韦君宜

早在五十年代,我在北京市一个区做团的工作的时候,我就有机会见到君宜同志了。她当时在《中国青年》杂志社工作,她写了一些谈青年人思想修养的文章,写得很好,如《妹妹的故事》等。一些学校的团总支请君宜去作报告,我作为团干部前往旁听,发现她说话又急又有些口吃,和她的干净流畅的文笔相比,她的口才实在不强。

一九五六年,我发表了《组织部来了个年轻人》,君宜同志主编的《文艺学习》组织了讨论,赞成与批评的意见都很热烈。她约我到她家里去过,同时见到的还有当时任市委书记的杨述。她(他)们与我交谈,是抱着关心帮助循循善诱的师长的态度的。他们的观点其实非常正统,但他们都十分与人为善。

后来由于毛主席的干预,《组织部来了个年轻人》的风波暂时平安度过。当然,等到反右开始,毛主席说过话也罢,刘少奇打过招呼(见今年第一期《百年潮》上的有关文字)也好,都没能保得住我,我还是在劫难逃地落水了。在最艰难的情况下,我听到杨述同志催促本单位为我早日摘帽子的事。

到了一九六二年,情况刚刚好一点,我就收到当时由君宜同志主持的人民文学出版社的约稿信,继而,她与黄秋耘同志多次与我见面,他们千方百计地帮我想办法,希望《青春万岁》能顺利出版。君宜还把我的短篇小说稿《眼睛》转给《北京文艺》发表。但后来很快"精神"又变了,他们对我的呵护,也没能达到预期的效果。

"文革"中她去过一次新疆,我去看望她,她是一句寒暄的话也没有,似乎不认识我。她吓坏了,她其实是不敢与我交谈。到了一九七六年,我爱人回北京探亲,她受我的委托去看望君宜,君宜也是一句话也没有。我理解,君宜是一个极讲原则讲纪律极听话而且恪守职责的人,她不会两面行事,需要划清界限就划,不打折扣,不分人前人后。同时,我从来没有对她的与人为善失过信心。

进入新时期以来,她是极端认真地拥护党的三中全会精神并身体力行之的。她写出反响巨大的《思痛录》来绝非偶然,她用外在的要求克服内心的良知的经验太多了,她必须把这些"痛"告诉读者。

同时她是一个极诚实的人,最利索的人,从不模棱两可,从不虚与委蛇,从不打太极拳。办事,她没有废话,没有客套,没有解释更没有讨好表功,即使在最好的情况下你与她打交道也时而觉得太"干"得慌;由于形势的原因,她认为不能与你交谈更不能帮你的忙,那就干脆一句话都没有。她确实是做到了无私,她不承认私人关系,不讲人情世故。她也算是绝了。而最好的情况下,如果她与你的意见不一致,她也绝不照顾关系,哼哼哈哈。例如,八十年代我曾在某个场

301

合说过文学总体上看是人类的业余活动的话,君宜不赞成我的话,她立即也在一定的场合表示异议。

君宜还有一件事给我的印象极深,她写作速度极快,而且能够抓紧一切时间,有一次在机场等飞机时,我也看到她在笔记本上奋笔疾书。她退下来后病中写下那么多好东西就是证明。然而,她长期服从党的安排做编辑工作,硬是牺牲了自己的写作,同时她帮助了那么多青年作者脱颖而出。这也表现了无私,这令人肃然起敬。

我常常想,在中国这个古老和讲谋略的国家,在有过那么多战略战术的国家,在经过了那么多沧桑和现代后现代炒作和姿态以后,还有君宜同志这样认真和纯洁的人吗? 我不敢多想了。

1999年1月

# 想念冰心

与世纪同龄的冰心比我的父母还要年长十来岁,我的父辈已经是她的读者了。我上小学三年级时买了一本旧版的"全一册"《冰心全集》,我至今记得我的父母看到这本书时眼睛里放射出来的兴奋的光芒。

那时我就读了《寄小读者》《英士去国》《到青龙桥去》《繁星》和《春水》,在写母爱、写童心、写大海的同时,冰心同样充满了对国家和民族的忧思。

五十年代我读过她的一些译作,像泰戈尔,像纪伯伦,我真佩服她的博学。

直到七十年代后期我才有机会与她老人家有所接触。她永远是那么清楚、那么分明、那么超拔而又幽默。她多年在国外生活和受教育,但是她身上没有一点"洋气",她是一个最最本色的中华小老太太。她最反感那种数典忘祖的假洋鬼子。她八十年代写的小说《空巢》,表达了她永远不变的对祖国的深情。她关心国家大事,常常有所臧否。她更关心少年儿童,关心女作家的成长,关心散文创作。她既有世人们爱用的"有机知识分子"的忧国忧民之心,又深知自己的特色,知道自己适合做一些什么,她不是只知爱惜羽毛的利己者,也不是大言不惭的清谈家。

她常常以四两拨千斤的自信评论是非。她说一件事怎么样做就是"永垂不朽"而换一种做法就是"永朽不垂"。她说她不喜欢的一本刊物"只消改一个字就行了"。她的话令人忍俊不禁。她会当面顶撞一些人,说"你讲的都是重复"。而对她不喜欢的人不自量力地去求字,她就问:"你带了纸来了吗? 你带了笔来了吗? 你带了墨来了吗? 没有这些,怎么写字呢?"她说起她的这种"狡猾"地摆脱纠缠的故事,自己也禁不住得意地大笑。

她更乐于自嘲。她刻一方印章"是为贼"——隐"老而不死"之意。她自称自己是"坐以待币(毙)",她解释说是坐在家里等稿费——人民币。在她的先生吴文藻教授去世后,她说她已经能够做到毛泽东倡导的"五不怕"——不怕离婚了,此外她已年逾九十,所以不怕杀头,也无官可罢无党籍可以开除。一九九四年她大病过一场,我去看她,她说:"放心,这次我死不了,孔子活了七十三,孟子活了八十四,谢子(指她自己)呢,要活九十五。"如今,九十五早已超过了,这就是"仁者寿"的意思吧。

然而对于国家大事,她是严肃的,她拿出自己积存的不多的稿费捐赠给灾区人民,她又拿出自己的钱办散文评奖。

她近年身体益弱,有一次我去看她——她连眼睛都睁不开了。然而,无论什么时候她都是清醒的。后来,她的身体又奇迹般地恢复了。有一次我又去看她——她正在接受一家电视台的采访。我劝她,不必满足一切记者的要求,您累了,闭目养神可也。她回答说:"那不等于下逐客令吗? 那怎么好意思呢?"

我过去说过,冰心是我们的社会生活文艺生活里一个清明、健康和稳定的因素。现在她去了,那么,回忆她、阅读她,这也是一个清明、健康和稳定的因素吧。在遇到困扰的时候,在焦躁不安的时候,在悲观失望的时候和陷入鄙俗的泥沼的时候,想想冰心,无异一剂良药。那么今后呢? 今后还有这样大气和高明、有教养和纯洁的人吗? 伟大的古老的中华民族,不是应该多有几个冰心这样的人物吗?

1999年3月

# 忧郁的黄秋耘

秋耘是我最早熟悉的老作家之一。早在一九五六年,当时他与韦君宜一道主编的《文艺学习》连续几期展开了对我的小说《组织部来了个年轻人》的讨论,而且讨论有愈搞愈大,不好收场的趋势。韦主编写黄副主编找我交谈。韦的谈话基本上是对作品一分为二,但以保护作者为主。黄的谈话则一直是欣赏和叹息。他尤其喜欢赵慧文这个人物,后来的接触中他频频提到赵慧文。有一次在钟敬文老师家里看到一幅字,是一首旧诗,诗不记得字句了,只是记得它很抒情,朦胧委婉而且忧伤。我在二十岁左右的时候正好有点喜欢这种情调。秋耘立刻说:"赵慧文……"其实我自己并没有从那首旧体诗里发现什么赵慧文。顺便说一下,当时对小说的批判意见里,有个人就指出赵慧文是特别的"不健康"。

后来"反右"了,我不用说了,秋耘和君宜日子也不好过,但他终于被邵荃麟保护过了关(他自己告诉我的)。即使在"反右"以后,在那个"失态的季节",秋耘一直对我关怀备至。后来情况稍微好一点,就是说在六十年代初"调整、巩固、充实、提高"的那个时期,他热心于《青春万岁》的出版,帮我出了许多主意。当然，人难胜"天"，书还是没有出来，秋耘是尽了力了。他的信中提到过，如果书出来，他要"浮一大白"。他谈起这部长篇小说，一直说"我喜欢这部书"，就像他读的不是清样而是成书似的。

一九五七年以后《文艺学习》没有了，他到《文艺报》担任了编辑部副主任。六十年代以后，他住在东单小羊宜宾胡同的家，是我最常去的地方之一。他也数次到我住的一个极破烂的小平房里来过。每次他都爱护备至地向我介绍许多情况，中心意思是说空气愈来愈紧张，许多事情都不好办，我们只能善自珍摄，小心谨慎。每次他说起话来也是小心翼翼、长吁短叹的。与此同时，他又不停地为我想办法，一会儿说我的这个短篇可以寄《鸭绿江》，一会儿又建议我的另一篇作品寄给《新港》。当然由于气候不对，寄哪儿也没有用了。

最难忘的是一九六二年初夏，一次我建议他同去颐和园游玩，他同意了。我提出我们游泳共渡昆明湖，从知春亭游到龙王庙去，他也欣然接受。他是广东人，游得很好，倒是我第一次游那么远，颇有点气喘如牛、手忙脚乱的狼狈。但总还是安全地游过去了。这次游泳显然给他留下了深刻印象，在后来我去到新疆以后的通信中，他曾怅然地提到："如今畅游难再矣。"

一九六二年党的八届十中全会提出"不要忘记"以后不久，他的历史题材小说《杜子美还家》与《鲁亮侪摘印》被指责为借古喻今，也是恶毒攻击一类吧。他的情绪更低落了，他心惊胆战地告诉我海瑞的戏和田汉的《谢瑶环》都被点了名。他告诉我说，田汉的戏里有一个毒刑叫作"猿猴戴冠"，被康生指出那就是"戴帽子"。又过了几天,是陈翔鹤的历史小说也被批评了,说是因为陈的小说里提到如果某个古人活到今天说不定应该担任某个文艺家协会的主席,这不就把历史故事挂到今天来了吗等等,一片肃杀的消息。

到一九六三年,我要去新疆,他依依不舍,并写诗相赠,后面四句是:"文章与我同甘苦,肝胆唯君最热肠。且喜华年身力健,不辞绝域做家乡。"前面四句记不起来了,反正很有感情。

赴疆前夕,他主动问我有什么经济上的需要,就是说他愿意借钱给我作长途迁移之用,在大家都困难的时期,他的这种相濡以沫的友谊也是令人非常感动的了。我也确实借用了他的钱,到新疆后一个月汇还了他。

我赴疆后不久,接到他的来信,说是他奉调将赴广州《羊城晚报》社工作。他还提到"青春做赋,皓首穷经",他今后不打算写多少东西,而是闭门读书了。他写了诗给我,说是"不窃王侯不窃钩,闭门扪虱度春秋",也是不惹是非、得过且过之意,令人感到了几丝悲凉。

如此这般,真是无路可走。果然,一场大浩劫遍及全国,灾难也就到了头了。

"文革"后期与"四人帮"倒台初期,他几次到北京,参加《辞源》的编纂工作。我也数次与他在京见面。得知我们二人在"文革"中的遭遇还算是好的,只是一般的靠边站,倒还没有什么飞来横祸也没有受多少皮肉之苦。也许这应该归功于他的一贯的小心翼翼与叹气不止吧?

鱼相忘于江湖,近二十余年,情况好了,人就忙了,互相联系反而少了。一九八二年我们一道去美国参加一个研讨会,我发现他还是一副沉重兮兮的性情,似乎他的脑子里仍然是各种要整肃谁谁的坏消息,我忽然觉得他有点习惯性的忧郁,忧郁的后面是莫名的恐惧。而我想,人生不能没有忧患意识,正如不能只有忧患意识,何况我当时确实有点天真的兴奋劲儿。记得也是在此次的国际研讨会上,我提到某女士的著作体现了诗教的"怨而不怒"的风格,秋耘便起立发言,表示他不赞成什么怨而不怒。这是第一次我看到他的比较激烈的一面。后来在我担任公职期间,一九八八年,我去广州出差时到他家看望他,他引用诗句以为对我的警策。他引用的句子是:"寄语位尊者,临危莫爱身。"是充满了忧患意识的了。这句话给我的印象太深,太刺激了。我也知道做到这一点是多么重要,多么难能可贵啊。

今年八月下旬,我照例从北戴河游泳写作回来,友人邵燕祥来电话告诉我秋耘已经过世的消息,我又连忙把噩耗告诉与他相熟的张洁。记得有一年,张洁在广州生病住院,秋耘对她呵护有加。我们都说,"一个好人啊,过去了。"后来才接到讣告,由于我搬家,讣告是寄到原地址去的,从原址转来,就晚了几天。

都知道秋耘是一个人道主义者,他翻译过罗曼·罗兰的著作。人道主义者选择了中国共产党领导的人民革命,这是历史的必然,难道人道主义能够选择帝国主义、封建主义、官僚资本主义三座大山的压迫么?秋耘是老革命,曾经从事过艰苦卓绝的秘密工作,然而文人的气质、书生的理想主义,在这种背景下的人道主义在严峻的现实面前显得是多么无奈！他碰到的挫折大概也不少吧？但他也坚定地说过:"在我历练诸多之后,我承认,革命的过程与我想象的有很大出入,但是,如果回到当年的情况,我仍然会毫不犹豫地选择革命。"他的话是意味深长的。

老年以后,每次与他见面,他都给我以泪眼迷离的感觉。有一个作家对我说:秋耘是那种"官愈做愈小"的老革命。戏言乎？不平乎？呜呼!

而他的人道主义,理想主义与对不幸者孤独者弱者包括对那个"季节"的我的关心,都是令人永远不能忘怀的。他自己告诉我,"文革"后周扬在广州与他见面时,特别提到:还是要讲讲人道主义。

2002年1月

# 旧事旧诗偶记

一九八一年夏,我收到胡乔木同志一封信,说是他在病院中读了我的一批小说,非常高兴,乃赋诗以赠。这里说明一下,他读的是人民大学一个资料部门出版的"白皮书",书名是"王蒙创新资料"之类。书中收了一些我当时的似乎有点骇世嫉俗的所谓意识流小说,内含《夜的眼》《风筝飘带》《海的梦》《春之声》《布礼》《蝴蝶》和一些有关评论,多少有点争鸣的意思。当时某些人尚无或至少是宁无著作权观念,亦无有关法令,他们以教学资料的名义编选,仍然是卖人民币的,而且卖了不少,但对作者是连个招呼也不打。这就不完全是一个法律问题而是一个常识和文明礼貌问题了。

不尊重作者权益也罢,想不到它的出版构建了我与乔公交往的基石,对我的后来的遭际,有相当的影响。

我是个马大哈,后来就再也找不着乔公的赠诗了,这使我颇觉抱歉。谁想得到,事隔二十年后我去新疆,与一位老友谈起此事,他说我一九八一年秋去新疆时曾将此诗写给过他,他是个仔细人,果然一找便找了出来。诗是这样的:

故国八千里，风云三十年。

庆君自由日，逢此艳阳天。

走笔生奇气，溯流得古源。

甘辛飞七彩，歌哭跳繁弦。

往事垂殷鉴，劳人待醴泉。

大观园更大，试为写新篇。


　　这首诗应该算什么体，请方家有以教我，说是五律吧，多出来了四句。说是古体吧（当然不是那种胡诌的伪古体），它又比较精致而不是古朴，对仗、平仄都挺讲究。能不能算受乐府体的影响呢？

　　头两句是我自己的话，见于当时我的一篇谈创作的文章中，指我的写作题材。接着的"庆君自由日"，有趣，倒像我是才从囹圄中放出来。其实，二十年来，比起很自由的人不如，比起不自由的人，我也就算够自由的了。特别是"文革"二十多年，我成了三不管的人，更是物极必反的辩证法的活证。自由与艳阳天联系在一起，这也不赖。而且"逢此艳阳天"云云使我想起他的领导身份，当然要强调艳阳的高照。"走笔"好懂，"得古源"实际是我的一点自我辩护，因为有人见了比较自由的笔体和什么内心独白就惊呼"现代派来了""食洋不化"，还要"掌握政策界限"之类，装腔作势，借以吓人。我乃引用李商隐诗歌和《红楼梦》对贾宝玉的内心世界描写为例，努力证明心理描写的流动性古已有之，我虽写了，仍是爱国爱党的大好人。乔公称之为"得古源"，也有为我正名之大义存焉。我当永远感谢他老人家。"七彩""繁弦"句是说那几篇小说的风格,还是够美丽的,过奖啦。"往事""劳人"一联,也很有居高临下的概括性与导向性,毕竟是登高望远与庸众不同。最后两句弱一点,但他后来当面告我,他的用意是你王某人也不见得篇篇写什么"八千里、三十年",那样写下去会自我重复的。他的这个意见确实是对的。

胡诗失而复得,令人快乐。回想旧事,亦有沧桑之感。乔木老对我确是呵护有加,祝他的在天之灵安息。

保存了此诗的是新疆文学评论家陈柏中。他是浙江人,进疆多年,为新疆的文学事业贡献不少,担任过新疆文联的副主席。

2002年1月

# 光 年 千 古

光年去得非常突然。两个多月以前,朋友们自动为光年庆贺米寿(八十八岁),他还是好好的。几天前,他还计划去医院治一下白内障,他信心十足地说他一定可以活上百岁。可是元月二十五日晚上他突感不适,住进医院,身体各部分

全面衰竭,到了二十八日,就去世了。

《黄河大合唱》歌词的这位作者,生时如黄河奔流,波涛汹涌,九曲连环;死时如雪山崩颓,烟飘云散,一了百了。好一个诗人光未然,好一个革命者、评论家、老领导、老师长和老朋友张光年同志,你活得充实,走得利落!

他是一个号角,他的保卫家乡、保卫黄河、保卫全中国的号召至今激扬在中国大地上,令人热血沸腾。他是一个尖兵,多年来战斗在政治斗争、意识形态斗争、文艺斗争与改革开放的最前线,并为此付出了巨大的代价。我还记得他说过的一句话,他说:"活一辈子连一个人都没有得罪过,岂不太窝囊了!"说话的时候他的两眼放光,他的一生确是战斗的一生。他是一个革命者、政治家,从来是大处着眼,大处落墨,充满了历史使命感与政治责任感。他不仅考虑和热衷于文

学事业的发展,更着眼于整个国家整个党的事业,盼望文运随国运齐兴,盼望文艺事业随党的整个事业俱进,盼望作家的创作空间与中华民族的精神空间都能得到开拓,更希望文艺的生产力、民族的精神与人民的积极性都能够得到进一步的解放。我至今记得他在中顾委会议上听到小平同志讲话后的欣慰心情。小平同志说,闭关锁国的结果只能是贫穷落后、愚昧无知。光年听了,五内俱热,给我讲的时候,他的眼泪都快出来了。他告诉我,在一九九七年香港回归以后,他与巴金老中秋之夜乘船共游杭州西湖,巴老欣慰地对他说,中国人总算能直起点腰来了。对于国家的发展进步,这两位老人,由衷地表达了自己的喜悦之情。

他多年担任《文艺报》《人民文学》与中国作协的主要领导职务。他曾经是大家的主心骨,因为他对各项事务有自己的稳定的看法,有原则,有尊严,有严肃性,绝不是迎风摇摆投机取巧之徒。尤其是在二十世纪八十年代的头几年,那还是改革开放摸着石头过河的初期,一方面是空前的百废俱兴的新局面,一方面是各种思潮各种憧憬各种理解的交融与冲撞。一脚深,一脚浅,一会儿弄湿了鞋袜,一会儿半个身子跌到了水里。敏感的作家的敏感题材的作品常常成为争议的话题,成为各种思潮乃至力量的演习舞台、磨刀石与箭靶。那时作协还没有办公场所,重要会议都是在新侨饭店开。只要回想一下这些会议上伤痕文学、反思文学、拨乱反正、光明面阴暗面、错误倾向与班子的软懒散的提法,便可以想见工作的难度与歧见的难以避免。我至今不会忘记在许多次会议上,光年对改革开放的热情呼唤,对新时期文学的布满荆棘和陷阱的道路的辛勤开辟与清扫,对过分极端的观点和言过其实终无大用的空论谬论的苦口婆心的劝诫。为了平抑自己的激动,他有时边说话边踱着步子,他的手势使我想起了诗歌朗诵。他对"文革"的经验教训是太铭心刻骨了,对于"左"的曲折是太警惕太痛心了,他不愿意采取更强硬的办法对付成事不足败事有余的偏激言行,反过来他还要为这一类的妄言狂举而承担责任、承受责难,个中甘苦,难以表述。求仁得仁,光年对此也从无怨言。当然,我相信他也会有自己的总结与反思。

退下来以后,十几年来他整理自己一生的经历和创作,与其说是对身上的伤痛与华彩的抚摸,不如说是对后人的叮嘱,他只是希望后人比自己这一代更成熟些更聪明些,希望有些代价不必反复付出罢了。他早在"文革"前已经开始,退下来后又继续完成的骈体韵文《文心雕龙》的现代汉语翻译工作,令人钦佩,令人赞美,也显示了他的不凡的学养和诗心。退下来后我们多少次在他的寓所交谈,喝着他亲手为我泡的绿茶,听着他娓娓道来,我觉得他多了一些静气,多了一些沧桑感,多了一些淡泊的笑容。与他的接触让人感受到一种成熟的稳定与从容的美,也帮助你克服一点心浮与气躁。他的客厅里挂着一幅字,曰:"勤奋延年",说得真好。

光年是许多不同的年龄段的作家的朋友,他始终不知疲倦地阅读各种新作,看完了,好处说好,不好处说不好,从不迎合。对我的作品他也有尖锐的批评。我们的某些艺术趣味不尽一致,他并不讳言。虽然由于大量地从事文艺方面的领导与行政工作使他未能以更多的时间从事艺术创作,然而他的文人本色并没有湮没。我至今记得有一次讨论小说评奖时我们的争论,有一篇描写一个受气的小媳妇的小说受到光年的欣赏,而我不怎么喜欢它。我说鲁迅对这种人物定是哀其不幸,怒其不争的,而我们接触到的这篇作品却是赏其不幸,美其不争的。此言一出,光年沉思良久,旋即表示接受了我的意见。

在哀悼他的此刻,我想起了林默涵同志对陈荒煤同志说的一段话。他说:"我跟荒煤同志之间,对某些问题也有不同的看法和意见,但我们都是当面说……我认为在建设社会主义进而实现共产主义这个根本目标上,我们是完全一致的。"我相信包括那些对光年的观点和工作持某种保留态度的人,也会以这种心情来痛惜硕果仅存的老一辈革命作家张光年的逝世。我们大家都会同意,光年是个沉甸甸的人,不是轻薄为文者;光年是个志存高远胸有大局的人,不是个患得患失的低级趣味者;光年是个充满责任感使命感的大气的人,不是一个小气小头小脸的钻营者。光年生活在中华民族大革命大翻身大开拓大解放的时代,他是这个时代的见证、这个时代的歌者、这个时代的清道夫与建筑工,他是这个大时代的代表人物之一,他为这个时代付出了自己的一切。前人种树,后人歇凉,各种鼓噪与泡沫之后,后人总会成熟起来,后人总会懂得珍惜光年等老一代作家的辛苦奉献和卓越成果。他的去世必然引发人们的深深的悲伤,但是他的形象与境界将长存在我们的心里。

2002年2月

# 《这边风景》获奖感言

　　这次获得茅盾文学奖,第一,我感动的是对于40年前动笔今年才定稿出版的这部作品的肯定。历史并未切断与摘除,文学不相信空白,不怕事后诸葛亮,该连续的自然要连续,该弥合的也不难弥合。命名不合乎事宜了,内容仍然可以真实生动。青春能万岁生活就能万岁,文学也能万岁。文学不会是得奖、热闹一阵就夭折。我始终相信文学有一种免疫力,它不会因一时的夸张而混乱,不会因一时的冷遇而沮丧,不会因特殊的局限而失落它的真诚与动人。

　　局限也可以成为平台,可以成就风格。如果你有足够强大与自由的凝结力,条条框框可以成为彩头花花式的道具,因为文学归根结底来自人民、生活还有我们从《诗经》开始的文学传统,与全人类的语言艺术宝藏。它能突破、能超越、能起死回生,显示真情、真知、真理,给读者以历久弥新的感动。

　　其次,我觉得是奖励了一个中国的新疆故事,激活了40年前在新疆的岁月。我怀念新疆的新老友人,尤其是各族人民,在一个并不快乐的年代,与新疆各族人民尤其是维吾尔族农民同吃同住同劳动,手拉手心连心,使我得到了莫大的快乐。脚踏实地增加知识,开了眼界。在一个找不着北与几乎无事可做的时期,我来到了风姿绰约的新疆,我为自己找到了最有意义的事情,学语言、学历史、学地理、学民族文化、学贫下中农,写人民、写边疆、写生活,知实际、知艰难、知祖国之大、知人生多彩多姿。有生活做根底,有火热的爱,即使在相对冷冻的环境中,人仍然活泛,文字仍然强硬,追求的仍然是精神生活的美好与高雅。

感谢所有支持我写作此书的亲人友人,已不在世的妻子崔瑞芳;感谢安排我去伊犁农村的自治区党委副书记林国明与自治区的文联领导刘萧芜、王玉胡;感谢帮助我请创作假的诗人、当时的创作研究室主任,也感谢自治区党委主要领导同志与许多老领导同志的祝贺;感谢同样有作品参评的维吾尔族作家阿莱提,表达了视为自身荣誉的欢庆。荣誉归新疆。

我还坚信奖的可爱来自文学,获奖的意义在于推动文学,不是相反,不是为了奖而文学。奖重要文学更重要,作品好没有得奖仍然是好作品,得了奖却暴露了作品的缺陷,一时沾奖的光,于人于己于文学无不有愧。李白、曹雪芹、托尔斯泰都没有得过奖。奖不能八卦化、浅薄化、低俗化,奖不是注意目标,更不能用一肚子脏水来涂抹一个本因珍惜却绝不可孜孜以求的奖。在我们强调程序的公正性与廉洁性的同时,我也希望强调评奖结果的文学内涵、文学意义、文学判断。我希望有更多的对于文学的关注,对于作家与作品的关注,有对于作品的公开公正的批评与针砭,而不是庸俗的无聊的对于文学奖的信口开河的嘀嘀咕咕。感谢主持、主办、主礼此次评奖的中国作协与各位文友。